크리스티안
볼란텐

크리스티안

채기성 지음

볼란텐

슬로우리드

Et il a dit,
Je n'appartenais à nulle part.

그가 말하길,
나는 어디에도 속하지 않았다.

프롤로그

그의 흔적이 나의 행로가 되었다. 그의 마지막에서 출발했으므로, 나는 이 아침을 새로운 시작이라고 말할 수 있을지 망설여진다. 어둑한 하늘 밑으로 내리쏟아지는 장대비가 차창에 세차게 부딪히는 잿빛 월요일이었다. 줄기차게 떨어지는 빗줄기들을 와이퍼가 좌우로 가르며 밀어내는 걸 보자 괜히 마음이 분주해졌다. 내내 두근거리는 가슴에 손을 얹어 가만히 다독였다. 회사 근처 주차타워로 들어가려는 차들이 길게 줄지어 있었다. 나는 그 모습을 보며 회사 조직의 일원이 되는 일에 대해 잠시 생각했다. 그것은 나 자신의 존재와 마음을 숨기는 일이었다. 어쩌면 불안하다 못해 불온하기까지 한 일이었으나, 되도록 그런 생각을 떨구어 내자고 다짐하게 되었다.

나는 깊이 숨을 들이마셨다가 천천히 내쉬었다. 애써 한국으로 찾아온 이유를 그저 의미 없이 흘려보낼 수는 없었다.

주차타워에 뭔가 문제가 생겼는지 우비를 입은 채 빗속을 뛰어다니던 관리인이 철벅거리며 내 쪽으로 다가왔다.

"지금 센서 오작동으로 주차장 입차가 지연되는 상황입니다. 차를 뒤로 좀 빼주셔야겠는데요? 사람들이 오갈 수 있는 공간을 마련해 줘야 하거든요."

그러고는 허리를 펴며 차를 뒤로 이동하라는 손짓을 했다. 아직 한국에서 운전하는 차가 익숙하지 않아 멈칫거리자 관리인이 재촉하듯 말했다.

"자자, 바로 이동 부탁드릴게요."

나는 차근히 전자식 변속 다이얼을 R단으로 전환한 뒤 브레이크에서 조심스레 발을 뗐다. 관리인이 차 뒤편을 보며 손을 까닥거렸다.

"더 가셔야 돼요. 더, 더."

허공에서 채근하듯 휘젓는 관리인의 손을 올려다보며 액셀 위로 발을 옮긴 순간이었다. 굉음과 함께 차가 뒤쪽으로 팅겨 나갔다. 뒤에 있던 차를 쾅 하고 박은 것과 동시에 차체가 둔탁하게 찌그러지는 소리가 들렸다. 뒤차에서 요란한 경적을 울려댔다. 길을 가던 사람들이 모두 제자리에 멈춰 서서 놀란 표정으로 나를 바라보고 있었다.

"지금 뭐 하시는 거예요……."

관리인이 황당함과 난처함이 뒤엉킨 얼굴로 나를 내려다봤다. 차창 밖으로 고개를 내밀고 욕설을 내뱉는 뒤차 운전자의 모습이 백미러에 담겼다가 빗물에 흘러내렸다. 나는 문을 열고 차에서 내렸다. 굵은 빗방울이 이마께로 후드득 쏟아졌다. 차 뒤편으로 걸어가자 깨진 헤드램프 커버 조각들이 바닥에 자잘하게 흩어져 있었다. 투명한 조각들 사이로 붉은빛이 도는 플라스틱 파편이 보였다. 그게 어쩐지 핏빛처럼 느껴져 자잘한 소름이 목덜미를 타고 지나갔다. 파편 속에서 불거져 나온 피가 바닥을 멀겋게 적시면서 퍼지는 이미지가 순간 머릿속을 스쳐 지나갔다. 그제야 내가 한국에 있고, 게다가 다름 아닌 그 회사 앞에 와 있다는 실감이 빗물처럼 차갑게 살갗에 스며들었다.

다시 한국을 찾은 건 꽤 오래전의 일이었다. 그때는 그와 함께였다. 공교롭게도 내가 일하고 있던 프랑스 화장품 회사가 오리엔탈을 콘셉트로 새 제품을 한국에서 론칭하면서 방문하게 된 것이었다. 그 일이 아니었다면, 살아 있는 동안 한국에 발을 디딜 일은 없었을 것이다.

론칭 행사를 마친 뒤 출국을 며칠 남겨둔 상태에서 나는 그의 성화를 이기지 못하고 서울 곳곳을 짧게라도 둘러보기로 했다. 그렇게 찾아간 창덕궁에서 낙선재의 창살 문양을 나란히 서서 바라보다 그가 언젠가 한국에서 일하고 싶다는 말을 진지하게 건넸다. 나는 불편한 기색을 감추지 못한 채 그를 돌아봤다. 그는 내가 왜 그렇게 반응하는지 알면서도 모르는 척 한국어로 말했다.

"괜찮을 거야. 재능 있는 사람은 어디서나 통한다는 스위스 속담도 있잖아."

능청스럽게 웃는 그를 향해 나는 프랑스어로 대꾸했다.

"Est-ce parce que c'est là que tu es né(네가 태어난 곳이어서 애착을 갖는 거야)?"

네가 태어난 곳. 나는 그 부분을 힘주어 발음했다. 어쩌면 그 물음은 반쯤 그를 비난하거나 좌절하게 만드는 것일 수 있었겠다. 그래서인지 그가 정색하며 나를 바라보았다. 다시는 그렇게 말하지 말라는 듯이.

"네가 태어난 곳도 이곳이라는 걸 잊지 마."

그가 검지를 곧게 편 채 흔들어 대며 말했다.

"Ça suffit(그만하자)."

나는 웃음기 없는 얼굴로 그의 손을 치우며 대답했다. 그러고 나서는 그의 어떤 말에도 대꾸하지 않고 반나절을 침묵했던 기억이 있다. 그런 말을 나눌 때마다 서로 예민해졌으므로 그 후에는 주의를 기울이는 눈치였지만, 그때의 그 불안은 머지않아 현실로 이어졌다. 나의 반대에도 불구하고 결국 3년 전 그가 한국으로 향했기 때문이다. 그때 크리스티안과 나는 이미 결혼한 후였고, 우리 사이에는 딸 이네스도 있었다. 아이를 두고 우리가 한동안 떨어져 지내야 한다는 것과 그 사실 때문에 내가 몹시 예민해진 상태라는 것은 그의 선택을 되돌리는 데 큰 도움이 되지 못했다. 그가 한국으로 떠나기 전 더 많은 얘기를 나누었어야 했다는 생각을 어쩔 수 없이 하게 된다.

나는 어린 시절 몇 년을 제외하고는 대부분 한국이 아닌 세계에서 생활해 왔다. 태어난 이후 얼마 동안 살아간 공간에 대한 의식마저도 완전히 지우고 싶었던 건 어쩌면 자연스러운 일이었는지 모른다. 하지만 그 사실이 나의 인생 전체에 채무를 지우고 있는 듯한 느낌에서 벗어나지는 못했다. 크리스티안에게 이런 얘기를 한 적은 없었다. 한국이라는 나라에 대해 내가 품고 있는 여러 가지 감정 속에 어떤 두려움이 크게 자리 잡고 있었다는 사실을 그는 이제 영원히 알지 못할 것이다. 언젠가가 아니라 우리가 함께 있을 때 얘기했어야 했다. 그가 그토록 머무르고 싶어 하던 바로 이곳, 이 회사에서 죽음을 맞이하기 전에. 인생의 격언은 대체로 뒤늦게 깨달은 것들을 기록해 둔 것이라는 생각이 들었다. 그런 것들은 겪기 전에는 아무런 도움이 되지 않는다.

그의 이름은 크리스티안 볼란텐. 친화력이 좋았던 그가 한국인 직원들에게 자주 "명주, 명주라고 불러주세요."라며 먼저 다가간 걸 안다. 그 이름은 함께 한국을 방문했을 때 그가 들렀던 입양기관에서 확인한 자신의 흔적이었다. 박명주. 하지만 기관에서는 그의 성이 박씨가 아닌 고씨일 수도 있을 거라고 했다. 이름은 확실한 거냐는 나의 물음에 그가 헛웃음을 터트렸던 걸 기억한다. 이미 그 이름의 사람이 된 것처럼 휴대폰 너머로 "나, 명주야." 너스레를 떨며 내가 더 캐묻는 걸 저어하던 크리스티안.

그래, 명주.

이제는 부를 수도 없고 되새김으로밖에 음미할 수 없는 그 이름을 말할 때마다 입술에 경련이 일고는 한다. 그가 죽은 후에야 비로소 불러보게 된 낯설고 생경한 이름, 명주.

혹시 명주라는 그 이름이 크리스티안을 죽게 만든 것은 아닐까.

*

그녀는 자신을 로렌이라고 소개하며 명함을 건넸다. 흰 블라우스에 플레어스커트 차림을 한 외국인이었다. 명함에는 비서라는 직함이 고딕체로 찍혀 있었다. 유감스럽게도 오늘은 일정 때문에 사장을 볼 수 없을 거라고 그녀는 말했다. 나는 로렌이 앞서가는 대로 따라 걸었고, 그녀는 걷다가도 자주 뒤를 돌아보며 말을 걸었다.

─하지만 레아 모로 씨를 뵙기를 굉장히 고대하고 있죠.

나는 로렌의 영어 억양을 들으며 그녀가 미국인일 거라 짐작했다. 그녀는 시종 밝은 표정으로 걸었으며, 복도를 지나치다 마주친 한국인 직원들과도 망설임 없이 인사를 주고받았다. 이곳에서 일한다는 것은 이런 상황에 익숙해져야 한다는 것을 의미했다. 복도 끝에 다다르자 전면이 확 트인 라운지가 보였다. 한쪽 벽면을 고풍스러운 소품들과 장식물, 서적들이 가득 채우고 있는 게 먼저 눈에 띄었고, 조금 더 안쪽으로 들어서자 천연가죽으로 만든 긴 카우치 소파와 함께 여러 개의 패브릭 스툴이 곳곳에 배치되어 있는 게 보였다. 반대편 출입구 너머에는 작은 키친처럼 보이는 공간에 커피머신과 저그 같은 것들이 나란히 놓여 있었다.

로렌은 나를 소파 한쪽에 앉게 한 다음 키친으로 가 직접 커피를 내려서 가져왔다. 그녀는 홀가분한 표정을 지으며 내 옆에 다리를 꼬고 앉았다.

─사장은 뭐랄까, 나이에 비해서는 활력이 넘치는 분이죠. 좀 과한 부분이 없지 않지만, 차차 적응될 거예요.

눈썹을 치켜올리며 장난기 어린 미소를 지은 다음 그녀가 말을 이었다.

―스위스 출신이라고 들었어요.

나는 고개를 끄덕였다.

―네, 맞아요.

―그런데 어떤 이유로 한국에 오게 된 거예요?

나는 입을 떼려다가 멈칫했다. 여기 이 자리에서 로렌에게 똑같은 질문을 받았을 크리스티안이 떠올라서였다. 그 역시 한국에 오게 된 연유에 대해 숱한 질문을 받았겠지.

―한국에서 입양됐어요.

크리스티안이라면 아마 별다른 거리낌 없이 그렇게 말했을 것이다. 그러고는 자신의 여실한 소망을 덧붙였을 테지.

―언젠가는 꼭 한국에서 살아보고 싶었거든요.

크리스티안의 대답을 더듬는 일은 어쩌면 그를 찾아가는 것일지도 모른다. 그건 비록 나 자신을 숨겨야 하는 일이지만.

―우리 회사에도…….

그녀가 무슨 말을 하려다가 표정을 고르며 말을 삼켰다. 나는 고개를 외로 숙인 그녀의 얼굴에서 크리스티안의 그림자를 느꼈다. 그때 휴게실로 한 한국인 여자 직원이 들어오면서 로렌에게 인사를 건넸다. 한동안 영어로 얘기를 주고받던 직원이 다른 쪽으로 옮겨 가자 로렌은 무슨 말을 하다 말았지, 하며 중얼거리다가 나를 보더니 웃음을 터뜨렸다.

―미안해요. 레아 씨 표정이 너무 진지해 보여서.

　로렌은 한참 후에야 웃음을 거두고는 이곳에서 앞으로 내가 해야 할 일들과 회사 생활에 필요한 전반적인 것들에 대해 간략하게 설명해 주었다. 그사이 조금 편안한 기운이 우리 사이에 돌았고 나는 지금이야말로 그녀에게 뭔가를 물을 수 있는 적기라고 판단했다.

　―회사에서 안 좋은 일이 있었다고 하던데요.

　조심스레 말을 꺼낸 후 나는 그녀의 눈치를 살폈다.

　―……?

　로렌이 멀뚱한 표정으로 고개를 갸웃했다.

　―누군가 건물 밖으로…….

　―오, 이런. 그 일에 대해 알고 있었어요?

　내가 그 사실을 알 거라곤 생각지도 못했다는 듯 경악하며 로렌이 물었다.

　―하긴, 이 바닥에 비밀이란 없으니까요. 게다가 안 좋은 소식은 금세 퍼지기 마련이죠.

　하지만 이내 어쩔 수 없는 일이라는 듯 말하고는 주위를 두리번거렸다.

　―자살이었어요.

　로렌이 내 쪽으로 몸을 기울인 뒤 속삭였다. 내가 믿지 않는 크리스티안의 사인을 다른 누군가에 의해 듣는 순간을 상상해 본 적은 없었다. 나는 고개를 틀어 바닥을 바라봤다. 눈가에 차오른 눈물과 끔찍한 표정을 들킬까, 뭔가 묻어 있는 걸 발견한 것처럼 구두를 향해 몸을 굽혔다. 매끈하게 광이 도는 구두 표면에 비친 얼굴이 길게 늘어나며 일그러졌다.

　─왜 하필 그 장소가 회사였는지 모르겠어요.

　힐난 섞인 그녀의 말투가 가슴을 쓱 베었다.

　─죽기 위해서 회사로 걸어 들어가다니.

　그녀의 말이 나의 심장과 내장까지 날카롭게 후벼 파는 듯했다. 한쪽 속눈썹에 맺혀 있던 눈물방울이 구두 위로 툭 떨어져 번졌다. 구두 표면에 볼록하고 우스꽝스럽게 비치는 얼굴을 물끄러미 바라보다가 나는 지그시 입술을 깨물었다. 잘게 짓이겨지는 마음을 다잡았다. 그런 마음으로는 크리스티안에 대해 아무것도 알아낼 수 없을 테니까. 구부렸던 몸을 펴자 로렌이 양손을 말아쥐듯 굽혀 손톱 주변의 거스러미를 뜯어내며 말했다.

　─아무튼, 그 사람의 죽음과 회사는 아무 관련이 없어요.

　그녀가 걱정할 일이 아니라는 듯 말하며 어깨를 으쓱했다. 자리에서 함께 일어설 때 로렌은 내게 너무 긴장할 필요 없다며 다독이고는 스위스나 여기나 다르지 않을 거라고 조언했다. 그런 다음 그녀는 내 어깨에 손을 얹고는 덧붙였다.

　─그냥, 즐기면 된다는 말이에요.

　로렌이 소개해 줄 사람이 있다며 엘리베이터를 향해 앞장

섰다.

─15층이에요.

블랙 네일로 꾸민 뾰족하고 가느다란 그녀의 손가락이 15층 버튼을 눌렀을 때 등 뒤에서 진득한 땀이 배어나는 게 느껴졌다. 생각보다 여기에 빨리 그리고 가까이 다가왔다는 느낌 때문일까. 엘리베이터에서 로렌을 따라 내렸을 때 온몸이 얼어붙은 듯 저릿했다. 그곳에 내가 와 있는 것이다. 크리스티안의 흔적이 혹시라도 어딘가에 남아 있을까 싶어 나는 시선으로 곳곳을 더듬었다. 로렌이 발걸음을 멈추고 노크하는 동안 나는 재빨리 위쪽에 걸려 있는 푯대를 바라보았다.

'15-2 Finance Director'

"괜찮아, 마음에 들어. 두 숫자를 합하면 내가 좋아하는 수가 되더라고."

그는 17이라는 숫자를 좋아했다.

"오타니 쇼헤이의 등번호도 17번이잖아."

밤늦게 전화해서는 집무실을 배정받았다며 좋아하던 크리스티안의 음성이 자연스레 떠올랐다. 나는 천천히 시선을 집무실 안쪽으로 던져 넣었다. 등을 켜놓지 않고 블라인드까지 내려둔 탓에 내부는 어둑했다. 그곳에는 정자세로 몸을 꼿꼿

이 세운 여자가 책상 앞에 앉아 있었다. 노트북에서 퍼져 나오는 불빛에 푸르스름하게 비치는 얼굴은 서늘하고 창백해 보였다.

―제인?

로렌이 목청을 돋우자 그제야 여자의 고개가 들어 올려졌다. 그녀는 윤기 없는 머리칼을 질끈 묶고 있었는데, 움푹 파인 뺨과 퀭한 눈두덩에는 피로한 음영이 드리워져 있었다.

―세일즈팀에 새로 입사하신 분이에요.

로렌의 말에 짧은 탄성을 내지른 여자가 자리에서 일어나 다가왔다. 여자의 시선이 나를 훑어내렸다.

"헬로."

무미건조한 말투로 인사를 한 여자가 내게 명함을 건넸다. 영문으로 'Jane'이라고 적힌 명함 반대편에 윤소영이라는 글자가 적혀 있었다.

"안녕하세요. 레아 모로입니다."

명함을 받아 들고 나는 꾸벅 고개를 숙였다.

"한국어를 할 줄 아세요?"

의외라는 듯 묻는 여자의 입가가 어색하게 벌어졌다.

"윤소영이에요."

여자가 손을 내밀었다. 마주 잡은 손은 그녀의 인상만큼이나 차가웠다.

"반가워요."

짧은 말을 끝으로 그녀의 차가운 손이 철수하듯 빠져나갔다. 그녀가 자리로 돌아가자 로렌이 나를 향해 어깨를 으쓱하며 밖으로 나가자는 손짓을 했다. 로렌을 따라가다 무심코 뒤돌아본 나는 숨이 멎는 듯했다. 어느새 집무실 밖으로 나온 윤소영이 나를 빤히 노려보고 있었기 때문이었다. 눈이 마주친 그녀는 마치 다른 용무를 보려던 사람처럼 몸을 틀어 반대 방향으로 걸어 나갔다.

—말이 별로 없고 일만 하는 사람이에요. 그래서 마이클 사장이 신뢰하는지도 모르죠.

로렌이 고개를 절레절레 흔들다가 다시 방긋 미소를 지었다. 그녀를 따라 눈웃음을 지으면서도, 어두운 공간 한편에서 계속 나를 쏘아보던 윤소영의 날카로운 눈빛이 떠올라 저도 모르게 몸서리가 쳐졌다.

로렌과 함께 아래층으로 내려가 앞으로 일하게 될 사무실에서 자리를 안내받은 다음 그곳의 직원들 몇과 인사를 나눴다. 오후에는 비슷한 시기에 입사한 신입·경력 직원들과 함께 교육을 받았는데, 그러고 나니 곧 퇴근 무렵이었다. 퇴근 시간이 지나 사무실을 나온 나는 엘리베이터를 타고 내려가는 대신 비상구를 통해 계단을 올랐다.

가끔 크리스티안은 점심을 먹고 난 이후 체력을 단련할 겸

1층부터 옥상까지 계단으로 오르곤 했다. 그렇게 오른 옥상에서 담배를 꺼내어 들고 서 있으면 그보다 더 시원할 수가 없다면서. 그는 운동을 좋아하는 편이 아니었는데 지금 와서 보니 뭔가를 견디기 위해 그렇게 한 건 아니었을까 의심이 들기도 한다. 크리스티안의 행동과 말에 대해 떠올리면 온통 그림자처럼 따라붙는 어두운 상념들. 나는 그것들을 떨쳐내려 부러 다른 생각에 집중하며 계단을 올랐다. 그러고 보니 이상했다. 그가 한국에서 어떤 양말을 신고, 어떤 브랜드의 신발을 신었는지, 평소에는 어떻게 옷을 입고 회사를 다녔는지 왜 전에는 전혀 궁금하지 않았을까. 한국에 간 이후로는 되도록 우리가 함께 쓰던 불어가 아닌, 모어인 한국어로 소통하려는 그에게서 미묘한 거리감을 느낀 탓이었을까. 아니면 생각보다 그가 한국에서 잘 지낸다는 사실에 일부러 무심한 척을 했던 것일까.

문을 열고 밖으로 나서자, 선수들이 경기장에 들어서는 걸 보고 한꺼번에 일어서 열광하는 관객들처럼 갖은 소음이 밀려들었다. 이곳이 그가 말했던 곳인가. 나는 혼란스러운 마음으로 주위를 일별했다.

"가드닝되어 있는 공간이라니까."

내게 전화를 걸어 옥상에 대해 설명하던 그의 음성이 떠올랐다. 그가 보고 있던 것은 무엇이었을까. 나는 시차를 달리해 크리스티안이 머물던 곳에 뒤늦은 마음으로 서 있다. 왜 나한테 솔직하게 얘기하지 않았어? 내가 돌아오라고 말할까 봐 두려웠어? 나는 어둑해진 하늘에 묻고 있었다.

어느 날 그는 이 옥상이 파리의 도심을 생각나게 한다고 했다. "내가 거기서 일하면서 얼마나 진절머리 났는지 기억하지?" 몹시도 음울한 목소리였다. 한국에서는 그렇지 않다는 말이었기에 다행스럽기는 했지만, 그가 이곳으로부터 그만큼이나 완강하게 멀어지려는 걸까 봐 왠지 모르게 두려운 마음이 들기도 했다. 하지만 그는 예민한 사람이었으니까, 과거의 일조차 쉬이 흘려보내지 못하는 사람이니까 하고 애써 넘겼을 뿐이었다. 오히려 향수 어린 투정일지 모른다고 생각하면서. 그런데 혹시, 그는 한국에서 괴로웠던 것이었을까.

하지만 지난 일이었고, 이제 그의 감정을 얘기해 줄 사람은 아무도 없다. 모든 건 가려져 있다. 이곳은 가드닝되어 있는 곳도, 파리도 아니었다. 그저, 콘크리트 바닥 위로 버려진 담배꽁초가 간간이 보이는 황량한 공간이었다. 나는 난간으로 걸어가 몸을 구부정하게 굽히고 건물 아래를 내려다보았다. 머리칼이 공중에서 제멋대로 흩날렸다. 나는 크리스티안이 추락해서 떨어졌을 지점 어딘가를 눈으로 가늠하며 그에게 물었다. 왜 당신이 저 차가운 바닥에 놓여야 했는지. 다른 곳도 아닌 회사 건물이었는지. 왜 내게 말 한마디 없이 떠날 수

밖에 없었는지.

나는 이곳에 오지 않을 수도 있었다. 사람들은 내게 죽음은 그저 흘러가 버리는 것이라고 위로했다. 사람들의 말처럼 크리스티안을 시간 속에 묻어놓을 수도 있었다. 하지만 그의 죽음은 자연스러워 보이지 않았다. 그랬다면 나도 미련을 갖지 않았을 것이다. 그는 여전히 살아 있는 채로 내 곁을 떠났다. 나는 바로 그 점이 내게 전하는 메시지라고 생각한다. 죽음은 자기 뜻이 아니라는 메시지. 그가 남긴 말을 독해할 수 있는 존재는 나뿐이었다. 그래서 내가 이곳에 와 있는 것이다. 그가 머물던 곳에 내가 직접 와보지 않고는 그 어떤 것도 믿을 수 없었으니까.

크리스티안의 죽음은 자살로 판명되었고, 정확한 사인은 추락사에 의한 측면 두개골 함몰, 장기 및 골절 등의 다발성 손상이었다. 경찰에 따르면 새벽 두 시 무렵, 그는 자신의 15-2 사무실 창을 열고 떨어졌다. 그는 술에 취한 채 회사로 돌아왔으며, 사건이 발생했던 그의 집무실은 안에서 잠겨 있었다고 한다. 목 앞쪽에 일부 삭흔이 있었는데, 경찰은 이 상처가 뒤쪽까지 연결되지 않은 점으로 보아 교살이라 특정하기에는 무리라고 판단했다. 오히려 그들은 그것을 첫 번째 자살 시도의 증거로 보았다. 누군가 손으로 그의 목을 조르거나 누른 흔적, 그가 저항한 흔적은 보이지 않았고, 그의 몸에서는 아주 소량의 향정신성 의약 성분이 발견되었다. 경찰은 퇴근 후 밤늦게 그가 다시 사무실로 돌아온 이유가 애초부터 자살을 염두에 둔 행동이었을 거라고 단정 지었다.

경찰의 조사를 종합하면, 그는 어떤 이유로 자살할 결심을 하고 회사 안으로 돌아간 것이 된다. 그날 밤, 사무실에서 그는 무슨 생각을 했을까. 그곳에서 그는 죽음을 떠올린 걸까. 나와 이네스는 그의 의식 어디에도 없었던 것일까. 창문을 열고 건물 아래를 바라보는 그를 상상해 본다.

크리스티안이 죽음으로써 보상받으려 했던 것은 무엇이었을까. 그는 그렇게 세상을 등질 만큼 자신을 둘러싼 모든 것들이 의미 없다고 생각했을까. 그런 생각들을 곱씹다 보면 마음이 참혹해진다. 어떤 암시도 없이, 유서 하나 남기지 않고 삶을 포기했다는 것만큼은 어떻게도 믿을 수 없다. 내가 아는 크리스티안은 그런 사람이 아니었다. 턱끝에 매달려 있던 눈물방울이 건물 아래로 떨어지려고 하는 걸 붙잡기라도 하듯 나는 몸을 허공으로 기울였다. 죽어버릴까. 그 생각이 잠시 스치듯 지나갔다. 가슴 한쪽에 묵직한 통증이 느껴졌다. 나는 굽혔던 몸을 일직선으로 펴 담배를 입에 물고 불을 붙였나. 연기가 한쪽으로 피어올랐다. 나는 난간 앞으로 바투 다가서서 아래를 내려다보았다. 고개를 가로저었다. 나까지 죽을 수는 없었다. 그가 어떤 이유로 세상을 떠났는지 알기 전에는 죽을 수도 되돌아갈 수도 없었다.

　건물 밑에서 크리스티안의 죽음이, 혼이, 잘려 나간 그의 인생이 나를 올려다보며 아우성치는 듯했다.

기억한다는 것

1

퇴근 무렵 거리는 회색빛으로 어둡게 가라앉아 있었다. 나는 미리 정해둔 카페로 향했다. 그곳에서 십여 분을 더 기다렸을까. 출입문을 열고 그 사람이 안으로 들어오는 게 보였다. 나를 알아본 그는 잠시 기다려 달라고 손짓했고, 조금 뒤 커피를 들고 다가와 내 앞에 앉았다.

"그동안 잘 지내셨어요? 춥네요, 오늘."

그가 외투를 벗자 곁에 딸려 들어왔던 찬 바람이 훅 내게 끼얹어졌다. 그는 내가 만나봤던 다른 변호사들과는 달리 일상적으로 정장을 차려입지 않았는데 나는 그 점이 마음에 들었다. 내가 필요한 변호사는 격식과 형식을 차리는 사람보다 발로 뛰는 노동자에 가까운 사람이어야 했다. 그가 입은 미색의 성근 앙고라 니트와 더러운 얼룩이 진 검은색 더비 슈즈가 눈에 띄었다. 자신의 옷차림처럼 그는 격식이나 가장된 미소조차 갖추지 못한 사람이었다. 몇 번 만나본 것에 불과하지만 지나치게 진지하고 끊임없이 의심하는 사람이라고 그를 설명하는 편이 훨씬 나을 것 같았다.

"수염이……."

나는 인사 대신 아래턱을 손으로 어루만지며 그를 바라보았다.

"아, 밀었어요. 재판 때문에. 징크스거든요. 재판 끝나면 다시 기를 거니까 걱정 마세요."

그는 나를 향해 씩 웃어 보이더니 곧바로 백팩에서 아이패드를 꺼내 테이블 위에 올려놓았다.

"회사 사람들은 어때요?"

그가 반질반질한 턱밑을 매만지며 물었다.

"그냥……."

"직속 상사가 누구예요?"

말을 끝내기도 전에 그가 연이어 물었다.

"제이크……."

"네? 누구요?"

그는 수다스러운 사람들 때문에 대화에 지장이 있다는 듯 옆 테이블에 앉은 손님들을 노려보았다.

제이크 브레이저.

그는 마케팅과 세일즈를 총괄하는 임원이었다. 훤칠한 키에 팔다리가 유난히 길어 작은 몸짓도 크게 느껴지는 사람이었다. 큰 키에 비해서는 호리호리하게 마른 편이었지만, 어디로 보나 다부지고 균형 잡힌 몸을 갖고 있었다. 포마드로 말끔히 넘긴 머리와 깊게 쌍꺼풀진 눈매는 언뜻 보기에 차가운 인상을 주었으나, 진중한 표정 속 간간이 비치는 미소에서 뜻 모를 신뢰감이 느껴지기도 했다. 그리고 그는 내게 호의를 내보이는 데 인색하지 않았다.

―굳이 한국인 직원들과 섞여 지낼 필요는 없어요.

그가 허공에서 뭔가를 손날로 쓱 치워버리는 시늉을 하며 내게 했던 조언 역시 그런 맥락에서 비롯된 듯했다.

―같은 팀이어도 말인가요?

하지만 내가 그 말의 의미를 제대로 알아듣지 못하고 되묻자 그가 고개를 주억거렸다.

―그게 더 나을 거예요. 독자적으로 일을 한다고 생각하면 더 편해요. 왜냐하면 한국 직원들은 저마다 매출 계획이 있고 성과에 따라 차등적으로 연봉이 책정되거든요.

─저에게는 그런 기준이 적용되지 않는다는 건가요?

제이크가 의아한 눈초리로 나를 쳐다보았다.

─마이클 호킨스 사장님의 배려라고 할 수 있죠. 몇몇은 그렇게 일하고 있는 게 사실이고요.

나의 얼굴에 드러난 찜찜한 표정을 읽었는지 그가 헛웃음을 터트렸다.

─게다가 토비아스 모로 씨가 아버님이시기도 하잖아요. 그분은 글로벌 화장품 기업인 MAJI 그룹의 아시아 퍼시픽 총괄 사장이시고요. 조만간 한국 지사장을 겸직하게 될 거라는 얘기가 들리던데요.

제이크는 그 정도 정보쯤은 진작에 알고 있었다는 듯 싱긋 웃어 보였다. 아버지가 한국 지사장을 맡게 될 거라는 사실은 모르고 있었다. 그제야 나는 제이크가 왜 내게 지속적으로 호의를 보였는지 알아차렸다. 아버지의 후광으로 내가 이 회사에 비교적 쉽게 입사할 수 있었던 것은 사실이다. 내 부탁을 거절하지 않고 나를 이 회사 사장에게 추천해 준 지인 역시, 아버지의 사업 파트너이기도 했으니까. 그러니 아버지에 대해 얘기하지 않을 이유가 없을 것이었다. 그 사실이야말로 나를 이 회사에 입사시킬 수 있는 가장 크고 좋은 유인책이었을 테니까.

어머니와 따로 떨어져 사는 아버지와는 교류나 왕래가 거의 없었다. 그럼에도 아버지의 존재가 여전히 내게 영향을 미치고 있다는 사실이 아이러니했다. 그렇지 않았다면 나는 크리스티안이 다녔던 이 회사에 결코 들어올 수 없었겠지.

—개인적으로 MAJI 기업에 관심이 꽤 많아요. 강남 쪽에 새 사옥을 알아보고 있다는 정보도 이미 알고 있는걸요. 우리 회사가 공간 구성부터 인테리어, 가구까지 모두 제안할 수 있다는 걸 레아 씨도 잘 알고 있잖아요.

그가 눈을 가늘게 뜨고 나를 넌지시 바라보았다.

—아버님과 우리가 관계를 돈독히 맺어간다면…….

—아버지는 저와 상관없는 사람이에요.

그가 말끝을 맺기도 전에 나는 차갑게 대꾸했다. 아버지에 관해서는 어떤 기대도 갖지 않도록 분명히 해둘 필요가 있었다.

—……뭐라고요?

잘못 들었다는 듯 되묻다 말고 그는 이내 손을 내저었다.

—오, 이런. 뭔가 오해를 하신 모양이군요. 회사 차원의 세일즈를 위한 여러 가지 방법과 전략이 있을 수 있다는 얘기지, 저희가 아버님을 통해 뭘 어쩌겠다는 뜻이 아닙니다.

그의 얼굴이 불그스름하게 달아올랐다. 회사가 원하는 것은 나의 능력이나 가치가 아니라 아버지의 위상과 네트워크였다. 아버지와 소원한 관계에 있다는 사실을 그대로 말할 수도 있었지만 그러지 않기로 한다. 언젠가 그 사실을 이용하거나 방패막이로 삼을 순간이 다가올 수도 있을 테니까.

—여하튼 레아 모로 씨가 원하는 방향으로 해나가면 됩니다.

그는 자신의 말을 수습하며 미소를 지었다.

—감사해요. 열심히 해보겠습니다.

그 말을 끝으로 나는 그의 집무실을 빠져나왔다. 나를 문 앞까지 배웅하며 환히 웃고 있던 그가 문을 닫자마자 인상을 구기는 모습이 간유리 너머로 어렴풋이 보였다. 생각지도 않게 등장한 아버지의 존재가 잠시나마 나를 흔들리게 했다. 이제 그와 나는 아무 연관 없이 다른 삶을 살아가는 사이였다. 그렇다고 그 사실이 낯선 것만은 아니었다. 나는 이미 한국에서 한 차례 버려진 적이 있으니까.

"회사는 어때요, 다닐만한가요?"

그가 커피잔을 내려놓고 입을 뗐다. 그는 내가 크리스티안이 다녔던 회사에 들어갔다는 사실을 안다. 어떻게 보면 그 역시 내가 벌이고 있는 이 위험하고 은밀한 게임의 동조자일지 모른다. 그는 처음부터 내가 벌이고자 하는 일을 감당할 기세였고 그게 내가 그를 변호사로 택한 이유였다. 하지만 대형 로펌의 신참 변호사이기에 그런 가없는 패기를 내보일 수 있는 건 아닐까 우려하는 마음이 완전히 사라진 건 아니었다.

"괜찮아요."

나는 고개를 까닥거렸다.

"겁나지 않아요?"

그가 거듭 물었지만 나는 대답 대신 시선을 떨구었다. 사인을 알아보기 위해 죽은 남편이 다니던 회사에 입사하겠다는 얘기를 듣는다면 누구라도 경악하고 말 것이었다. 일반적인 로펌 변호사들이라면 그런 행동이 낳게 될 또 다른 분란이나 사고를 경계해야 한다면서 나를 뜯어말렸을 게 분명했다.

하지만 그는 아니었다. 나의 계획을 밝히자 "진실을 원해요?" 하며 그는 반문했고, 내가 그렇다고 하자 "못할 건 없어요. 해보세요."라고 답했다. 그렇게 오히려 나를 부추기듯 말하는 그를 처음에는 믿을 수 없었다.

"변호사가 클라이언트에게 그렇게 쉽게 말해도 되는 건가요. 법적인 문제는 없는지 묻고 싶어요. 그리고 저 농담하는 거 아닙니다만."

정색하는 나를 가만히 바라보며 빨개지던 그의 얼굴이 기억난다.

"회사에 들어가는 것 자체는 불법이 아니니까요. 그 이후에 문제가 생긴다면 모를까. 불법만 아니라면 그 어떤 것이든 왜 안 되겠어요."

거기까지 말하고는 숨을 고른 후 "저도 진실을 찾아내고 싶어요."라며 툭 말을 내뱉던 그의 건조한 표정까지. 그런 무모함이 어디서 나오는 것인지 나는 궁금했다. 정말 순순한 의도에서 비롯된 것인지 확신하기도 어려웠고, 스스로 뭔가 대단한 일을 하는 사람이라는 도취에 젖어 있는 건 아닐까 했던 의심 역시 거두지 못한 상태였다.

"변호사님은 그런가요?"

나는 고개를 들어 그에게 반문했다. 일순 얼굴이 경직되었던 그가 눈가에 잔주름을 새기며 설핏 웃음을 짓는가 싶더니 "그런데, 계속 변호사님, 변호사님 그렇게 부르실 거예요? 그냥 제 이름으로 불러주시기로 했잖아요." 하며 말을 돌렸다.

"전 겁나지 않는데요."

나는 등을 똑바로 세운 채 건조하게 말을 이어갔다. 그러자 웃음을 거둔 그가 "네, 알아요." 하고서는 다시 고개를 들어 "하지만 조심하세요."라며 당부했다. 이어 나는 그가 서류 뭉치를 꺼내 테이블 위에 올려놓는 모습을 지켜보았다.

"고인에게서 향정신성 의약 성분이 발견된 부분 말인데요."

그가 손으로 성분명이 기재된 서류 상단을 손으로 짚으며 말했다.

"고인의 회사 업무와 우울증 사이 인과 관계가 인정된다면, 고인의 죽음이 비록 자살이라고 할지라도 업무상 재해 승인을 받을 수 있어요."

눈 밑에 경련이 이는 게 느껴진다. 그는 꼭 짚고 넘어가야 하는 사항이라는 듯 나를 보면서도 서류에서 손을 떼지 않는다. 크리스티안의 죽음이 누군가에 의해 언급될 때마다 가슴 한편에 통증이 인다. 그렇게 감각된 통증이 앞으로도 사라지지 않을 것임을 나는 예감한다. 크리스티안의 사인을 분명하게 판별해 낸다면 그때는 사라지게 될까. 지금 그 사람에 관해 말한다는 건 나의 내면에 빗금처럼 그어질 수많은 상처를 허락해야 한다는 의미일지도 몰랐다. 익숙해져. 나는 스스로를 다그쳤다.

"보상이나 산업재해 인정을 받으려는 게 아니라는 거 잘 아시잖아요."

나는 전보다 조금 더 강한 어조로 말을 이었다. 실은 그 역시 내가 가족의 죽음을 받아들이기 어려운, 자기 편향적인 사고를 하고 있는 사람으로 보고 있는 걸까. 어쩌면 한국에 와서, 그것도 남편이 다니던 회사에 들어가 미친 짓을 벌이고 있는 유별난 입양인으로 여기고 있는 건 아닐까. 어떤 식으로든 타협하라는 의미로 내게 제안한다면 그와의 관계를 끊어내겠다고 다짐했다.

"알죠. 알고는 계셔야 할 것 같아 말씀드리는 겁니다."

"제 의견은 확고해요."

그가 한 차례 고개를 까닥이고는 다시 턱을 들어 나를 바라보았다.

"남편분의 자살을 여전히 믿지 않으세요?"

"변호사님!"

"그거 아십니까?"

"그만하시죠."

나는 망설이지 않고 자리에서 일어섰다. 그나마 그를 향해 서 있던 믿음의 축이 부러져 버린 것 같았다.

"사인을 직접 밝힐 수 없는 미상의 죽음도 많습니다. 어쩔 수 없이 이유도 모른 채 흘러가 버리게 두고 그저 바라볼 수밖에 없는 죽음들이요."

"전 그러고 싶지 않아요."

그 말을 던지고 자리를 뜨려고 했지만, 그는 몸을 옮겨 나를 가로막았다.

"하지만 염두에 두셔야 해요. 그냥 흘러가게 놓아두어야 할 순간이 올지도 몰라요. 법이 모든 걸 해결해 줄 수는 없으니까요. 하지만 그 전까지는 제가 최선을 다해 돕겠습니다."

그는 내게 어떤 확신이 필요한 사람처럼 말했다. 나는 아직 크리스티안의 그 어떤 것도 흘려보낸 적이 없었다. 어디선가 그가 실재했던 흔적이 부식되거나 유실되고 있다면 그곳이 어디든 가서 막아내고 싶은 심정이었다. 아무것도 그냥 보내지 않을 거라고 크리스티안에게 얘기해 주고 싶었다.

"제가 필요한 건 크리스티안의 사인에 이의 신청을 해주시는 것뿐이에요!”

“할게요!”

그가 단박에 응수하는 바람에 놀란 건 나였다.

“하지만 그 결과는 예측할 수 없어요.”

곧바로 누그러진 목소리로 그가 말했다. 자기 자신을 넘어서는 힘에는 관여할 수 없다는 뜻일까. 그런 그를 믿어도 될까, 여전히 가변하는 마음이었다.

“인생이라는 게 다 그렇듯이요.”

약간은 비관 조로 들리는 그의 말에 나는 실망했다. 순간 그가 정의로우나 나약하고, 호기로우나 심성이 옅으며, 상대적이나 원칙에 휘둘리는 사람처럼 느껴졌다. 나는 그를 바로 보기로 한다. 어떤 기대도 없이.

“해준 씨.”

그의 요청대로 변호사라는 호칭 대신 그의 이름을 불렀다. 해준이 몸을 움칫하며 나를 바라봤다.

“얼음이 녹지 않으면 얼음을 깎아 내려야죠.”

그의 저자세에 저항하듯 나는 쏘아붙였다. 해준이 이 일에서 손을 떼도 상관없었다.

“조심히 가세요.”

나는 선수를 치듯 그에게 무뚝뚝하게 말했다. 그런 나를 무넘하게 바라보던 해준이 깍듯하게 고개를 숙여 인사한 다음 뒤돌아섰다. 어둑한 카페 내부를 걸어 나가는 그의 뒷모습이 어쩐지 휘청거리는 듯 보였다. 어쩌면 그 역시 다른 변호사들처럼 내가 밝히려 하는 것에 대해서는 그다지 확신을 갖지 못하는 것 같았다. 그런데도 굳이 나를 왜 돕겠다는 걸까. 굳이 크리스티안의 사건을 맡지 않아도 그만이었다. 단지 성과를 위해 어떻게든 사건을 수임해야 해서일까 아니면, 그저 아직 남아 있는 직업상의 순수하고 맹목적인 책임감 같은 것 때문일까. 하지만 그건 더 위험한 일이 아닐까. 정교한 일 처리와 냉정한 간격 유지를 담보할 수는 없는 일이므로.

현재로선 아무것도 알 수 없었다. 크리스티안에 관해 알고자 하는 무엇이라도 나는 밝혀낼 수 있을까. 이대로 아무것도 알아내지 못한 채 돌아가고 마는 것이 아닐까. 갑작스러운 비애감과 무기력감에 나는 몸을 떨었다.

그를 만나고 오피스텔로 돌아가는 길은 낯설었다. 제네바나 파리도 아닌 한국에 홀로 머물고 있다는 것이 여전히 실감 나지 않았다. 무엇보다도 크리스티안이 가고 싶다고 할 때마다 반대했던 그 나라의 땅을 밟고 걷고 있다는 사실이 기묘했다. 하지만 걸으면 걸을수록 길 위에 어떤 희망이 존재하는지 나는 알 수 없었다. 이 길의 끝에서도 내가 얻을 수 있는 건 없었다. 내가 원하는 건 크리스티안이 예전처럼 내 앞에 있어주는 것이었다. 하지만 이제는 그럴 수 없다. 크리스티안이 걸었던 그 길을 나는 불안감과 불확실함을 가득 떠안은 채 홀로 걷고 있다. 부옇게 안개가 깔린 거리를 계속 걷는 동안 나는 내 안의 두려움을 길바닥에 하나씩 떨어뜨리고는 뒤돌아보지 않았다. 더 짙은 안갯속으로 파고들어 갈 것이라 다짐했다. 그의 죽음을 대가로 어딘가에 고요히 숨어 가라앉아 있는 것들을 나는 찾아내야만 했다.

크리스티안이 한국 생활에 대해 자세히 말하는 경우는 드물었다. 그는 언제나 잘 지내고 있을 뿐이라고, 더 오래 머무르고 싶다고 했다. 이네스와 내가 함께 한국에 와서 같이 살아갈 수 있으면 좋겠다고도 했다. 하지만 우리 가족은 이제 현실에서는 함께 존재할 수 없다. 언젠가 그 얘기를 이네스에게 해주어야 한다.

사실 크리스티안은 내게 자신이 경험하는 한국에 대해 더 많이 나누긴 원했던 것 같다. 그때마다 그걸 만류한 것은 나였다. 그렇기에 그가 한국 생활에 대해 말하지 않게 된 건 따지고 보면 나 때문일지 모른다. 한국에 썩 좋은 감정을 갖고 있지 않은 나를 그가 그런 식으로 배려한 것이다. 그의 이야기를 충분히 들어주지 못했던 기억은 나를 아프게 한다. 그당시 나는 생계를 유지하며 이네스를 키우는 일만으로도 이미 충분히 벅찬 상태였다. 한번은 그에게 "차라리 나와 헤어져서 그곳에서 사는 게 어때!" 하고 휴대폰 너머의 그에게 분노를 쏟아부었다. 물론 그렇게까지 해선 안 되었다고 후회하긴 했지만 내가 이네스로 인해 겪고 있는 현실적인 어려움과는 상관없이 그가 한국에서 지나치게 낭만적으로 구는 모습을 그때의 나는 견딜 수 없었다. 때로는 나를 안심시키고자 건넸던 과장된 말조차 나는 미움과 분노로 되받아 내곤 했다. 크리스티안은 그런 나에게 서운해했을까.

그가 할 수 있는 건 자신이 우리 옆에 함께 있어주지 못하는 것을 애석해하는 일 외에는 없었다. 그게 어쩔 수 없는 우리의 현실이었다. 그때의 나는 어떤 일이 있어도 한국으로 갈 일은 없을 거라고 다짐했었지만, 지금 나는 그곳에 있다.

그는 가끔 인스타그램 피드에 자신의 일상을 올리곤 했다. 주말이면 사적지를 찾아다니는 듯했고, 땅거미가 질 무렵에는 서울 어딘가의 시장이나 골목을 자주 걷는 듯했다. 일상적으로 한강 둔치를 뛰었고, 항상 기록을 남겨두었다.

'서울은 뭔가 세트장 같은 느낌이 들 때가 있어. 보이는 전면은 화려한데 그 뒤를 돌아서면 반듯한 앞모습과 다르게 뭔가 허름하고 엉켜 있는 것 같지. 내가 좋아하는 서울의 모습은 앞이 아니라 뒤편이야. 얼굴과 표정에는 드러나지 않은 감춰진 내 뒷모습 같은.'

한적한 거리를 사진으로 담은 게시물 밑에 남긴 글이 나의 가슴을 아리게 한 걸 그는 알았을까. 그곳 어딘가에서 내가 태어난 것만 같은 꺼림칙한 기분이 들어서였다. 내가 태어난 곳은 분명 한국이지만, 그곳은 언제나 나를 서늘하게 만들었다.

"어디에도 내 고향은 없다는 느낌이야. 스위스 이곳저곳에서, 파리에서, 그리고 지금 한국에서도. 나는 한국에서 태어났지만 한국인이 아니잖아. 반쯤 한국말을 하고, 또 불어나 영어로 말할 줄 알아. 하지만 그 어떤 것도 완벽히 하지 못하잖아. 안 그래?"

"하지만 넌 여러 언어를 할 줄 알잖아. 그게 얼마나 대단한 건데."

나는 졸음에 겨워 대답했다. 이네스가 몸살을 앓느라 전날에도 두 시간밖에 자지 못한 탓이었다.

"그만큼만 연관되어 있는 것 같아. 조금씩, 조금씩, 얄팍하게 표면에만 머무르는 거지. 내 자리는 어디에도 없어."

"자책할 필요 없어."

"그래서 뿌리를 찾으려는 거야."

그가 여느 때와 다르게 힘주어 말했으므로 나는 약간 긴장했다.

"알아."

"이렇게 떠 있는 것처럼 사는 거 말고."

"크리스티안."

"크리스티안 말고, 나 명주가, 어디에서 시작됐는지, 얼마나 깊은 곳에서 출발했는지."

내가 해줄 수 있는 말이 없었다, 그때는.

"그냥 나는 먼지처럼 떠돌고 있는 거 같아."

그에게서 가느다란 목울음이 흘러나오고 있었다. 한참의 침묵 끝에 내가 물었다.

"술 마셔?"

"마셨어, 조금."

"난 이제 자야겠어. 오늘 몸이 너무 안 좋아."

"그래, 어서 자."

휴대폰 너머에서 옅은 진 냄새가 맡아지는 것 같았다. 언젠가 우리가 함께 마시던 술에서 나던. 통화를 막 끝내려던 참에 잊고 있었다는 듯 그가 다급히 물어왔다.

"이네스는?"

"이제, 괜찮아졌어."

"다행이다."

"……그래. 너무 많이 마시진 마."

나는 머뭇거리다가 크리스티안에게 조심스레 당부했다.

"그럴게."

그가 대답했다.

그게, 우리의 마지막 대화였다.

2

권아진에게 메일을 보낸 후 얼마 지나지 않아 답장을 받았다. 회사에서 판매하는 인테리어 소품과 가구 제품이 최신 버전으로 정리된 리스트를 첨부했다며 그녀는 비교적 친절한 어조로 설명했다. 나는 그다음 메일로 감사하다는 말을 전하며 식사를 청했으나 그녀는 답장을 통해 거절의 의사를 밝혔다. 하지만 나는 다시 그녀에게 메일을 보내 굳이 이번 일 때문이 아니더라도 한번 만나보았으면 좋겠다는 의사를 전했다. 앞으로 종종 협조를 구해야 할 것 같다며, 그전에 간단히라도 얼굴을 익혔으면 좋겠다는 내용과 함께였다. 사내 메신저로 대화를 옮겨 간 끝에 그녀와 나는 날을 정해 퇴근 후 가볍게 한잔하기로 했다. 언제고 한 번은 만나야 할 사람이었다.

권아진은 크리스티안이 팀장으로 있던 구매팀 소속이었고, 회사에서 그와 친밀하게 지냈던 두 명의 한국인 직원 중 하나였다. 크리스티안과 가까웠던 다른 한 명은 회사를 그만둔 상태였다.

약속 당일 저녁에는 부슬비가 내렸다. 아는 곳이 한 군데 있다며 그녀가 말해준 작은 술집은 어딘가 모르게 익숙한 곳이었다. 그녀보다 먼저 도착해 가게 내부를 훑던 나는 그곳이 크리스티안의 인스타그램 게시물에서 몇 번 보았던 장소라는 것을 기억해 냈다. 외벽과 내부 바닥을 모두 목재로 마감한 곳, 사진에서 봤던 것처럼 꽤 아늑한 공간이었다. 크리스티안도 여기 어딘가에 앉아 술을 마시며 언뜻언뜻 느껴지는 외로움을 달랬겠지. 조금씩 취해가면서 그는 무엇을 보고 있었을까. 그 시선의 끝에 매달린 건 무엇이었을까. 그의 시선이 머무는 곳에 나는 없었던 것일까. 그런 생각을 하며 낡은 탁자를 손으로 쓸어내리는데, 갑작스레 그 위로 물방울이 후드득 떨어졌다.

"늦어서 죄송해요."

고개를 들어 바라보니 사진 속의 그 사람, 권아진이었다. 암청색 코트 어깨 부근이 비에 흠뻑 젖어 있었고 물기에 젖은 곱슬곱슬한 잔머리가 뺨에 엉겨 달라붙은 모습이었다. 비 내음을 몰고 들어온 그녀에게서 은은한 시트러스 향도 함께 풍겼다. 가지런한 눈썹, 크고 둥근 눈과 단정한 콧날, 도톰한 입술, 어딘가 귀여움이 느껴지는 그녀의 얼굴을 가만히 쳐다보다가 나는 말을 건넸다.

"괜찮아요. 어서 앉아요."

사진 속에서 크리스티안과 함께 환히 웃고 있던 그 사람. 이제는 내가 크리스티안 대신 그 사람과 마주하고 있었다. 한동안 우리 사이에 맴돌았던 서먹한 분위기는 생각했던 것과 사뭇 다른 서로의 인상에 관한 얘기를 주고받으며 조금씩 가시기 시작했다. 나는 이미 그녀를 크리스티안의 인스타그램 속에서 본 적이 있었지만, 마치 처음 보는 것인 양 말할 수밖에 없었다. 그사이 주문한 하이볼과 그녀가 이곳에서 즐겨 먹곤 한다는 해산물 샐러드와 브라운 치즈가 탁자 위에 놓였다. 회사와 업무에 관한 몇 가지 얘기를 나누던 끝에 나는 내가 스위스 국적의 사람임을 슬며시 드러냈다. 그녀의 두 눈썹이 미세하게 흔들렸다. 권아진은 내게서 크리스티안을 연상했던 걸까.

"그런데 한국어 정말 잘하시네요."

"그런가요?"

되물으며 나는 씁쓸하게 웃음을 지었다. 스위스에서 살 때 자연스럽게 내게 말을 걸어오는 한국인 관광객들이 있었다. 그들과 전혀 다른 스타일의 옷을 입고 머리를 염색하고 다른 생활권에서 살아가는 나를 단번에 한국인으로 인식한다는 게 이상했다. 몇 번 그런 일이 반복되고 난 이후부터 나는 어쩌다 한국인을 만나도 한국어를 모르는 사람처럼 행동했다. 한국이라는 나라를 매개로 서로를 알아본다고 한들 뭔가를 교류할 수 있는 영역은 극히 제한적이었다. 그들은 호기심 가득한 얼굴로 나를 알아보다가, 매번 그대로 지나쳐 버리고 말았다. 그게 다였다. 바로 휘발될 뿐인 인위적인 마주침에서 나를 드러나지 않기로 다짐했다.

그러나 반대로 스위스 현지의 사람들은 나의 정체성이 어디서부터 기인하는지 종종 호기심 어린 눈빛으로 묻고는 했다. 그럴 때마다 나는 내가 어디에 속해 있는 사람인지 도무지 알 수 없다는 느낌에 휩싸였다. 한국어로 말을 거는 한국인들을 외면하고 정체성을 묻는 이들에게는 적의를 드러냈던 나였다. 나조차도 해석할 수 없는 나. 나에 관해서라면 나는, 아무것도 모르는 사람이었다.

"저희 팀에도 스위스분이 근무하셨던 적이 있어요."

내 얼굴을 힐긋 바라본 다음 그녀가 말했다.

"팀장님이셨거든요."

침샘이 마르고 입술이 건조해지는 게 느껴졌다. 무연하기만 한 그녀의 눈길을 파고들어 가야 할 순간이었다.

"크리스티안 볼란텐이라는……."

내가 그의 이름을 꺼내자마자 그녀가 움찔했다. 낮은 조도의 조명등 아래로 추켜세워진 그녀의 눈이 날카롭게 빛났다.

"들었어요, 로렌에게서. 입사 첫날 저에게 그분 얘기를 해 주시더군요."

"아…… 들으셨던 거예요?"

그녀는 굳어 있던 표정을 풀며 시선을 아래로 떨구었다.

"좋은 분이셨나요?"

은근한 어조로 내가 물었다.

"좋은 분………."

약간 취기가 오르는 듯 그녀는 게슴츠레한 눈으로 허공을 바라보며 내가 했던 말을 되뇌었다.

"그래서 내가 좋아했나."

권아진은 혼잣말하듯 중얼거리며 잔에 든 술을 들이켰다. 허술하게 잔을 움켜쥔 하얗고 긴 손가락과 공허로 가득 차 있는 것 같은 크고 짙은 먹빛 눈동자를 나는 숨을 죽여 바라보았다. 뉘어 있던 내 안의 세포들이 한 번에 융기하는 걸 느꼈다.

순간 얼마 전 해준과 카페에서 헤어지고 나서 그가 그날 밤 보냈던 메시지가 떠올랐다.

「생각보다 많이 남편분을 모르셨을 수도 있어요. 정황상 이해가 가지 않는 구석이 있더라도 그것을 타살의 이유로 단정할 수는 없는 거예요. 그러니 항상 신중하셔야 해요.」

어쩌면 나와 같이 무모함이 앞서는 부류의 사람들을 그는 다뤄본 적이 있는 걸까.

「증거를 모으고 있어요.」

반박하듯 그렇게 그에게 답했지만, 내가 갖고 있는 증거는 아무것도 없었다. 그가 내게 다시 냉소적으로 대꾸했다.

「증거가 결정적이지 않는 한 소용없어요.」

나는 테이블 위에 엎어져 있던 휴대폰을 보는 척 슬쩍 들어 올렸다. 빠르게 음성 메모 앱을 켜 녹음 버튼을 탭한 다음 나는 다시 휴대폰을 테이블 위에 엎어놓았다. 그녀 쪽으로 보다 가까이에.

"동료 이상의 감정으로 말인가요?"

물어놓고 나는 잠잠히 대답을 기다렸다. 그녀가 한 손으로 머리칼을 넘겼다. 답답한 듯 허공을 바라보던 시선이 내게 다가와 멈췄다. 가느다랗게 떨리는 눈꺼풀 아래 착잡함인지 공허함인지 모를 쓸쓸한 눈빛이 반짝였다.

"글쎄요……."

그녀가 시선을 늘어뜨리며 말끝을 흐렸다.

"그분…… 가족이 있는 분이셨어요. 아내와 딸이 프랑스 파리에 산다고 했었던 것 같아요."

일순 먹먹한 감정이 마음을 파고들었다. 그 사람이 나라고 말하고 싶은 충동을 억누르며 나는 고개를 끄덕였다.

"처음에는 인간적으로 좋은 감정을 느꼈었어요."

소름이 오스스 돋았다. 거기서 그치지 않았다는 의미인가.

권아진이 입가로 손을 가져가며 고개를 기울였다. 잠시 감정을 추스르는 듯하던 그녀가 다시 고개를 들어 울음 섞인 웃음을 띠었다. 그 기억만큼은 잊을 수 없다는 듯이 환하게.

"갈비탕을 그렇게 좋아하는 외국인 직원은 처음 봤다니까요."

"……갈비탕을요?"

"네, 원래 외국인 직원분들은 따로 식사를 하러 갔는데, 크리스티안은 예외였어요."

그리고 그녀가 생각난 듯이 덧붙였다.

"그 사람…… 늘 혼자였거든요."

크리스티안을 그분이라며 지칭하던 호칭이 어느새 그 사람으로 바뀌어 있었다. 점심에 관해서라면 기억나는 게 있다. 끼니를 거르지 않고 잘 챙겨 먹냐는 나의 물음에 그는 언제나 너무 많이 먹게 되는 게 걱정이라고 했다.

"그때그때 달라져."

점심을 함께하러 가는 사람이 있냐고 질문했을 때 그는 항상 그렇게 대답했었다. 같이 식사할 사람이 넘쳐나기라도 한다는 듯이 빼기는 어투로. 하지만 그가 한식이나 갈비탕을 먹었다는 얘기는 들은 적이 없었다.

"사람들과 점심을 먹고 사무실로 돌아와도 크리스티안은 제자리에 그대로 앉아 있는 경우가 많았어요. 점심시간이 훌쩍 지난 다음에서야 외투를 걸쳐 입고 사무실을 나가고는 했는데 아마 그때 식사를 하러 가는 것 같았어요."

아마 어느 날인가는 바쁜 탓에 자리에서 샌드위치로 점심을 해결했다는 얘기를 들은 것도 같다. 그러지 말라며 책망하듯 말하는 내게 한 끼 식사에 너무 의미를 두는 것 아니냐며 핀잔을 주듯 말했던 기억.

"그랬던 그 사람과 처음 밥을 먹은 게 갈비탕이었던 거예요. 약속한 것도 아니었어요. 혼자 자리에 앉아 있던 그 사람에게 점심 먹으러 가지 않겠냐며 형식적으로 물은 거였어요. 그날은 저도 혼자였거든요. 하지만 당연히 거절할 줄 알았죠. 그 사람…… 누군가와 함께 식사하러 가는 모습을 본 적이 없었으니까."

"……그런데요?"

나는 그녀 쪽으로 몸을 수그리며 물었다.

"가고 싶습니다."

크리스티안이 돌아서려는 권아진을 붙잡고 그렇게 대답했다고 했다.

"점심 먹으러 가고 싶다고요."

자리에서 멍한 표정을 짓고 있는 그녀에게 크리스티안은

재밌다는 듯 웃으며 말했다고 한다.

"지금 나가실 거예요?"

권아진이 제자리에서 주춤거리며 물었다.

"혹시 갈비탕 파는 식당 아세요?"

그녀의 물음에 대답은 않고 크리스티안이 되물었다. 그때 그가 유난히 해맑은 표정을 지었기에 권아진은 헛웃음이 났다고 했다.

"있어요, 근처에."

"같이 가시죠."

크리스티안이 허리로 의자를 밀어내며 벌떡 일어나는 바람에 몸에 닿은 서류들이 책상 밑으로 미끄러졌다. 그 모습을 보고 있던 권아진이 무릎을 구부리고 앉아 손을 뻗었다. 아무렇게나 흩어진 서류들을 한데 모으기 위해 바닥을 더듬다 순간 만져진 그의 손등이 차가웠다고 그녀는 기억했다. 자리에서 일어나 모은 서류 뭉치를 그에게 건넬 때 또 한 번 손길이 닿았던 기억을 회상하며 그녀는 살짝 미소를 지었다. 아울러 크리스티안이 수줍음이 많은 사람 같았다며 그와 시선이 마주쳤을 때 가슴을 서걱거리게 하는 뭔가가 그의 눈동자 안에 분명히 담겨 있었다고 말했다. 내가 본 적 없는 크리스티안의 모습을 선명히 기억하고 담아두고 있는 한 사람이 지금 내 앞에 있다.

모은 서류를 책상 한편에 올려놓고는 외투를 챙겨 들어 발걸음을 옮기던 그가 다시 뒤돌아섰다고 했다. 선 채로 노트북 전원을 종료한 다음 허겁지겁 뛰쳐나오는 그가 귀엽게 느껴졌었다며 그녀는 내게 은밀하게 속삭였다.

권아진은 당시 로비에 서 있던 직원들이 크리스티안과 자신을 번갈아 쳐다보며 벙찐 표정을 짓던 게 재미있었다고 말하면서 작게 웃었다.

"근데 한국어를 되게 잘하시는 것 같아요."

내게 그랬던 것처럼 그녀는 크리스티안에게도 그렇게 말했다.

"어돕티예요."

그가 답했다. 권아진은 그 말의 의미를 제대로 알아듣지 못했다.

"원래 코리안."

하고 그가 덧붙이자 그녀는 그제야 무슨 말인지 이해했다. 순간 서로를 바라보는 눈빛이 조금 더 깊게 각인된 것 같다고 그녀는 기억했다. 한국어를 잘하는 외국인이라는 외피를 한 겹 벗겨내자 거기에 외로운 한 사람이 서 있을 뿐이었다고, 그녀는 그렇게 크리스티안을 회상했다. 그게 누군가의 비밀을 알게 된 듯한 느낌 같았다는 말을 보태었을 때 나는 표나지 않게 입술 한쪽을 지그시 깨물었다.

원래 코리안.

그가 습관처럼 사용하던 말 중에서 내가 가장 싫어하던 말이었다. 크리스티안과 내가 공유했던 어떤 습관과 말과 생각이 다른 누군가와도 공유될 수 있다는 게 나를 불편하게 했다. 그때 마음 한구석에서 진득하게 배어 나온 부정할 수 없는 그 감정의 형상은 어쩌면 질투에 가까웠을까.

그런데 아까부터 눈에 띄는 모습이 하나 있었다. 그녀가 자신의 왼손 네 번째 손가락에 끼워져 있는 은색 빛깔의 반지를 습관적으로 만지작거리는 모습이었다. 퀼팅 무늬가 새겨진 얇고 반짝이는 반지였다. 크리스티안에 대해 얘기할 때마다 유독 그 반지를 만지작거린다고 느낀 건 착각일까.

"혹시, 결혼하셨나요?"

"아니요."

그녀가 고개를 가로저었다. 내 시선을 따라 그녀의 시선도 자신의 손으로 향했다.

"그럼, 만나고 있는 사람이라도……."

"아뇨."

단박에 대꾸하는 그녀의 얼굴에 불편한 기색이 어렸다.

"죄송해요. 괜한 실례를."

"괜찮아요."

나는 바로 사과했지만 그녀는 자신의 손에서 시선을 떼지 않은 채 대꾸했다.

"이건 그냥…… 증표예요."

반지를 계속 어루만지고 있는 그녀의 목소리에서 취기와 함께 뭔가를 그리워하는 듯한 심정이 뒤섞여 흘러나왔다.

"한때……."

그녀가 천천히 고개를 들어 나를 게슴츠레 바라보았다. 나는 숨죽여 그녀의 다음 말을 기다렸다.

"사랑했던 사람과의."

그때 까닭 없이 등줄기를 타고 소름이 돋았다.

그 사람이 누군데.

속에서 다급히 터져 나온 말이었다. 하지만 그 말을 채 꺼내기도 전에 권아진은 테이블 위에 털썩 엎어져 버렸다. 그녀가 더 일찍 취하지 않았더라면 나는 크리스티안에 대해 보다 많은 것을 알 수 있었을지 모르겠다. 그런데 과연 내가 그녀로부터 듣고자 하는 게 나에게 도움이 되는 걸까. 그 역시 알 수 없었다. 하지만 크리스티안의 행적을 하나씩 추적해 가기 위해서라도 그녀가 필요했다. 그녀와 어떻게든 가까워져야 했다. 그녀로부터 듣게 될 모든 말들이 결국 나에게 상처를 남긴다고 해도 그래야만 했다. 그렇지만 마음 한구석에 스며드는 날카로운 칼날 같은 서늘함과 한 조각의 배신감이 나를 감싸고 드는 건 어쩔 수 없었다.

오피스텔로 돌아가는 길, 비는 어느새 장대비로 바뀌어 있었다. 술기운 때문인지 주위의 모든 사물들이 옆으로 기우는 느낌이었고, 나는 그에 휩쓸릴세라 성큼성큼 앞으로 나아갔다. 권아진의 말들이 어지럽게 머릿속에서 맴을 돌았다. 그와 함께 떠오른 생각 때문에 나는 괴로웠다. 그것은 나도 모르고 있던 어떤 복잡한 감정으로 크리스티안이 자살을 결심한 건 아니었을까 하는, 소름이 끼칠 정도로 밀어내고픈 생각이었다. 처음으로 그를 향해 피어난 의심 한 조각은 내내 떨어지지 않고 예리한 칼끝처럼 내 목을 겨누었다.

3

크리스티안은 이 회사에 더 이상 존재하지 않았지만 그렇다고 완전히 사라진 것도 아니었다. 내가 굳이 크리스티안의 얘기를 꺼내지 않아도 회사 사람들이 나에게서 그를 은밀히 연상하곤 했기 때문이었다. 회사에 크리스티안과 마찬가지로 스위스 국적에 동양인의 외모, 영어와 불어에 능하고 한국어까지 할 수 있는 사람은 나 이외에는 보이지 않았다.

포르투갈 출신의 멜라니도 내게서 크리스티안을 떠올린 사람 중 하나였다. 먼저 내 자리로 찾아와 처음 인사를 건넬 때의 모습이 기억난다. 태닝한 듯한 구릿빛 피부와 보조개가 파이도록 활짝 웃는 그녀의 모습은 겉보기에도 활달해 보였다. 영어로 말할 때 유독 센 'R' 발음과 짧은 모음 덕분에 그녀의 말투는 경쾌하고 리드미컬하게 들렸다. 그런 그녀의 양손에 화분이 하나 들려 있었다. 매끄럽고 단단한 짙은 녹색 줄기 표면에 옅은 회녹색 줄무늬가 섞인 스투키였다.

―꽃말이 불멸이라지 뭐예요. 어지간해선 죽지 않는대요. 귀찮게 물을 자주 줄 필요도 없고.

입꼬리를 살짝 올린 채 그녀가 말했다. 멜라니의 그 말은 묘하게도 크리스티안을 떠올리게 했다. 죽은 크리스티안을 떠올리게 만드는 불멸의 존재가 아이러니하게도 내게 도착해 있는 것이었다. 세 개의 가느다란 세라믹 기둥이 원형으로 세워진 플랜트 스탠드 위에 스투키 화분이 안정감 있게 자리 잡고 있었다. 크림빛 세라믹과 짙은 녹색이 조화롭게 어우러진 모습이었다.

―고마워요. 아직 낯선 게 많아서 마음 붙일 곳이 없었는데요.

화분을 받아 들며 고마움을 표하자, 멜라니가 환히 웃으며 이를 드러낸 채 말했다.

―당신과 닮은 사람이 과거에 회사에 있었죠. 대단한 사람이었는데 말이에요.

나는 불규칙해지는 호흡을 가다듬으며 천천히 멜라니를 향해 고개를 들었다. 그녀의 에메랄드빛 눈동자에 내가 아닌 크리스티안이 있는 것만 같았다. 크리스티안도 나처럼 그녀에게 따스한 호의를 느꼈겠지.

멜라니가 돌아가고 나서 나는 스투키 화분을 책상 옆 캐비닛 위에 올려놓았다. 화분을 둔 채 몸을 돌려 자리에 앉으려다 말고 나는 멈칫했다. 한동안 화분을 내려다보던 나는 허리를 굽혀 나지막하게 속살거렸다.

"크리스티안."

아무도 듣지 못하게 낮은 목소리로. 화분에 붙여줄 이름은 그것밖에는 없었다. 그날 이후 나는 멜라니와 어떻게든 마주칠 기회를 만들기 위해 애썼다. 크리스티안에 대해 알 수 있는 거라면 그게 누구든 무엇이든 쫓아야 했으니까.

마침내 기회가 온 건 며칠이 지난 후였다. 사무실 복도 한편에서 제이크와 대화를 나누고 있는 멜라니를 발견했을 때였다. 그녀가 자신의 자리로 돌아가기 위해서는 내가 있는 쪽으로 걸어와야 했다. 나는 그곳에서 조금 떨어져 있는 빈 회의실로 들어가 몸을 숨겼다. 한참 뒤 블라인드 틈 사이로 그녀가 가까이 다가온 걸 확인한 나는 회의실 문을 열었다. 우연히 마주친 것처럼 나는 그녀의 어깨에 손을 대며 놀란 표정을 지었다. 짙은 아마빛 곱슬머리 위로 선글라스를 올려 쓴 그녀가 나를 보며 생기 있게 웃었다. 점심시간이 얼마 남지 않았기에 나는 그녀에게 근처 식당에서 함께 브런치를 먹을 생각이 있는지 물었고 그녀는 흔쾌히 그러자고 했다.

—당연히 기억하죠.

카페에 자리를 잡고 앉아 처음 만났을 때 내게 해준 말을 기억하냐고 그녀에게 물었을 때 그녀는 그렇게 대답했다.

—그 사람도 당신처럼 선한 눈빛을 지닌 스위스인이었어요. 꼼꼼하고 섬세한 데다가 일을 무척 잘했죠. 타인을 잘 배려하는 사람이었고요.

순간 목이 메는 게 느껴졌다. 내가 크리스티안과 하나의 고리로 엮여 있는 사람이라는 걸 멜라니가 알게 된다면 어떨까. 그녀는 배신감에 사로잡히게 될까, 아니면 내게 손을 내밀어줄 수 있을까. 그건 크리스티안을 알고 있는 사람들에게 공통적으로 느끼는 경계의 감정이었다.

—꽤 친한 사이였나 봐요.

—그렇다고 할 수 있죠,

멜라니가 찬찬히 고개를 끄덕이고는 계속 말을 이었다.

—서로 동질감을 갖고 있었죠. 회사 주류인 미국인들과 거리감이 있고 그렇다고 한국인 직원들과 잘 어울리는 것도 아니었으니까요. 타지에서 버티고 있는 서로를 조금 안쓰럽게 여겼던 것 같아요.

그녀가 말을 마치고는 나를 빤히 바라봤다. 나 역시 아마 다르지 않을 거라 예감하는 표정 같아 보이기도 했다. 그녀의 눈썹이 천천히 우그러지며 팔(八)자를 그렸다.

―하지만 이제 볼 수 없어서 아쉽죠. 당신도 봤다면 마음에 들어 할 친구였을 텐데.

알아요. 나는 속으로 중얼거린다. 나는 숨을 한번 고르고 그의 이름을 툭 내뱉는다.

―크리스티안 볼란텐.

그 말을 들은 그녀의 이맛살이 찌푸려졌다.

―로렌이 얘기해 주었어요. 저와 같은 스위스인 직원이 있었다면서요.

―아.

엷은 탄성을 내뱉은 멜라니는 알만하다는 듯한 표정을 지으며 경직된 얼굴을 폈다.

―그런데 그 사람…… 왜 스스로 삶을 마감한 걸까요?

나는 떠보듯 그녀에게 물었다. 누군가에게 크리스티안에 대해 그렇게 묻기는 처음이었다.

―크리스티안은 많이 외로워 보였어요.

그녀의 그 말이 또다시 마음에 빗금을 낸다. 나는 그녀가 뱉어낸 크리스티안의 외로움을 삼키고 물었다.

―그게 자살의 이유라고 생각하시는 건가요?

크리스티안에 관해 물을 때마다 점차 더 무거워지는 마음.

—글쎄요. 저도 의심하긴 했어요. 왜 그랬는지. 그래도 나름 꿋꿋이 잘 버텨가고 있다고 생각했었거든요.

그러곤 진득이 바라보던 멜라니가 말을 이었다.

—다른 문제도 좀 복합적으로 있지 않았을까…… 그런 생각을 하긴 했어요.

—그렇다면 어떤……?

나는 그녀를 향해 몸을 바짝 기울였다. 그런 나를 보고 갑자기 그녀가 웃음을 터트렸다.

—죽은 사람에게 관심이 많으시네요.

당황한 나는 반사적으로 몸을 뒤로 젖혔다.

—제가 너무 빠져들었나 봐요. 저와 상황이 비슷한 사람처럼 느껴져서요. 더 얘기하지 않으셔도 돼요…….

나는 그녀의 시선을 피하며 얼버무렸다. 잠시 침묵이 흐른 후 입을 뗀 건 멜라니였다.

—크리스티안은 자신의 친부모를 찾는 걸 많이 힘들어했어요.

나는 퍼뜩 크리스티안이 한국에 온 숨은 이유가 바로 그 때문일 거라고 짐작한다. 그는 아니라고 했지만……. 멜라니는 기억을 되새김질하듯 고개를 주억거렸다.

—자신의 진짜 한국 이름이 뭔지도 잘 모르겠다고 했었죠.

명주. 나는 그에게서 들었던 그의 한국 이름을 떠올린다. 아직 정확한 성이 뭔지 모르겠다고 하던 크리스티안.

—입양기관에 알아보니 같은 날 입양된 사람이 자기뿐만이 아니라고 했어요. 문제는 같은 날 태어난 사람 네 명이 한날한시에 입양된 기록이었던 거죠. 그중 두 명의 이름은 같았지만 성이 달랐고, 나머지 두 사람의 이름은 완전히 달랐다고 해요. 아마 같은 이름을 가진 그 한 명의 성이 명주의 성일 가능성이 클 뿐, 그것 역시 확실하지 않다고 했어요.

—왜 그런 일이 벌어진 걸까요?

—그건 모르는 일이죠.

멜라니가 어깨를 으쓱하며 나를 바라보았다. 뭔가를 묻고 싶은 표정.

—저도 한국에서 태어나 입양되었어요.

나는 선수 치듯 응수했다.

—그래서 관심이 많았던 거군요.

그녀가 이해한다는 듯 고개를 끄덕였다.

명주.

나도 모르게 그 이름을 입속으로 되뇌다 화들짝 놀라고 말았다. 다행히 멜라니는 먼 곳을 바라보며 다른 생각에 젖어 있었다. 그러다 그녀가 무슨 말인가 중얼거렸는데 알아듣지 못한 내가 되물었다.

—뭐라고 한 거예요?

그녀가 손을 내저었다.

―아니에요, 그냥…… 뭐랄까 그런 일이 쌓이다 보니 그 사람…….

관자놀이가 팽팽하게 당겨지고 어깨가 잔뜩 움츠려졌다.

―자포자기해 버린 건 아닐까…… 그런 생각이 들었어요.

가슴 위로 크고 무거운 뭔가가 쿵 떨어져 납작하게 짓눌린 느낌이었다. 좀처럼 잡히지 않는 뭔가를 안갯속에서 그저 막연히 좇고 있다는 막막한 절망과 공허에 숨이 콱 막힐 것만 같았다. 그 기분은 그날 하루 내내 나의 감정을 붙들어 매었다.

퇴근 시간 무렵 사람들이 하나둘씩 사무실을 빠져나가는 동안에도 나는 박힌 듯 자리를 지켰다. 형광등 불빛 아래 매달린 허무가 내 머리 위를 내내 쏘아 비췄다. 어떻게 해도 자리 잡히지 않는 마음을 가다듬느라 애를 쓰는데 문득 스투키 화분이 눈에 들어왔다. 나는 몸으로 회전의자를 밀어 캐비닛 쪽으로 다가갔다.

"크리스티안."

갈라진 목소리로 낮게 이름을 부르고 나는 주위를 둘러보았다. 사무실에 남아 있는 직원은 보이지 않았다. 나는 다시 화분을 내려다보며 다문 입을 열었다.

"오늘 내가 누구를 만났는지 알려주면 놀라고 말 거야. 바로 멜라니를 만났어. 그 사람은 너에 대해서 많은 걸 알고 있던걸. 너를 많이 이해하고 있다는 느낌을 받았어. 그러며 생각했지. 넌 운이 좋은 사람이라고. 이곳에서 그런 사람을 만나다니.”

거기까지 말하고 나자 날카롭고 뾰족한 것이 할퀴고 간 것처럼 명치 부근이 아려왔다.

“그런데 나에겐 왜 친부모님을 찾고 있다는 얘기를 하지 않았던 거야?”

짙은 녹색 줄기가 조금 흔들렸다고 느낀 건 착각이었을까. 나는 대답 없는 화분을 무념하게 바라보다가 한쪽 발로 바닥을 밀어내듯 쳐냈다. 바퀴가 굴러 회전의자가 부드럽게 미끄러지면서 원래 자리로 나를 되돌려 놓았다. 나는 책상 위에 팔꿈치를 괸 채 한동안 멍하니 앉아 있었다. 나는 크리스티안이라는 과녁을 향해 달려가고 있지만, 어쩐지 영원히 그곳에 닿을 수 없을 것 같다는 예감이 몸을 무겁게 짓눌렀다. 크리스티안이 남긴 흔적은 나만 비껴가 있는 것 같다. 그 흔적을 끝까지 찾아가는 건 가능할까. 한국에 있는 크리스티안에게 나는 되려, 외지인에 지나지 않은 것은 아니었을까.

그에 대해 안다는 건 진실일까

1

언젠가 이네스에게 지금의 일들을 설명할 수 있는 날이 올까. 가족이지만 이제는 다 같이 만날 수 없는 우리 사이가 뭐라 설명할 수 없는 분절된 단어 조각처럼 느껴진다.

이네스는 크리스티안과 나에게 있어 하나의 구심점이었다. 크리스티안과 내가 각자의 가족과 관계 맺고 있는 방식이 핏줄에 의한 게 아니었기 때문인지 이네스의 존재는 낯설고 생소했다. 이네스를 보고 있으면 가끔은 허구처럼 느껴지던 나의 존재가 시간 속에 명백히 새겨지는 느낌이 들었다. 하지만 크리스티안이 없다는 게, 그의 마지막을 설명할 수 있는 단서가 내게 없다는 사실이, 훗날 이네스에게 전해야 할 지금의 일들을 막연하게 느껴지게 한다.

지금 이네스는 파리에 있고, 내 동생 마리사가 그 애를 돌보고 있다. 마리사는 나의 혈육이 아니다. 그녀도 나처럼 입양되어 온 아이였다. 스위스 국적의 부모는 오랜 난임으로 입양을 결정했다. 하지만 절차가 진행되는 과정에서 쌍둥이 형제를 임신했다. 그럼에도 두 명의 아이를 차례로 입양했는데, 그중 한 명이 나였고, 한국에서 입양된 또 다른 아이가 마리사였다.

아버지와 어머니는 다정다감하고 친근한 부모였다. 하지만 자라면서 점점 커지는 의문이 있었다. 쌍둥이의 임신 사실을 알았음에도 나의 입양을 포기하지 않은 것에 대해서, 혹시나 후회한 적은 없었는지. 가족 안에서 나 자신이 이방인 같다는 생각을 하지 않은 것은 아니었으므로 자연스럽게 시작된 의문이었다. 그러나 그들 역시 나를 다르게 여긴 적은 없을까 하는 궁금증을 밖으로 표현한 적은 없었다. 서로를 마주 보며 문득문득 떠오르곤 하던 이질적인 감정과 물음들이 언제나 머릿속을 배회했다. 나는 종종 어딘가를 표류하고 있다는 느낌에서 헤어 나오지 못했는데, 그런 생각을 하고 있다는 사실만으로 죄책감을 느끼곤 했다. 아버지와 어머니는 되도록 나와 마리사가 입양된 곳, 한국에 대해서는 말을 꺼내는 법이 없었다.

나는 입양된 첫 두 해 동안은 제네바에서 머물렀지만, 그 이후부터 대학에 갈 때까지는 줄곧 스위스의 몽트뢰에서 살았다. 우리가 살던 집은 레만 호수 근처에서 얼마간 떨어져 있었다. 그곳은 휴양지로서의 정경과는 거리가 먼 한적한 동네였다. 오후 6시 이후에는 대부분의 상가들이 문을 닫아 특별히 즐길 거리도, 할 수 있는 것도 많이 없는 한적하고 심심한 그런 동네. 집들의 크기와 높이도 고만고만해 대체로 5층을 넘는 건물이 없었다.

이층집 앞마당에는 작은 풀장이 있어 여름만 되면 그곳에 물을 받아놓고 하루를 보냈다. 제법 얌전했던 마리사와는 다르게 나는 쌍둥이 남동생들과 경쟁하듯 풀장 속으로 뛰어드는 걸 일삼았고, 온 집 안을 놀이터 삼아 뛰어다녔다. 그렇게 열심히 시간을 보내다가도 무엇인가를 잊은 듯 주방이나 거실로 뛰어 들어오곤 했다고, 어머니는 언젠가 내게 말한 적이 있었다. 나는 쌍둥이와 마리사 사이에서 유독 칭찬에 목마르고, 주목받고 싶어 하는 아이였다. 어머니의 말을 빌리자면, 내 얼굴에는 늘 장난기 어린 웃음이 가득했다. 그건 같이 놀아달라거나 뭘 발견해서가 아니었다. 호기심이 드는 것에 대해 말하거나 질문하려는 것도 아니었다. 검은 눈동자 안쪽의 깊은 공간 한구석에는 뭔가를 확인받고 싶어 하는 간절함이 있었던 것 같았다며 어머니는 그때의 나를 회상했다.

—어떤 방식으로든 그걸 확인받기 전까지 떨어지지 않으려 했지, 넌.

내가 확인받으려 했던 게 무엇인지에 관해서 어머니는 입을 다물었다.

어머니가 그 얘기를 다시 꺼낸 건, 아마도 내가 런던의 대학 입학을 위해 집을 떠난 이후 몇 년 만에 다시 돌아왔던 때였다.

—넌 네가 어떤 사람인지 정확히 알고 싶어 하는 눈빛이었어.

나란히 침대 위에 누워 두 팔을 베개 삼아 머리를 받친 채 어머니는 말했다. 이제 와서 하는 얘기이지만, 그런 말이 생략되어 있는 것 같았다.

—그때마다 내가 널 돌려세웠던 걸 기억하니?

어머니가 천장을 올려다보며 물었다.

기억하죠.

나는 속으로 대답했다.

—저기, 네가 있던 곳으로 가 레아. 동생들이 저기 있지? 그곳에서 놀아도 괜찮아. 엄마는 늘 여기 있어. 네 뒤에 늘 있다고. 그러니까 안심해도 돼. 그렇게 얘기하면 넌 늘 금방이라도 울 것 같은 표정을 짓다가 언제 그랬냐는 듯 다시 뛰어나갔지. 내가 할 수 있는 건, 그런 거였어. 그저, 너의 뒤편에 서 있는 사람이 엄마라는 걸 알려주는 것 말이야. 그게 네가 원하던 대

답이 아니라는 걸 그때도 알았지만 어쩔 수 없었어. 너의 그런 궁금한 얼굴이 그때는 두려웠어. 언젠가는 네가 답을 찾아 우리를 떠날 수 있다는 생각이 겹쳐 들어서였는지도 몰라.

어머니는 내가 무엇이든 쉽게 포기하는 법이 없고 원하는 것에 대한 성취 욕구가 큰 아이였다고 했다.

—그래도 절대로 우는 법이 없었지 넌. 지기를 싫어했어. 너의 쌍둥이 동생들은 뭔가를 얻으려고 그렇게 열심히 하지 않았잖니. 마리사도 그렇고. 있으면 있는 대로, 그리고 없으면 없는 대로. 부모가 줄 수 있는 것에는 한계가 있다는 걸 이르게 안 덕분이었지. 포기가 쉬웠던 만큼 타협도 잘됐어.

어머니가 웃음 섞인 투로 이어 말했다.

—반면에 너는 원하는 게 있으면 포기하는 법이 없었지. 기억나니? 트랙터를 운전해 보겠다고 떼를 쓰던 너를 그대로 거기에 앉혀두고 하루를 보낸 일을. 넌 땅거미가 지고 나서야 아버지 품으로 내려왔지. 그런 너를 보며 생각했어. 너는 네가 원하는 방향으로 가게 될 거라고. 하지만 우리가 네가 원하는 해답을 다 줄 수는 없을 거라는 슬픈 예감도 함께였어.

어머니가 누운 채로 몸을 돌려 나를 바라보고는 쓸쓸한 어조로 말했다.

—어쩌면 상대방의 결핍을 껴안는 게 사랑일지도 몰라.

어머니가 아버지와 이혼했다는 사실은 내가 다시 런던으로 돌아가고 한참 뒤에 들은 얘기였다. 그 소식을 들은 뒤 나는 침대 위에서 엄마와 얘기를 나누었던 시간이 문득 환영처럼 느껴졌다. 그때 어머니가 필요로 했던 것은 온기였을까, 하고 나는 오랫동안 그것에 대해 생각했다. 뻥 뚫린 것 같은 스스로의 공허를 내게 고백하고 싶었던 것은 아니었을까.

어머니의 낯설지만 익숙했던 눈길을 나는 떠올렸다. 그리고 그 눈길이 어딘가 모르게 나와 닮아 있었음을 기억해 냈고, 유년 시절 내가 어머니를 올려다보던 절실한 눈빛과 다르지 않았다는 걸 알 수 있었다. 그러나 그것은 무엇인가를 원하는 눈빛이라기보다 체념에 가까운 것이었다. 어머니가 내가 원하는 답을 알려줄 수 없었던 것처럼, 나 역시 어머니가 원하는 답을 알려줄 수 없다는 걸 알고 있는 눈빛. 이후에는 한동안 그런 일이 있었는지조차 잊고 살았던 것 같다. 내가 알고 싶어 했던 것은 어느 순간부터인가 괄호가 쳐진 유보 상태였는데, 시간을 지나쳐 가며 나는 그것이 영영 닫혀버린 것처럼 살아가고 있었다.

크리스티안을 만난 건 그즈음이었다. 이전과 다르게 어떤 한국인을 만나도 한국어를 사용하지 않고, 한국 태생이라는 티를 전혀 내지 않던 그 시절. 나는 런던 동부지역의 한 낙후된 거리를 창의적 공간으로 변모시키는 공공 예술 프로젝트에 참여한 디자이너의 어시스턴트였고, 크리스티안은 그 지역에 살면서 프로젝트 현장을 기록하는 사진 촬영 인력으로 고용된 대학원생이었다. 내가 그곳의 관계자들과 주민들을 인터뷰하는 동안 크리스티안이 사진 촬영을 담당하게 되면서 우리는 자연스레 가까워졌다. 크리스티안은 경제학을 전공하고 있었지만 사진에 더 열정을 지닌 것처럼 보였다. 가끔 그는 자신이 찍은 사진을 보여주곤 했는데, 대체로 도시의 쓸쓸한 풍경과 빛을 담은 사진이거나 그게 아니면 노인이나 동성애자 등 사회적 약자의 모습을 찍은 것들이었다. 어떤 의미에서 주로 그런 사진을 찍냐는 나의 물음에 그가 했던 말이 기억난다.

—내 친구가 되어준 건 그들뿐이었어. 아마 나의 사진을 누군가 찍어준다고 해도 사진 속 그들의 모습과 다르지 않을 것 같아.

크리스티안은 언제나 외로운 옷을 껴입고 있는 느낌이었다. 매일같이 똑같은 외로움으로 장식된 옷을 걸친, 한 번도 맡아보지 못한 쓸쓸한 내음이 깃들어 있는 사람이었다. 나는 그의 시선이 담긴 사진을 좋아했다. 크리스티안의 사진은 그가 보는 모든 것들을 차가운 카메라 동체 안으로 빨아들인 다음 인화해 낸 하나의 감정 같았다. 내가 그에게 점차 동화되기 시작한 건, 마치 나의 마음속에 일어난 궁금증들을 억지로 쓸어내면 남던 복잡한 감정의 잔여물과 그의 사진에서 느껴지는 쓸쓸한 정서가 별반 다르지 않다는 느낌 때문이었다.

언젠가 그는 내게 잠자리가 탈피하는 모습을 고속연사로 찍은 사진을 보여준 적이 있었다.

―잠자리 성충은 때가 이르면 이렇게 물 밖으로 나와 잎줄기에 자리를 마련하고 탈피할 준비를 해. 탈피를 시작하면서 잠자리는 번데기 밖으로 빠져나오지. 절반쯤 빠져나왔을 때 잠시 멈춰 긴 호흡을 하기도 하고. 그런 다음 앞다리로 번데기의 머리 쪽을 잡고 다리 쪽에 힘을 주어 마침내 몸 전체가 빠져나와. 신기한 건 이렇게 밖으로 나오자마자 날개가 자란다는 거야. 번데기 안에 있었을 때 날개 같은 건 애초에 없었는데 말이야.

그가 사진에서 시선을 떼며 나를 돌아봤다.

―난 사실 한국에서 태어났어.

나지막한 음성이었다. 그러고는 말없이 내 대답을 기다렸다. 한참을 망설인 끝에 내가 입을 떼었다.

―나 역시 한국에서.

그가 눈썹을 치켜올리는 모습을 나는 지그시 바라본다.

―실은 예상했어.

―나도.

어쩌면 그 사실이 서로를 끌리게 하고 동시에 그만큼의 크기로 밀어내고픈 충동이 일게 한 이유가 아니었을까.

"혹시, 한국어로 말할 줄 알아?"

그가 한국어로 물었다. 끝내 대답하지 않고 뒤돌아설 수도 있었다. 하지만 그러지 않기로 한다. 갖고 있던 신념을 허물기로 한다. 어쩌면 신념은 마음의 형체이기 전에 누군가의 사이에 가로막힌 벽이기도 할 테니까. 나는 입을 열어 대답했다.

"못하진 않아."

"너무 잘하는데."

그가 반쯤 웃었다.

그 벽을 허물지 않았다면 우리는 관계를 이어갈 수 없었을 거라고 나는 나중에 생각했다. 그의 차가운 입술이 내 입술에 닿는 감촉에서 나는 어떤 동질감을 느꼈다. 그가 찍은 사진처럼 나는 그를 통해 나의 마음 한구석에 억눌러 두었던 알 수 없는 쓸쓸함을 인화하는 것 같았다.

"가끔 그런 생각을 해. 내가 껍데기를 벗어나지 못한 성충 같다고. 날개의 존재를 아예 모른 채로 있는 거 말이야. 이 껍데기를 벗어나 내가 누구인지 알 수 있는 방법은 나를 낳아준 부모를 찾는 거야."

제법 우리가 가까워졌을 때 그는 처음으로 그 얘기를 했다.

"평온한 상태로 껍데기에 있는 한 우리는 어쩌면 그대로 죽어버리거나, 영원히 날개를 갖지 못하게 되고 말 거야. 언젠가는 꼭 한국에 가보고 싶어."

그랬던 그가 한국에 자리 잡게 될 줄은 몰랐다. 아니, 그는 나를 만나기 훨씬 이전부터 그 생각을 품고 있었던 것이었다. 이제 소용없는 질문이겠지만, 그가 기업에 들어가 회사 생활을 하지 않고, 사진을 찍으며 살았다면 어땠을까. 그렇다면 그가 한국 지사에 전직을 신청할 일도, 이네스와 내가 그와 헤어져야 할 일도 없었겠지.

영원히.

2

인사팀장은 깔끔하게 올린 머리에 뿔테안경을 쓰고 정장을 격식 있게 차려입은, 사십 대 중반 정도로 보이는 한국인이었다. 그는 말씨가 조심스럽고 예의가 바른 축에 속하는 사람이었다. 일부러 준비한 듯 브랜드 커피의 로고가 박힌 종이컵이 자리 앞에 마련되어 있었다.

"커피는 직접 사다 주신 건가요?"

내가 커피를 내려다보며 묻자, 그가 몸을 앞으로 기울이며 "부담스러워 마세요. 마침 밖에 다녀오는 길에 한 잔 더 사 온 겁니다." 하고 친절하게 미소 지었다.

그는 내게 커피를 들게 한 후, 회사에서 직무를 수행하는 동

안 불편한 점이 없는지 물었고, 적성에 맞지 않는다면 부서를
바꿔줄 수 있다고도 했다. 다른 직원들에게도 그런 제의를 하
냐고 묻자 그런 질문은 처음이라는 듯 그는 낯을 가렸다.

"경우에 따라서는 그렇기도 하죠." 우물거리던 그는 "다 그
런 건 아니고요." 넌지시 말을 바꾸며 나의 눈길을 피했다. 크
리스티안도 이런 얘기를 들었을까, 언뜻 그런 생각이 스쳐 지
나갔다. 나는 되도록 날카롭거나 예민한 인상을 주지 않기 위
해 그 외에 별다른 말은 덧붙이지 않았다. 그는 시종 깍듯한
어조로 아직 제출되지 않은 몇 종류의 인사 서류들을 내게 이
해시키고는 회사에서 일어나는 직원 간의 주된 갈등이나 조
정 사례를 들며 말을 이었다. 그러면서 그는 그런 불편함을
겪는 경우 언제든 자신을 찾으면 된다고 자신감에 가득 찬 어
조로 말했다.

외국인 직원들과 한국인 직원들 사이에 겪는 갈등이나 그
로 인한 주의 사항은 없냐고 물었을 때 그는 뭔가 할 말을 머
뭇거리는 느낌이었다.

"그야, 없을 수는 없겠죠. 여기도 하나의 사회니까요."

신중하다 못해 모호한 답변 너머로 그는 나를 멀뚱하게 쳐
다보았다. 나는 그런 그를 안심시키듯 "제가 한국어를 할 줄
아니 아무래도 한국인 직원들과 소통을 자주 하면 좋을 것 같
아서요. 또 도움도 많이 받아야 할 것 같고요." 하고 말했다.

그러자 그가 생긋 웃으며 고개를 한 번 까닥였다.

"하긴요. 외국인 직원들과 한국인 직원들 사이에 알게 모르게 틈이 존재하긴 해요. 이젠 좀 바뀌어야겠지만요."

그러고는 별일이 아니라고 생각한 모양인지 예전에는 종종 그런 일이 있었다며 말을 이었다.

"우리 회사 특성상 한국인 임원에 비해 상대적으로 외국인 임원 비율이 높아요. 외국인 임원들이 국내외를 오가면서 사정상 교체되기도 하고, 미국의 사장님 지인들이 회사의 중역으로 임명되어 한국에 오는 경우도 있죠. 그러다 보니 한국인 직원들 사이에 박탈감이 도는 것도 사실이에요. 특히 근속연수가 오래된 직원일수록 더 그렇죠."

인사팀장은 제법 솔직한 어조로 그런 얘기를 나에게 털어놓았다.

"몇 년 전에는 그런 일이 있었어요."

종이컵의 플라스틱 뚜껑을 젖히던 나는 그가 꺼낸 말을 듣고 하마터면 커피를 엎지를 뻔했다.

"크리스티안이라는 사람이 있었는데."

그가 무심코 내뱉은 그 이름 때문이었다.

"그분도 레아 씨처럼 한국어를 할 줄 알았죠. 그래서 다른 한국인 직원들과도 꽤 살갑게 지낼 거라고 생각했는데 오산이었어요."

나는 짐짓 모르는 척 태연한 표정을 지었다.

"다소 폭력적인 면이 있었다나 봐요."

나는 질끈 눈을 감았다. 흰 형광등 불빛이 눈꺼풀 안쪽에 담겼다. 크리스티안에 관한 것이라면 어떤 것이든 알아야 한다는 생각과, 알고 싶지 않은 일까지 알아야 한다는 사실이 충돌하며 내면 깊은 곳에서 거센 소용돌이가 휘몰아쳤다.

"그러고 보니 풀 네임도 다 기억나는 거 같아요."

인사팀장은 자신이 그의 이름을 기억해 냈다는 게 신통하다는 듯 히죽 웃으며 중얼거렸다.

"크리스티안 볼란텐이었던가."

이제 막 회사에 입사한 사람 앞에서, 회사에서 사라져 버린 한 사람의 이름쯤 들먹인들 알 턱이 없을 거라는 듯이 선명한 발음으로. 그의 말에 따르면 크리스티안은 재무팀 과장에 의해 부당한 업무 강요와 폭언으로 신고를 당한 적이 있다고 했다.

"같은 팀 안에서 일어난 일이 아니네요."

"그렇죠. 그 친구가 재무팀 과장에게 몇 차례에 걸쳐서 자료를 요청한 적이 있었다고 해요. 그런데 그 과장도 연말이어서 꽤 바빴던 모양인지 자료를 제때 보내주지 못했나 봐요. 그 친구가 여기서 좀 유연하게 대응하지 못하고 계속해서 항의했는지 어쨌는지…… 과장은 그걸 괴롭힘으로 인식한 거죠."

"그럼 부당한 업무 강요라는 건 왜……."

"그 친구가 보내줄 수 없는 자료를 계속 요청했다고 합니다. 다른 부서에도 전달할 수 없는 자료였나 봐요."

정신이 어찔해지며 의식이 바닥으로 곤두박질치는 기분이 들었다.

"뭐 재무팀 담당자도 잘한 건 없죠. 본질적인 건 한국인 직원들과 외국인 직원들 사이에 알게 모르게 박힌 편견이 존재한다는 거예요. 외국인 직원들은 좋게 말하면 합리적이고 나쁘게 말하면 차갑고 직설적이라고 할까요. 반대로 한국인 직원들은 그런 식의 접근을 강압적으로 받아들이는 경향이 있는 거 같아요. 고생해서 만든 데이터를 외국인 직원이 쉽게 취하려 한다는 인식이 있다 보니 아무래도 좀 예민해진……."

그러곤 아무것도 들리지 않는 것처럼 느껴졌다. 인사팀장의 말소리도, 어디선가 들려오던 전화벨 소리와 벽시계의 초침 소리도, 주위를 오가던 누군가의 발소리까지도. 나는 소리 없이 흐릿하게 보이는 주위를 둘러보았다. 저 매끄러운 흰 벽 어딘가 크리스티안이 무심코 짚고 남은 지문이 묻어 있지 않을까 궁금해졌다. 그가 이곳에 들어오는 모습을 상상한다. 내가 인사팀장을 마주하고 있는 이 자리에서 그 일에 내해 항변하고 해명하는 그의 모습을.

정말 그랬어?

나는 그에게 묻고 있다. 그때 왜 내게 아무 말도 하지 않았냐고 나는 재차 묻는다. 그의 흔적은 이상한 형태로 남아 있다. 그는 내가 알 수 없는 모습에 대해서는 함구하는 듯하다. 나는 그의 과거에서, 우리의 기억을 통해서만 그를 추론할 수밖에 없다. 하지만 기억을 더듬거리다 그 안에 내가 발견하는 흔적이 무척 물설다는 사실을 깨닫고 나면 슬퍼진다. 그에 대해 아는 것들은 과연 진실일까. 내가 크리스티안에 관해 알고 있는 모든 것들은 아주 작은 일부에 지나지 않는 게 아닐까.

나를 바라보던 조용한 눈빛, 감정을 표출하기 전에 잠시 생각을 가다듬던 그의 모습, 슬픔을 머금은 채로 내색하지 않으려던 진중한 표정을 떠올리자, 나는 하염없이 슬퍼진다. 그토록 오고 싶어 하던 한국에서, 그는 적응에 실패했던 걸까. 아니면…… 타인이 괴롭힘이라고 인식할 때까지 분노를 거듭 표출하던 행동이 진짜 그의 본모습이었을까.

네가 남긴 흔적들은 너의 것이 맞아?

나는 크리스티안에게 묻는다. 애초에 그 흔적을 따라 내가 여기까지 당도한 것이었으므로 나는 길을 잃은 심정이었다.

"레아 모로 씨?"

다시 들려온 소리에 나는 움찔한다. 인사팀장이 몸을 내 쪽으로 굽히다시피 하고 나를 빤히 쳐다보고 있었다.

"죄송해요. 잠시……."

나는 한쪽 눈언저리를 지그시 눌러 올리며 눈물이 밖으로 삐져나오지 않도록 참아낸다.

"어디 아프신 건 아니고요?"

"좀 체했는지 속이 좋지 않아서요."

"이런. 잠깐 계세요. 제가 상비약이라도 가져다드릴게요."

말이 끝나기 무섭게 일어선 그가 회의실 문을 열고 나간 찰나, 눈가에 매달린 눈물 몇 방울이 아래로 툭툭 떨어졌다. 나는 의자를 뒤로 밀치고 일어나 그가 돌아오기 전에 서둘러 인사팀 사무실을 빠져나갔다.

3

「무슨 음식을 좋아하십니까?」

해준의 메시지였다. 그가 회사 앞으로 찾아오기로 한 날이었고, 우리는 함께 점심을 먹기로 했다.

「갈비탕이요.」

「의외네요.」

「다른 음식을 기대하셨나 봐요.」

「아뇨, 저도 좋아합니다.」

자리에서 일어나 옷걸이에서 코트를 빼어 들며 손목의 워치를 들여다보았다. 열두 시에서 십오 분쯤 지난 시각이었다. 나는 엘리베이터 앞에서 아래층으로 향하는 버튼 대신 위층으로 향하는 버튼을 눌렀다. 15층에 도착한 나는 복도를 따라 걸어 나갔다. 나는 용건이 없어도 가끔 15층에 들르곤 했다. 회사의 제품을 모아둔 쇼룸에 들르는 것처럼, 대형 회의실에 갈 일이 있는 사람처럼 혹은 임원을 만나러 가는 사람처럼 15층에 도착한 다음, 15-2 윤소영의 집무실을 습관적으로 지나쳤다.

그녀는 블라인드로 창문을 가리고 실내등을 켜지 않는 대신, 항상 집무실 문을 열어두곤 했다. 밖에서 일어나는 일에는 전혀 신경 쓰지 않는 사람처럼 언제나 고개를 파묻고, 푸르스름한 모니터의 빛깔을 얼굴에 묻힌 채 일에 열중하고 있는 모습이었다. 나는 그녀의 어깨 너머로 보이는 블라인드에 눈길을 보낸 다음, 그대로 윤소영의 집무실을 스치듯 지나가곤 했던 것이다.

그런데 지금 나는 그녀의 집무실 앞에서 주춤거리며 발길을 떼지 못하고 있었다. 언뜻 그 안에 사람이 없어 보였기 때문이었다. 문 앞에서 주위를 둘러보자 모두 점심 식사를 하러 갔는지 누구 하나 자리에 남아 있는 이가 없었다. 나는 고개를 돌려 대담히 집무실 안쪽을 쳐다보았다. 자리에는 없지만 윤소영이 공간 어딘가에 서 있는 건 아닌지 살피면서. 그녀가 없다는 걸 확인하고 나는 창가를 주시했다. 창틀까지 완전히 가려두었던 여느 때와 다르게 오늘은 덜 내려온 블라인드 밑으로 새하얀 속살을 내보이는 것처럼 햇빛이 눈부시게 반짝였다. 우려하는 마음에 다시 한번 고개를 뒤로 돌려 주위를 살핀다. 다가오는 사람이 없는 걸 확인하고, 한 걸음 안쪽으로 발걸음을 내디딘다. 그러고는 이내 거침없이 그 안으로 걸어 들어간다. 잎 하나 없이 헐벗은 무화과나무가 심긴 화분과 추상화가 그려진 액자 사이를 지나 흐트러진 서류 더미들이 비죽이 튀어나온 책상 모서리에 닿지 않게 허리를 틀어 지나친 끝에 나는 창가 쪽에 다다랐다. 가쁜 숨을 고르며 나는 속으로 중얼거렸다. 마침내 그 자리에 도착한 것이라고.

나는 딛고 선 바닥을 바라보았다. 시선의 끝에 크리스티안의 구두와 그가 입었던 바지가 겹쳐 보였다. 그의 불안한 서성거림이 느껴지는 듯해 소름이 끼쳤다. 나는 떨리는 손끝으로 블라인드 손잡이를 쥔 다음 블라인드를 걷어 올리기 시작했다. 틈새를 비집고 들어오던 햇빛이 한꺼번에 퍼지면서 눈을 부시게 했다. 블라인드를 완전히 걷어내자 창문이 환히 드러났다. 세로로 긴 창문이었다. 나는 날카롭게 눈을 찌르는 빛을 손으로 가린 다음 다른 한 손을 창문 손잡이에 가져갔다. 그러곤 손잡이를 쥐고 힘껏 창문을 밀어내었다. 생각보다 잘 열리지 않고 삐걱거리던 창은 몇 차례 힘을 가하고 나서야 겨우 틈이 벌어졌다. 삽시간에 닥친 바람이 머리칼을 헤쳤다. 그 순간 몇 가지의 상념들이 점등하듯 머리를 지나쳤다. 크리스티안은 그 밤 이곳에 서서 창문을 열었던 걸까. 만약 그렇다면, 창문을 여는 순간 크리스티안은 무슨 생각을 하고 있었을까. 열린 창문 틈새는 성인 한 사람이 몸을 비집고 빠져나가기에는 유난히 비좁아 보였다. 어째서 생을 마감하기 위해 이 작은 틈 밖으로 온 힘을 다해 자신의 몸을 드밀었는지, 도무지 알 수 없었다.

나는 고개를 수그려 창문 아래를 내려다봤다. 미니어처처럼 작게 보이는 차들이 신호에 따라 움직이고 머리만 보이는 사람들이 분주하게 거리를 오고 갔다. 크리스티안의 죽음 그리고 나의 번민과 상관없이 세상의 흐름은 원활했다. 세상은 그런 것이다. 개인이 자각하는 고통을 세상은 눈여겨보지 않는다. 아니, 그럴 생각조차 없는 것처럼 보인다. 개인의 고통과 세계의 흐름은 무관하다고 얘기하는 것 같다. 모든 고통은 개인적 체험에 지나지 않다고 주장하는 것처럼. 존재는 사라져도 시간은, 세계는 주인을 바꿔 그대로 머무르거나 나아갈 뿐이니까.

크리스티안은 창밖의 허무를 바라보며 몸을 던질 결심이셨던 걸까. 그가 나와 이네스를 생각하지 않았다는 게 믿기지 않는다. 정말 오로지 개인의 감정으로만, 내게는 내보이지 않았던 숨겨진 비밀을 묻기 위해 이곳에서 자살을 결심했던 것일까. 그런 의심이 내내 지워지지 않고 점점 커가는 듯했다. 갑작스럽게 느껴진 어지러움 때문에 창에 몸을 기대자 금속 창틀에 반사된 빛이 눈을 찔렀다. 고개를 한쪽으로 튼 다음 다시 눈을 떴을 때 나는 창문 밖 콘크리트 외벽에서 희미한 얼룩을 발견했다. 급히 휴대폰을 들어 사진을 찍은 후 나는 창문을 닫았다. 더는 시간을 지체할 수 없었다. 아직 어떤 발걸음 소리도 들려오지 않는 것에 안도하며 나는 블라인드 손잡이를 손에 쥐고 세차게 끌어 내렸다. 창틀이 보이지 않을 정도로 끝까지 내려놓은 다음 돌아서다 나는 숨이 멎을뻔했다. 바닥 아래로 우묵하게 번져 있는 그림자 하나. 심장이 그 그림자에 삼켜질까 놀라 나는 고개를 들었다. 문 앞에 그 사람이, 윤소영이 있었다.

그녀는 문 앞에 우두커니 서서 나를 날카롭게 노려보았다. 그녀의 시선이 나의 목을 조르듯 숨 막히게 조여왔다.

"우연히 들어왔어요."

윤소영이 묻지도 않았는데 나는 변명처럼 말했다. 어떻게든 그녀의 차가운 시선을 벗어나고 싶었다.

"블라인드 틈새로 빛이 너무 예쁘게 들어오길래 창밖을 한 번 보고 싶었어요."

하지만 그녀는 어떤 말도 없이 계속 나를 노려보기만 했다.

"여기가 항상…… 너무 어둡게만 보여서…… 지나가다 빛
이 드는 게 신기하더라고요."

나는 더듬더듬 말을 이어나가며 핑계를 댔다.

"레아 씨는 원래 이렇게 남의 공간을 침범하나요?"

윤소영의 물음에 나는 할 말을 잃고 아뜩해졌다.

"아…… 그, 그게……."

"허락 없이 함부로 이곳에 들어오지 마세요."

그녀가 견지르고 있던 팔짱을 풀고 자신의 책상으로 향했다.

"죄송해요."

나는 다급히 말을 뱉고는 문밖으로 서둘러 걸어 나갔다.

"아시겠어요?"

그런 나를 그녀의 사나운 목소리가 낚아챘다.

"……네?"

"아시겠냐고요!"

낮은 음조였지만 엄중한 경고를 담은 묵직한 목소리였다.
나는 몸을 돌린 다음 가볍게 목을 수그린 채 대답했다.

"알겠습니다. 다시는 이런 일 없을 거예요."

그러고는 그녀의 집무실을 빠져나왔다. 긴장한 탓에 손톱으
로 짓누른 엄지손가락 마디에 검붉은 피고름이 맺혀 있었다.

해준을 만나기 위해 회사를 나섰을 때는 진눈깨비가 흩날

리고 있었다. 닿는 곳마다 방사형으로 퍼지며 사그라드는 눈송이 하나하나가 마치 크리스티안처럼 느껴졌다. 저온 창고처럼 차게 식어 있는 가슴을 덮듯 나는 외투를 여미었다.

크리스티안이 권아진과 종종 찾아가곤 했다던 그 음식점은 의외로 회사에서 얼마간 떨어진 곳에 있었다. 갈비탕을 파는 음식점이라면 회사 가까이에서도 쉽게 찾을 수 있었다. 하지만 두 사람이 한식당을 찾아갈 때는 사람들의 시선을 의식한 만큼의 거리가 필요한 건 아니었을까. 택시에 타기 전 무심코 쇼윈도를 바라보다가 나는 소스라치게 놀라고 말았다. 모든 근육을 잡아당기고 있는 것처럼 얼굴이 심하게 일그러져 있었기 때문이었다. 나는 얼굴 근육을 의식적으로 평평히 편 다음 택시에 올랐다.

음식점 문을 열자 그가 미리 자리를 차지하고 있는 모습이 보였다.

"오셨어요. 조금 늦으셨네요."

그가 나를 알아보고 짧게 목 인사를 건넸다. 그는 테이블 위에 서류 뭉치들을 부려놓고 있었다. 내가 자리에 앉기도 전에 갈비탕 두 개를 주문한 그가 엷은 미소를 띠며 내게 물었다.

"원래 외국에 계실 때도 한식 즐겨 드셨어요?"

"아뇨, 처음이에요."

"네?"

그답지 않게 해준이 무안한 표정을 짓는다.

"저는 스위스인이니까요."

아무렇지 않게 한국인의 피가 흐르니까 자연스럽게 관심이 가게 되었다고 대답할 수도 있었다. 하지만 그러지 않기로 한다. 크리스티안이 이미 이곳에서 권아진에게 그렇게 말했을 수 있다는 생각에 솟은 어떤 저항감처럼.

"그건 알죠. 그럼, 왜……?"

"그냥 한번, 와보고 싶었어요. 회사 사람들이 이곳이 맛집이라고 하길래."

해준이 너털웃음을 지으며 "그럼 한번 드셔보세요, 오늘." 찬거리가 담긴 그릇들을 내 쪽으로 내밀었다. 마침 시장기를 느낀 나는 무심코 젓가락을 들어 그릇 안에 담긴 나물을 집어 입으로 가져갔다.

"스위스 국적인 분이 젓가락질을 너무 잘하시는 거 아니에요?"

그가 농담처럼 던진 말이 나의 뭔가를 건드렸고, 나는 젓가락을 탁자 위에 세차게 내려놓았다.

"굳이 그렇게 구분 짓지는 말아 주세요."

"……기분 상하게 했다면 죄송합니다."

느슨하게 앉아 있던 그가 허리를 세우고 고개를 조아렸다. 그사이 주문한 갈비탕이 각자 앞에 놓였고 한동안 어색한 기운이 감돌았다.

"그러실 거 없어요. 괜히 제가 예민해질 때가 있어요." 하고
나는 숟가락을 들었다.

"괜한 말실수를 했네요. 기분 푸세요."

그도 길게 말하는 성향의 사람은 아니었다.

"괜찮아요."

나는 그를 향해 억지로 웃어 보였다. 아마 그마저도 복잡하
게 보였을 만한 표정이라는 걸 나도 모르지만은 않았다. 덕분
에 그와 별 대화 없이 밥을 먹기 시작했고 그런 상태는 숟가
락을 놓을 때까지 이어졌다.

"맛이 별로인가요?"

신경이 쓰이는지 그가 물었고, "아뇨, 맛있네요." 나는 간단
히 대꾸했다.

"무슨 안 좋은 일 있으셨던 건 아니시죠?"

그가 조심스레 물었다. 모든 걸 떠나서 그와 나는 일로써 만
난 사이였다. 내 기분과 상관없이 일에 대한 얘기는 이어져야
했다. 게다가 내가 한국에 와서 유일하게 믿을 수 있는 사람
은 해준뿐이었다. 가끔 격식에 연연하지 않는 그의 가벼움이
마음에 들었지만, 비죽비죽 튀어나와 상대방을 찌르곤 하는
무심한 칼날은 싫었다. 이참에 그도 나의 성향을 인지해 두어
야 할 필요가 있었다.

"그곳에 갔었어요. 크리스티안이 창을 열고 뛰어내린 곳이
요."

그가 밥을 씹다 말고 멈췄다.

"혹시, 뭘 발견한 게 있으세요?"

"창문을 열 수 있는 공간이 무척 작았어요. 어떻게 그 사이를
비집고 추락할 수 있을까 의심이 갈 정도로요."

"그리고요?"

"이걸 발견했어요."

나는 휴대폰을 들어 윤소영의 집무실에서 찍은 사진을 그
에게 내보였다.

"무엇처럼 보여요?"

휴대폰을 받아 든 그가 사진을 들여다보다가 물었다.

"혈흔…… 같았어요?"

그는 오히려 내게 되물었다.

"그래 보여서 사진으로 남겼어요."

"다시 가볼 수 있을까요?"

나는 고개를 절레절레 흔들었다.

"아니요. 그 공간을 사용하고 있는 디렉터가 굉장히 예민해
요. 퇴근할 때는 집무실 문을 아예 잠가놓기까지 하니까요."

"그렇군요." 하면서 그가 휴대폰을 내게 건넸다.

"이거, 저한테도 보내주세요. 이의 신청할 때 감식도 요청

해야 하니까요."

나는 곧바로 그에게 사진을 보냈다.

"여기 좀 보세요."

그가 서류 뭉치를 헤치더니 그중 한 장을 내 앞에 내밀었다. 사람의 인체가 앞뒤로 그려진 그림이었다.

"남편분 사인이 두개골 함몰과 장기 손상, 그리고 다발성 골절이에요. 골반과 하체 쪽 손상이 많은 것으로 봐서 바닥에 다리 쪽으로 떨어져 엉덩이가 닿은 것으로 보여요. 그런데 상체 쪽에는 두개골 말고는 골절이 보이지 않아요. 하체에 비해 비교적 온전한 상태이고요."

"이게 어떤 의미가 있는 건가요?"

종이 쪽으로 얼굴을 더 가까이 들이밀며 내가 물었다.

"두개골이 함몰된 부분에 의심이 가죠. 둔위 추락인데 상체는 멀쩡한 대신 두개골만 이상이 있다는 게 그렇고요. 추락 전에 다른 사인으로 두개골이 상해를 입은 게 아닌지 의심할 수 있는 대목이죠."

"상해라면…… 누군가……?"

"그럴 가능성이 있을 수 있다는 거죠. 하지만 경찰은 이런 요인만으로는 자살이 아닌 타살의 가능성을 제기하기에는 무리가 있다고 판단한 것 같아요. 아무래도 추락사의 형태는 몇 가지로 압축될 수 있는 게 아니니까요. 땅에 닿아 손상되는 부위도 다양하고요. 게다가 우울증세를 겪고 있던 것으로 추론될 수 있는 신경안정제를 복용한 사실과 그 당시 전후로 회사에서 불안한 모습이 포착된 점, 스스로 회사 안으로 걸어 들어가 문을 잠그고 창문 밖으로 뛰어내린 것 같은 것들이 명백히 남편분의 자살을 가리키고 있다고 여긴 거죠."

"크리스티안은 뛰어내리지 않았어요."

반박하자마자 그의 날카로운 눈초리가 나를 쏘아봤다.

"알고 계셔야 할 게 하나 있어요."

그가 등허리를 피며 다른 곳으로 시선을 돌렸다.

"저기 저 백자 달항아리 보이세요?"

식당 한편에 놓인 협탁 위에 하얗고 둥근 도자기가 올려져 있었다.

"우리가 이 일을 보는 거리가 저 정도라고 생각하시면 됩니다. 유감스럽게도 우리는 저 자기의 뒷면을 보지 못해요. 물론 그 안쪽도."

그가 독백하듯 말을 이었다.

"우리가 할 수 있는 건 보이지 않는 저 뒷면의 상황을 비교적 합리적인 근거로 유추해 내는 것뿐이에요."

그는 나의 확신을 여전히 경계하려는 걸까.

"레아 씨의 마음은 알지만, 남편분이 자살하지 않은 것 같다고 아직은 확신하지 말아 주세요."

"왜죠?"

"어디에나 우리가 볼 수 없는 곳이 존재하니까요."

해준이 손을 들어 도자기를 가리켰다.

내가 그에게 말하지 않은 게 있었다. 크리스티안의 행적을 따르다 보면 알게 되는 것들과 누추해지는 나의 마음이었다. 크리스티안은 내가 보고 싶지 않은 면들은 철저히 숨긴 걸까. 왜 이제야 나는 크리스티안에 대해 다 안다고 말할 수 없는 걸까. 내가 믿는다는 것은 어쩌면 정말 그래서가 아니라 믿고자 하는 것은 아닐까. 나는 해준의 말에 별다른 대꾸를 하지 못했다.

"그런데 남편분에게 그 일이 있고 나서 의구심이 들었다면 왜 그때 이의 신청을 하지 않으셨던 거예요?"

오늘 그의 말과 질문은 하나같이 마음을 아프게 하는 것들이다.

"경찰이 위낙 단정적으로 얘기하기도 했고, 무엇보다 크리스티안의 부모님이 원치 않으셨어요. 우리 모두 경황이 없던 상태이기도 했고요."

"부모님이라면. 스위스 국적의……."

"네."

나는 짧게 끊어 대답했다. 우리의 대화는 그날 그쯤에서 마무리됐다. 음식점을 나오자 난타당한 듯 몸 이곳저곳이 쑤셨다. 이미 잿빛으로 타버린 재들 사이를 불쏘시개로 무의미하게 들추는 기분이었다. 어쩌면 해준을 믿는 것도, 그에게 기대는 것조차 한계가 있을 수 있다는 생각을 처음 하게 됐다. 일이 뜻대로 되지 않을 수 있다는 걸 넌지시 암시하는 것 같은 그의 말. 그가 실은 업무적으로만 나를, 이 일을 대하는 것일지도 모른다. 그건 어쩌면 당연한 일이었다. 어떤 동기도 없이 필요 이상으로 이 일에 헌신할 이유가 없었다.

싸락눈으로 바뀌어 뭉텅뭉텅 떨어지는 눈발을 헤치며 나는 거리를 빠르게 걸었다. 눈이 머리와 옷, 눈가에 달라붙어 시야를 헝클어트렸다. 길을 잃은 것 같은 느낌을 갖지 않기 위해 이를 앙다물고 사람들 속을 헤쳐 걸었다. 누군가의 소매에 손이 닿았고, 또 어떤 이의 가슴팍에 어깨가 부딪혀 휘청하기도 했다.

한국에서 내가 완전히 믿고 신뢰할 수 있는 사람이 있을까. 크리스티안은 과연 누구를 믿었을까. 누구에게 마음을 기대었을까. 크리스티안에 대해 모르고 있던 부분을 차츰 알아가면서 온통 당혹스러운 일들뿐이었다.

하지만 한 가지 분명한 것이 있었다. 점점 아무도 못 믿겠다고 여기고 있는 나와 다르게 적어도 그는, 누군가를 믿으려 노력했다는 사실이었다.

<u>4</u>

"엄마…… 잘 있어?"

마리사가 보내준 영상 속에서 이네스가 해맑게 웃으며 어설픈 한국어로 묻는다. 나는 한국어를 가르쳐 준 적이 없기에, 이네스가 스스로 유튜브에서 찾아 익혔다는 걸 안다. 누가 네 아빠 닮지 않았달까 봐. 나는 그 말을 삼킨다.

"Tu reviens quand?"

이네스가 언제 돌아오냐며 익숙한 불어로 묻고 있다. 나는 너의 곁에 있어야 했다. 하지만 너를 위해서라도 나는 이곳에 머물러 있어야 해. 나는 혼잣말로 대답한다. 액정에 비친 웃음기 가득한 이네스의 얼굴을 손가락으로 어루만진다. 그 아이의 머리를 손질하고 있는 마리사의 손과 상반신이 겹쳐 보인다. 이네스는 그동안 자신이 어떻게 지냈는지 떠벌리듯 한참을 말한다. 부모가 모두 자신의 곁을 떠나 있다는 걸 전혀 의식하지 않는 사람처럼 얘기하는 모습을 보며 나는 다행이라고 생각한다. 이제 그만 자야 할 시간이라는 마리사의 속삭임이 옆에서 들려오자 해야 할 말은 전혀 하지 못한 것처럼 이네스의 얼굴이 문득 침울해진다. 말을 멈춘 채 이네스가 물끄러미 카메라에 얼굴을 가까이 가져간다.

"Tu me manques."

보고 싶어. 그 말이었다.

어느새 불그레해진 눈가로 그 말을 툭 하니 내뱉은 이네스를 보며 가슴이 미어진다. 영상 통화가 아니라는 걸 다행으로 여긴다. 그렇지 않으면 이네스에게 내 표정을 숨길 수 없었을 테니까. 'Manquer'라는 동사는 결핍의 뜻을 가진 단어다. 불어로 보고 싶다는 문장은, 그러니까 결핍의 환원이다. 상대에 대한 채워지지 않는 결핍이 그리움으로 표현된 것이다. 아이에게서 그 말을 듣자 뼈가 부스러지는 것만 같다.

곧 갈게.

나는 화면 속 이네스의 얼굴을 보며 중얼거린다. 설사 내가 원하는 답을 찾지 못하더라도, 네 아빠의 모든 것을 읽어낼 수 없더라도, 때가 되면 나는 너에게 갈 것이다. 아니, 가야 할 것이다. 영원히 함께하자는 약속을 아빠는 지키지 못했지만, 나는 끝까지 지켜낼 거야.

채 불을 켜지 않은 오피스텔 안쪽까지 도시의 불빛이 어지러이 오고 갔다. 어둠만이 나를 보호하는 껍질처럼 느껴진다. 그 자리에 그대로 바닥에 스러진 나는 아주 오랜만에 휴식을 취하는 사람처럼 몸을 웅크리고 있다가 이내 잠이 들었다.

숨겨진 것들

1

　다른 임원들과 다르게 그의 집무실은 상당히 낡고 지저분했다. 회칠된 벽 곳곳이 벗겨져 있고 여러 소품들과 도면과 포장지, 각종 잡동사니가 뒤섞여 방치되어 있었다. 얼마나 그곳에 서 있었을까. 복도 쪽에서 뚜벅뚜벅 걸어오는 소리가 들리더니 머리가 희끗한 한 중년 남자가 문 안으로 들어섰다. 그가 나를 알아본 듯 손짓하며 인사를 건넸다.

　"안녕하세요."

　"아, 참. 한국어를 할 줄 아신다고 그랬지. 가만……."

　주위를 두리번거리며 뭔가를 찾는 듯하던 그가 벽에 기대어 있던 접이식 의자를 가져와 내 앞에 펼쳐놓았다.

"앉으세요, 앉으세요. 이거라도 있어서 다행이네."

겸연쩍은 웃음을 흘리며 그가 말했다. 다소 작아 보이는 키에 비해 상대적으로 두툼한 몸집, 금테로 된 돋보기안경, 검은색 경량 패딩과 통이 넓은 코르덴 바지. 그리고 오래되어 낡은 검은색 구두. 크리스티안이 내게 얘기해 주던 그 사람의 면면과 대체로 일치하는 모습이었다.

소원식?

무슨 소원식이야. 세리머니가 아니라, 조. 원. 식.

크리스티안은 웃음을 터트리며 내 말을 정정해 주었다. 그제야 나는 그가 어딜 다녀온 얘기를 하는 게 아니라 사람 이름을 말하고 있다는 사실을 깨달았다.

내 상사였어.

상사. 크리스티안의 그 말을 떠올리며 내 앞에서 부산을 떨며 이것저것을 정리하고 있는 조원식이라는 사람을 가만히 지켜본다. 자기 자리에 앉은 그가 할 일을 다 마쳤다는 듯이 홀가분한 표정을 지으며 말했다.

"아, 옛날에도 댁 같은 사람이 한 명 있었죠. 한국어에 아주 능통한 스위스인이었는데, 크리스티안이라고."

여기서도 크리스티안의 이름을 마주하게 된다. 사람들은 내가 크리스티안과 같이 한국인의 모습을 한 외국인이라는 이유로 무의식적으로 그를 떠올리고 있었다.

"내가 예전에는 지금 레아 씨가 소속되어 있는 팀 디렉터였다고."

조원식 전무가 마케팅과 세일즈 총괄 디렉터였다는 사실은 제이크에게 들어 알고 있었다. 그를 만나 공간 컨설팅 비즈니스에 관한 얘기를 들어보라고 한 것도 제이크였다. 회사 비즈니스가 제품뿐 아니라 공간 인테리어와 구성까지 확장해 나갈 예정이었기 때문에 이참에 그쪽 영역을 알아보라는 주문이었다. 하지만 조원식 전무가 맡고 있는 공간 컨설팅 부서는 회사 내에서 아직 입지가 좁아 보였다. 인력조차 몇 사람 되지 않은 데다 사무실조차 창고로 쓰이던 회사 건물 맨 꼭대기 16층에 마련되어 있었기 때문이었다.

"내가 아직 거기 있었다면 함께 일할 수도 있었겠네요."

퇴색한 자신의 위상을 애써 감추려는 듯 그가 어색하게 웃었다.

"사실 저도 스위스인이에요."

"아, 그래요?"

놀라면서도 한편으로는 미심쩍은 표정으로 그가 물었다. 혹시라도 아는 사이인지 알고 싶어 하는 것 같았다.

"얘기 들었어요. 그분, 안 좋은 일이 있으셨다는 얘기요."

조원식의 표정이 약간 굳어졌다.

"벌써 들어서 알고 있군요."

착잡한 표정으로 그가 중얼거렸다.

"괜찮은 사람이었죠, 그 친구. 외국인 같지 않게 싹싹하고, 서글서글하고. 오히려 그래서 더 마음고생을 했는지……."

그러고 그는 내 눈치를 보며 말을 줄였다.

"마음을 써야 할 일이 좀 많이 있었을까요?"

그 틈을 놓치지 않고 나는 조심스럽게 그에게 질문을 던졌다. 그러자 그가 피식 웃음을 터트렸다.

"아, 직장생활이 다 그렇지 뭐요. 관계가 어렵죠."

"그게 자살할 이유까지 된다면요?"

속을 떠보기 위해 대담하게 건넨 질문에 그의 얼굴이 잠시 굳어졌다. 하지만 다시 찌푸린 주름을 펼치면서 희미하게 웃었다.

"바로 그게 문제야. 아무리 사내 복지를 좋게 마련해 놓아도 정작 직원 개인의 심리 상태나 옆자리 직원과의 관계가 어떤지는 잘 모른다는 거지. 하지만 크리스티안 그 친구가 그렇게 될 줄은 예상치도 못했다니까. 자기 친부모까지 찾고 있다는 사람이 어떻게 그렇게 허망하게 가나 그 말이야."

조원식이 반말과 존댓말을 섞어가며 혼잣말처럼 중얼거렸다. 잠시 다른 곳으로 시야를 돌렸다가 다시 그에게로 향했을 때 그는 가늘게 뜬 눈으로 나를 쏘아보고 있었다.

"당신도 크리스티안과 같은 이유로 한국에 온 거요?"

"……네?"

무슨 말인지 몰라 내가 되물었다.

"친부모를 찾을 목적으로 왔냐고요."

갑자기 아찔해지더니 몸이 기우는 것 같은 기분이 들기 시작했다. 그것은 끝도 없는 심연으로 자맥질하고 있는 듯한 감각이었다. 나의 생애가 통째로 기우는 느낌.

"그래서 한국어를 그렇게 잘하는 거군요."

그가 멋대로 단정 짓더니 한마디를 더 이어 붙였다.

"몇 살 때 입양되었어요?"

나는 일종의 모욕감마저 느꼈지만 티를 내지 않기 위해 애썼다. 더군다나 그가 계속 멋대로 넘겨짚었기에 나는 두 귀를 막고 싶은 심정이었다.

어떻든 전 한국인이 아니에요.

차라리 그렇게 대꾸하고 나면 황당한 표정을 지을 그의 얼굴을 상상했다. 다른 이들에 대해 쉽게 단정 짓고 습관적인 편견을 들이미는 사람들. 그도 그런 이 중 하나였기에.

"여섯 살 때였어요."

"저런."

내가 순순히 대답하자 조원식이 혀를 쯧쯧 찼다. 내가 제일 싫어하는 방식의 연민이었지만 여기서 나의 의식은 생략되어야 했다. 죽음 직전의 크리스티안에게 가까이 가기 위해서는 내가 누구인지는, 어떤 사람이라는 자의식을 갖고 있는지는 중요한 문제가 아니었다.

"크리스티안과 가깝게 지내셨나 봐요."

나는 얼른 말을 돌렸다. 그렇게 하지 않으면 친부모에 이어 나를 입양한 부모 이야기까지 듣고 싶어 할 것이다.

"그랬지. 친부모 찾겠다고 그 멀리서 왔는데 마음이 안 쓰이겠냔 말이지. 아, 불쌍해 뵈잖아."

조원식이 흐물흐물한 웃음을 지으며 나를 바라보았다. 마치 당신도 크리스티안의 상황과 비슷하지 않냐고 묻는 표정이었다. 이어 그는 입양인들의 경우 간혹 심한 우울증을 겪곤 한다는 얘기를 어디선가 들었다며 덧붙여 말했다. 그들이 절실한 마음을 안고 한국으로 돌아오지만 그저 재외동포와 다를 바 없는 처우에 실망하는 경우가 많다면서.

"죽은 사람은 말이 없지."

한숨 같은 중얼거림을 그가 내뱉었다.

크리스티안의 휴대폰이라도 찾을 수 있었더라면 누구와 연락했는지, 무엇을 찾고자 했는지 혹은 어떤 곤경에 빠져 있었는지도 알 수 있었을 것이다. 하지만 그의 휴대폰은 어디에서도 발견되지 않았다. 그가 살았던 오피스텔에도, 회사에도, 그가 떨어져 있던 곳 주변 어디에도 없었다. 그의 행적을 납득할 만한 단서가 있었다면 내가 한국에 올 이유는 없었을 것이었다. 그대로 크리스티안을 보내줄 수도 있었다. 정말로 그게 그의 뜻이었다면.

크리스티안을 알고 지냈던 회사 직원들 대부분은 그의 사인이 자살이라는 데 이의가 없어 보였다. 놀라운 것은 크리스티안의 죽음이 회사와 연관되어 있다기보다 개인적인 가정사와 우울증 때문이라고 여기는 태도였다. 그들의 말처럼 크리스티안은 자기 정체성에 대한 절망 혹은 처우에 대한 불신과 증오로 인해 회사에서 투신한 것일까. 조원식도 그렇게 생각하는 사람 중 한 명처럼 여겨졌다. 나는 얼른 자리를 마무리 지어야겠다고 생각했다.

"그런데 어떻게 그렇게 의지가 강한 친구가 그리 허망하게 갈 수 있는 건지……. 이해가 안 간다니까."

웃음기 어린 표정을 거두고 고개를 갸웃거리며 조원식이 중얼거렸다.

"그렇다면 혹시 다른 이유가 있다고 생각하세요?"

나는 별 기대 없이 그에게 물었다. 그러자 그는 검지로 이마께를 문지르며 잠시 골똘한 표정을 지었다.

"그 회사 외국인 직원들하고 관계가……."

그의 입에서 새어 나오는 말을 나는 숨죽여 가만히 기다렸다.

"레아 씨 소속팀 디렉터인 제이크가 원래는 구매팀 총괄이었잖아요."

제이크. 그 얘기는 누구에게도 들은 적이 없었다. 크리스티안에게서도 그리고 제이크한테서도.

"그 사람 좋게 말하면 추진력이 좋고, 안 좋게 말하면 압박하는 스타일이라고 할까. 두 사람 사이가 그렇게 좋진 않았을 걸?"

나는 안경 너머 그의 눈빛을 바라본다. 마치 자신의 경험담을 은근히 비추는 듯한 쇠약한 기운의 눈빛을. 원반처럼 큰 공허함이 깃들어 보이는 그의 눈빛에서 나는 뭔가를 찾고자 한다. 그 속에 크리스티안에 관한 뭔가가 분명히 있다.

"내 생각엔…… 크리스티안도 그 사람이랑은 좀 맞지 않았던 것 같아. 원래 그만두려고 했던 걸 내가 남아 있으라고 했다니까. 그게 좀 후회되네요. 아 참, 이런 얘기만 하고 있을 때가 아니지. 그 공간 컨설팅 니즈 있다던 기업들 있잖아요. 그 리스트가……."

그가 이야기를 마무리하려 하자 마음이 조급해지는 걸 느낀다.

"전무님."

막 모니터를 향하던 그의 눈길이 다시 내게로 향한다.

"조금 더 자세히 얘기해 주실 수 없으세요?"

"아, 우리 부서에서 하는 일이라는 게 주로……."

“아뇨.”

그의 말허리를 끊고 나섰다.

“크리스티안에 대해서요.”

“아니, 그 얘기는 뭐.”

“저, 사실 그 사람과 아주 가까운 친구예요.”

내가 그의 허술해 보이는 눈빛 한가운데서 찾은 것은 어떤 허식과 열패감이었다. 회사 권력의 중심에서 밀려난 이후의 공허함을 과거의 위상으로라도 덮어보려는 스산하기만 한 허식, 자기를 밀어낸 이들의 배신에 대해 앓고 있는 눈동자. 패배감, 원한 같은 것들이 한데 뭉쳐 비명을 지르는 듯하지만 애써 무심한 척하는 표정. 나는 언뜻 무력함 속에 감춰져 있는 듯한 그의 적의를 이용해 보기로 한다.

“크리스티안이 억울하게 죽은 것 같아서요.”

나를 보는 그의 두 눈썹이 들썩이며 흰자위가 번득였다. 그러고 그의 시선은 한참 허공을 헤매었다. 아마도 망설임 같은 것이겠으나 그에게도 표출하지 못한 어떤 것이 잠재해 있음을 나는 어렴풋이 알 수 있었다. 그가 크리스티안에 대해 다시 말을 꺼냈을 때는 방금까지와 다르게 내밀한 얘기를 건네듯 진중한 모습이었다. 자주 멍한 표정을 짓곤 했던 눈은 뾰족하게 빛나고 닫힐 줄 몰랐던 입은 앙다문 채였다. 그의 이야기는 낮은 목소리로 그렇게 시작되었다.

"억울한 면이 없지 않아 있을 수도 있죠."

사실 어쩌면 그건 크리스티안에 대한 얘기가 아닐 수 있었다. 조원식 자신을 한직으로 추락시킨 조직과 사람들에 관한 이야기를 하고 싶은 걸지도 몰랐다. 그 이야기 속 어딘가 떠돌고 있을 크리스티안의 흔적을 더듬기 위해 나는 몸을 바짝 기울였다.

2

제이크가 크리스티안이 속한 부서의 장이었다는 사실이 묘하게 느껴진다. 남편의 상사였던 사람이 이제는 나의 상사가 되어 있다. 제이크는 다혈질적인 성향을 가진 사람이었지만, 비교적 합리적인 경향을 추구하는 사람처럼 보였고, 사소한 일—이를테면 근태나 휴가, 서류상의 실수 등—에 연연하지 않는 사람이었다. 그러나 조원식의 말대로 그가 목표와 성과에 대한 지향이 강한 사람이라는 건 그를 겪어본 사람이라면 누구나 쉽게 알 수 있는 듯했다. 나는 아직까지 그에게서 별다른 압박이라 할만한 것을 느껴본 적은 없었지만, 나보다 오래 그와 함께했던 크리스티안은 달랐을까, 새삼 궁금함이 일었다. 하지만 조원식의 말에 따르면 크리스티안이 세상을 떠났을 즈음 제이크는 그의 상사가 아니었다. 그전에 이미 마케팅과 세일즈를 총괄하는 부사장으로 승진 전보된 상태였다.

회사에 입사하고 얼마 지나지 않아 함께하던 식사 자리에서 제이크는 자신이 과거 미군 장교로 하와이에서 복무하던 시절에 대해 자랑스레 이야기를 꺼냈다. 한국에서 일하면서 가끔 벅차거나 힘이 든다는 생각이 들 때면 그는 가끔 그 시절을 떠올리곤 한다고 했다. 그날 그가 했던 여러 이야기 중에서 유독 인상에 남았던 말이 있었다.

—훈련을 열심히 하지 않으면 결국 부하의 피로 대가를 치르게 될 거라는 신념으로 지냈죠.

워낙 엄숙한 어조로 뱉은 말이었기에 나도 모르게 움찔했던 기억이 난다.

—그 신념이 우리를 뭉치게 했어요.

아직도 그를 하와이 미군 부대에 머무는 장교처럼 보이게 하는 말이었다. 아마 그때가 내가 그에게서 처음으로 거리감을 느꼈던 순간이었던 것 같다. 그는 누가 봐도 배려심이 깊은 데다가 매너가 좋은 사람이었지만, 그런 모습이 간혹 가면이라 여겨질 정도로 무언가에 함몰된 채 헤어 나오지 못하고 있는 사람처럼 보이기도 했다.

한국인 직원들 사이에서는 제이크나 다른 외국인 임원들처럼 크리스티안 역시 으레 연줄을 통해 회사에 입사한 사장의

지인처럼 여겨졌다고 조원식은 설명했다. 평사원으로 회사에 입사한 크리스티안이 몇 개월 후에는 구매팀의 팀장이 되었기 때문이었다. 당시 구매팀에는 팀장 승진이 예정되어 있던 한국인 과장이 있었다고 했다.

정우택이라는 이름의 남자 직원.

그 사람이라면 나도 알고 있었다. 같은 팀에서 권아진과 더불어 친밀하게 지냈던, 크리스티안의 인스타그램 게시물 속에서 환하게 웃고 있던 그 남자. 그리고 크리스티안이 밤늦게 회사로 다시 들어와 추락사하기 전, 마지막으로 만나 술을 마셨던 사람.

조원식의 말에 따르면 크리스티안이 팀장이 된 이후 두 사람 사이는 눈에 띄게 소원해졌다고 했다. 그 일 때문인지 몰라도 결국 정우택은 회사를 나가게 된다. 그랬던 사람과 어떻게 다시 만나 술을 마실 수 있었는지 나는 잘 알지 못한다. 이후 크리스티안이 어떻게 죽음에까지 이르렀는지도.

정우택은 자신의 처지를 꽤 자주 비관한 것으로 보인다. 어제까지만 해도 자신의 뒤에서 일을 배우던 사람이 이제는 자신에게 지시하는 사람이 되었다며 술하게 격한 감정을 회사 동료들에게 표출하곤 했다는 것이다.

"그때 정우택이가 나한테도 한번 찾아와서 그래요. 마치 자신의 존재가 이 회사의 용병 정도에 불과한 존재에 지나지 않는 것 같다고요."

낯모를 외국인 직원에 의해 언제든 밀려날 수 있는 처지라는 불안감과 더불어 회사의 주인이 될 수 없다는 사실이 한국인 직원들 사이에 동질감처럼 형성되기 시작한 게 바로 그때부터라고 했다. 정우택보다 나이가 어렸던 터라 먼저 살갑게 다가섰던 크리스티안이었으므로 팀장이 된 후 난처한 상황이 된 건 마찬가지였으리라. 관계보다 목표와 성과를 중시하는 제이크가 이 둘 사이에 그다지 깊게 관여하지 않았을 것이라는 사실을 예측하는 것은 그리 어려운 일은 아니었다.

"그런데 얼마 후에 나에게도 같은 일이 일어난 거죠. 제이크가 내 자리로 왔으니까요. 그래서 여기로 온 거예요. 지낼 만해요, 이곳도."

조원식이 그렇게 말하고는 씁쓸하게 웃었다.

"그때 내가 그만두겠다는 정우택이한테 그런 말을 했다고요."

"무슨 말이었나요?"

"내가 여기서 20년이 넘게 일했다는 얘기요. 그동안 이 회사를 스쳐 지나간 사람이 얼마나 많았겠냐고요. 아무리 일 잘하고, 믿음직스러워도 한국인이 회사의 이인자가 되는 법은 없었다니까요. 사장과 가장 가까운 자리로 중용된 적도 없다는 얘기도 해줬죠."

"왜 그런 걸까요?"

"허허, 정우택이하고 똑같이 물으시는구먼. 모르겠어요?"

조원식이 정말 모르겠냐는 듯이 나를 빤히 쳐다보며 물었다.

"아, 뻔하잖아요."

그는 집무실 문 너머 사무실 쪽을 한번 바라보고는 속삭였다.

"한국인을 못 믿는 거지."

그러고는 더 낮은 목소리로 덧붙였다. "똑같은 거예요."

"뭐가요?" 하고 내가 물었다.

"이 회사에서 외국인들이 한국인 직원을 대하는 시선이 말이에요. 아 막말로 우리가 동남아시아 사람들 차별하는 것과 대체 뭐가 다르겠냐 이 말이에요. 안 그래요?"

그는 그런 식의 합리화가 당연하다는 듯이 내게 반문했다. 그의 얼굴에는 오랜 열패감에 시달린 그늘이 드리워져 있었다. 한편으로는 체념하며 또 한편으로는 분노를 쌓아가며 그는 버티고 있는 것이었다.

"근데, 있잖아요. 내가 크리스티안을 안쓰럽게 여기는 게 바로 그 지점이에요."

그가 나를 흘긋 건너다보며 말했다.

"다른 외국인 직원들과 다르게 크리스티안은 승진해도 우쭐해 보이지 않더라니까. 우월해 보이려고 한다거나 사람들을 손아귀에 쥐려는 지배적 본능이 없었어요, 그 사람은. 내가 그런 점 때문에 사람 괜찮다 본 거라니까요. 그 사람은 뭘

가, 편을 가르는 정치적 무리에 속해 있기보다, 이건 내 느낌인데…… 그냥 한국 사람이 되고 싶었던 거 같아요."

그는 잠시 침묵하다 말을 이었다.

"그 사람한테 잘해주지 못해 미안하고 안쓰럽다니까요. 우리가 크리스티안을 다 좀 모호하게 본 것 같아. 하지만 도와주기 애매한 위치에 그 사람이 있었지. 외국인도 한국인도 아닌 자리에. 그렇다고 해도 난 크리스티안이 혼자 죽을 사람이 아니라고 생각하거든. 뭐 일이야 벌어졌지만서도……. 그 사람, 자기 일과 삶에 대한 강한 의욕을 갖고 있던 사람이었으니까."

조원식이 나를 넌지시 바라보았다.

"그런데 내가 이 말을 하는 건…… 당신이 그 사람이랑 좀 닮게 느껴져서 그래요."

그러고는 짧게 덧붙였다.

"그들에게 찍힐만한 위험한 행동일랑 하지 말라고요."

관자놀이를 당기며 경고하듯 말하고는 다시 무력한 얼굴로 되돌아와 있는 그를 바라보며 나는 복잡해졌다. 그의 말이 정작 나를 위한 조언인지 아니면 혹시 나를 이용해 외국인 직원들 사이에 틈을 벌리거나 이간질해 그들의 결속력을 와해시키기 위한 전략적 행동인지 나는 전혀 감을 잡을 수 없었다. 이곳에서는 그 누구도 믿을 수가 없었기 때문이었다.

조원식을 만나고 나오면서 나는 크리스티안이 어쩌면 처음부터 나와 멀어지려고 했는지 모르겠다는 생각을 했다. 그렇지 않다면 이렇게 아무런 이유도 남기지 않고 사라질 수 있는 것일까. 내가 아무것도 알 수 없게 장막을 쳐둔 채 그 너머의 곳으로 가버린 것이라고 생각해야 할까. 그는 내가 아무것도 모르기를 원했던 걸까. 그런 의문이 들수록 그가 원망스러워졌다. 그만큼 내가 그에게 그저 그런 존재였는지 그에게 따지고 호소하고 싶어서였다.

하지만 자신의 뿌리라고 믿은 근원의 대지를 향해 내딛고 있던 그의 등을 어루만져 주지 못한 것이 못내 후회가 된다. 애써 찾아온 이곳에서도 의지와 다르게 어느 쪽으로도 환영받지 못하고 고통스러워했을 크리스티안을 떠올리자 순간 왈칵 숨이 막혔다.

3

누군가 환기를 시킨다며 문을 열었다가 매서운 바람이 사납게 들이치는 바람에 책상 위에 놓여 있던 서류들이 와락 공중에 펄럭였다. 떨어진 종이를 주우려 몸을 기울여 바닥을 훑는데 그 앞으로 뭉툭하고 번들거리는 장화 앞코가 불쑥 모습을 나타냈다. 고개를 들어 올리자 헬멧을 깊게 눌러쓴 퀵서비스 배달원이 서 있었다. 쉴드가 짙게 선팅이 되어 있어 그 안의 얼굴은 잘 보이지 않았다.

"레아 모로 씨 자리가 어디죠?"

남자가 굵고 퉁명한 목소리로 물었다. 바로 앞에 있는 내가 당연히 그 사람이 아닐 거라고 여기는 듯이. 이곳에서는 나를 모르는 사람들도 대체로 한국어로 말을 걸곤 한다. 마치 결국 나의 외양으로 언어가 규정지어진다는 듯이. 그 규정을 영원히 피할 수 없을 것처럼 일상적으로 한국어가 쏟아지듯 밀려든다. 그런 상황이 마치 굴레처럼 느껴진다. 그래서 이곳에서도 습관적으로 한국어를 모르는 사람처럼 행동한다. 그러면 낯선 이들은 연민과 의아함이 교차하는 표정으로 나를 바라본다. 끝끝내 나의 근원을 물어올 것만 같은 그들의 얼굴과 눈빛이 두려워 나는 서둘러 자리를 피하곤 했다.

"제가 레아 모로예요."

내가 허리를 펴며 일어나자, 남자가 힐긋 쳐다보고는 두툼한 스티로폼 박스를 내민 뒤 그 위에 종이봉투 하나를 얹었다. 엉겁결에 내가 그것들을 받아 들자 남자는 곧바로 뒤돌아 사무실을 걸어 나갔다. 아무 확인 절차 없이 돌아서기에 불러 세워 말을 건네보려 했지만 남자는 이미 성큼 멀어진 뒤였다. 나는 받아 든 것들을 당장 어쩌지 못하고 있다가 화분 옆 빈

구석에 내려놓았다. 우선 급하게 처리할 일이 있어서였다.

책상 한편에 놓인 박스와 봉투에 눈이 간 건 시간이 한참 지나서였다. 겨를이 없어 발신인이 누구인지도 확인해 보지 못했다는 사실도 그제야 떠올랐다. 나는 그것들이 놓인 곳에 다가가 발신인이 누구인지 살펴보았다. 하지만 박스와 봉투 그 어디에서도 발신인 표기를 찾을 수 없었다. 어딘가 마음에 걸리는 구석이 있긴 했지만 열어보면 알겠지, 하고 단순하게 넘겨버렸다. 커터 칼로 스티로폼 박스의 중앙 부분을 가른 뒤 양쪽 면을 바깥으로 펼쳤다. 그러자 그 안에 뭔가가 불투명한 비닐봉지에 싸여 있는 게 보였다.

석연찮은 느낌에 선뜻 만져보지는 못하고, 대신 몸을 수그려 비닐봉지 안쪽을 조금 더 자세히 들여다보았다. 제품의 형태가 아닌, 오히려 어떤 조형에 가까워 보이는 물건이었다. 누가 왜 내게 이런 것을 보냈는지 알 수 없었다. 수신인을 제대로 찾아왔는지 확인할 길 역시 없었다. 비닐봉지 안쪽 표면에 거무죽죽한 액체가 어지러이 묻어 있는 게 비쳐 보였는데 그 안에 든 물건의 형체는 여간해서는 알아보기가 힘들었다. 그 물건은 무엇인가를 본뜬 오브제 같기도 했다. 나는 박스 안으로 손을 들이밀었다. 내용물이 무엇인지는 대강이라도 확인해 둬야 배송이 잘못되었다는 사실을 다시 알릴 수 있다는 생각에서였다. 그러다 나는 멈칫했다. 퀵서비스 배달원의 정보를 전혀 받아놓지 않았다는 사실 때문이었다. 심지어 연락처조차도. 하지만 잠시간의 망설임 끝에 다시 손을 뻗었다. 그런 뒤 까닭 모르게 음산한 기운을 자아내는 비닐봉지를 지그시 눌러 그 안에 든 것의 윤곽이 조금은 드러나기를 기다렸다. 손끝에 닿은 물체의 감각은 차갑고 낯설었다. 딱딱한 고체인 듯하면서도 부드럽게 매만져지고, 하나의 형태이면서도 속은 텅 빈 것 같은 이질적인 감각. 나는 박스 안으로 다른 한 손마저 뻗어 비닐봉지의 표면적을 최대한 넓혀 그 안의 내용물이 무엇인지 확인하려 애썼다. 하지만 아무래도 알 수 없어 양손으로 비닐봉지를 꽉 쥐고 힘껏 비틀어 찢어냈다. 형체의 윤곽이 드러나는가 싶은 그때 눈가에 어떤 반짝임이 얼비쳤다. 한순간 온몸이 굳어버리는 듯했다.

반지.

은색의 반지.

드러난 손마디.

창백하고 검붉은.

손목이 잘린,

여린 손.

돌연한 전격이 온몸을 관통한 듯 경험해 본 적 없는 세찬 소름이 빳빳한 등허리를 타고 발끝까지 내려갔다. 찢긴 비닐봉지 안의 손이 선명히 드러나나 싶더니 이내 꿈틀거렸다. 손목 끝에 엉겨 응고되어 있던 핏물이 녹은 것처럼 끈적하게 흘러내리기 시작했다. 비닐봉지를 뚫고 나온 피는 책상 밑으로 방울방울 떨어지다가 바닥을 온통 붉게 적시기 시작했다. 둥글게 고인 피는 언젠가 꿈속에서 본 것만 같은 크리스티안의 피처럼 느껴졌다. 차가운 바닥에 떨어진 크리스티안의 머리 뒤로 붉게 퍼지던 그 핏물이 점점 번져 내게로 다가오고 있었다. 나는 속에 있는 온 힘을 그러모아 울부짖듯 비명을 질러 댔다. 피가 발끝을 타고 올라 다리와 허벅지를 지나 목덜미로 달려드는 찰나 그대로 고꾸라져 버렸다.

'정신 차려야 해.'

어디선가 희미한 외마디 음성이 들려왔다. 이곳에 온 이유를 잊지 말라며 일깨우는 내 안의 목소리. 감은 눈 안으로 검은 형상들이 아른대더니 이내 웅성대는 사람들의 목소리가 들려왔다. 나는 서서히 눈꺼풀을 들어 올렸다. 박스 주위에서 비명을 지르고 혼비백산이 되어 나동그라지는 사람, 질겁해 발을 구르는 사람, 허리를 굽히고 헛구역질을 하는 사람, 양팔을 벌려 주위를 진정시키려는 사람이 뒤섞인 모습이 눈앞에 어지럽게 펼쳐졌다. 그때 박스 옆에 비스듬히 세워져 있던 종이봉투가 바닥으로 툭 하고 떨어졌다. 나는 봉투를 멍하니 응시하다 무릎을 꿇은 채 그쪽으로 기어갔다. 봉투 안에 든 것을 확인해야 한다는 생각뿐이었다. 크리스티안에 관해서는, 알고 싶지 않은 것조차 알아야 한다는 그 어렴풋한 사실이 이제는 나를 이끄는 이정표가 되어 있었다. 봉투 모서리를 이빨로 뜯어낸 뒤 손으로 잡아 찢어 속을 들여다보았다. 봉투 안에는 하얀 종이 두 장이 들어 있었다. 나는 떨리는 손을 가누며 종이를 와락 움켜쥔 다음 끄집어내었다. 흰 종이 위에는 거칠게 찍어 누른 것 같은 흐트러진 글씨가 암적색으로 쓰여 있었다.

피.

그것이 피로 쓰인 글씨임을 깨달은 순간 나는 지질린 듯 몸을 떨며 종이를 허공에 떨쳐냈다. 공중에서 짧게 버둥거리다 무겁게 내려앉은 종이 위의 글씨를 나는 가쁜 숨을 내쉬며 내려다보았다.

Why did you keep asking about Christian.

보이지 않는 손에 목이 졸리는 듯 숨이 헐떡거려졌다. 가슴에 희박한 공기를 느끼며 다른 한 장의 종이 위로 시선을 옮기자 보다 짙은 흑적색의 글씨가 보였다. 가장자리에 잔금을 남기며 거칠게 쓰인 그 핏빛 문장은 정확히 나를 향해 있는 것 같았다.

Be careful, still watching you.

숨이 타오르다 못해 절멸할 것 같던 순간, 나는 어찔한 기분을 느끼며 바닥에 까부라졌다. 얼마나 지났는지 몰라 설핏 눈을 떴을 때 나를 내려다보고 있는 사람들의 얼굴이 보였고 그 위로 천장 형광등 불빛이 어른어른하더니 물결모양으로 흩어졌다.

검은 어둠 속에서 나는 어딘가로 추락하고 있었다. 크리스티안인가. 나는 거꾸로 추락하고 있는 내 몸을 구석구석 들여다보았다. 크리스티안이 아니라 다행이었다. 내가 너 대신 떨어져 내리는 거야, 크리스티안. 나는 기쁜 음성으로 소리치고 있었다.

크리스티안! 나야, 레아. 아니, 한국 이름 윤미진. 내가 너 대신 뛰어내린 거야. 그렇게 할 수 있어 기뻐.

나는 아래로 맥없이 떨어져 내리면서 위를 올려다보았다. 하지만 내가 뛰어내린 그곳 15-2 사무실 창가에는 아무도 없었다. 대신 누군가 얼굴을 알아볼 수 없는 사람이 그곳에 서 있었다.

크리스티안!

나는 떨어져 내리면서 소리를 내질렀다. 하지만 다시 크리스티안의 이름을 불러보려고 했을 때 나는 전혀 소리를 낼 수 없었다. 크리스티안의 이름이 지워진 것이다. 나는 본능적으로 그 사실을 알 수 있었다. 나는 부를 수 없는 그의 이름을 되넌다. 이름 없는 그의 영혼을.

이제 너의 진짜 이름을 알려줘. 소거되지 않을 너의 진짜 이름을 알려줘. 나는 고개를 곧게 편다. 끝이 보이지 않는 저 밑바닥의 중심부에 어서 닿을 수 있게 나는 몸을 완전히 일자로 뻗었다. 추락하고 나면 나에 대한 기억부터 그에 대한 기억까지 그 모든 것이 끝나버리겠지.

하지만 이네스.

망각의 의지를 보란 듯이 뚫고 나오는 한 존재. 나와 크리스티안이 반반씩 섞인 이네스. 그 아이를 생각하자 한쪽 볼을 타고 눈물 한 방울이 타고 흐르는 게 느껴졌다. 나는 온 힘을 다해 그의 이름을 입 밖으로 겨우 끄집어낸다.

크리스티안.

그때의 너도,

나와 같았어?

4

병원에 머물며 몸을 추스르는 동안 나의 의식은 내내 권아진에게 붙들려 있었다. 그녀의 잘린 손과 경고문이 내게 도착한 일은, 내가 크리스티안의 행적을 쫓고 있다는 사실을 분명 누군가 알고 있음을 환기하는 것이었다. 그렇다면 어떻게든 그걸 경계하고 저지하기 위해 권아진을 잔인하게 살해한 뒤 신체 일부를 내게 보낸 것이라는 얘기가 된다.

하지만 그렇더라도 내가 크리스티안의 흔적을 찾아다닌다는 사실만으로 그녀를 살해했다는 게 납득이 되지 않는다. 나 역시 권아진처럼 될 수 있음을 엄중하게 경고하는 것이었을까. 그런데 왜 하필 권아진이었을까. 권아진을 살해한 이는, 내가 그녀를 만났다는 사실까지 알고 있던 걸까. 언제든 이곳에 내가 아는 이의 시체가 던져질 수도 있을 거라는 공포에 잠식되어 자주 병실 문을 쳐다보게 된다. 누군가 그 문을 열고 들어와 내 목을 조르지 않을까 하는 불안감으로 인해 잠을 이루기가 어려웠다.

회사를 그만두고 한국을 떠나기로 한 건 극도로 신경이 예민해진 끝에 내린 결론이었다. 내가 벌이기 시작한 일이 또 다른 누군가의 죽음으로 귀결된 상황을 견디기 힘들기도 했지만, 나 또한 그렇게 될 수 있다는 점을 간과할 수 없었다. 죽음까지는 두렵지 않았으나, 이네스가 혼자 남겨질 상황을 상상하면 슬픔이 파상을 이루며 온몸을 적셨다.

나는, 이네스에게로 돌아가야 했다. 크리스티안에 이어 나마저 사라진다면, 이네스는 어떻게 살아가야 할 것인가. 반드시 돌아가겠다는 약속조차 기약할 수 없는 지금, 이네스에게로 돌아가는 걸 더 망설일 이유가 없었다.

하지만 남은 문제가 있었다. 크리스티안을 죽음에 이르게 하고 그 일을 덮고자 하는 존재가 보이지 않는 어딘가에서 나를 지켜보고 있다는 그 명징한 사실. 비로소 드러난 그 시선을 피해 나는 도망쳐야 하는 것이다. 여기까지라도 밝혀진 걸 다행이라고 여기자, 하고 나 자신에게 속살거린다. 스스로가 감당할 수 없는 지점까지 왔으므로 그다음은 다른 대안을 모색해야 한다면서. 보이지 않고 알 수 없는 무형의 존재를 상대하기 위해 한 걸음 물러서지 않으면 안 된다고 스스로를 설득하고 이해시키면서.

병원에서 퇴원하기 직전 나는 제이크에게 연락해 회사를 그만두겠다는 의사를 전했다.

마지막으로 회사에 출근하는 길, 로비에서 나를 바라보는 직원들의 눈초리가 예사롭지 않았다. 그들의 얼굴엔 하나같이 나를 불편해하고 두려워하는 기색이 어려 있었다. 끔찍한 사건을 회사에 몰고 들어온 존재라고 지칭하는 듯한 싸늘한 눈길을 뚫고 나는 그늘과 함께 엘리베이터에 올라탔다. 달갑지 않은 시선과 공기가 나를 휘감는 걸 느끼며 나는 엘리베이터에서 내려 사무실로 향했다. 어차피 이 모든 것은 오늘로 마지막이었다.

내 자리를 찾아온 뒤에도 나는 박스가 놓였던 책상 한구석을 정면으로 바라보지 못했다. 아직 그 피의 흔적이 남아 있을 것만 같아서였다. 책상 위는 그 일이 일어나기 직전처럼 그대로였다. 아무렇게나 쌓인 서류들이 다각형 모양으로 층층이 각을 이루고 있는 것도, 사무용품들이 책상 한편에 삐뚤삐뚤 모로 서 있는 것도, 모니터 옆에 비스듬히 놓아두었던 손거울도, 어지럽게 굴러다니던 몇 개의 클립들도, 파티션 위에 삐뚤게 붙은 포스트잇 메모도 손대지 않은 채 그대로였다. 나는 얼마간 손때 묻은 물품들을 상자 안에 하나씩 집어넣기 시작했다. 그러다 손에서 펜 하나가 미끄러져 바닥으로 떨어졌다. 책상 밑으로 펜을 주우려 몸을 굽혔다가 도로 펴려는 찰나, 푸릇한 뭔가가 곁눈에 띄었다.

'화분이 옮겨져 있다.'

나는 속엣말로 중얼거렸다. 다른 모든 것들은 원래 있던 자리 그대로인데, 캐비닛 위에 놓여 있던 스투키 화분만 모니터 가까이 옮겨져 있었다. 나는 몸을 일으키는 척하며 화분을 힐긋 훑었다. 그런 뒤 의자를 돌려 책상을 등지고 휴대폰을 들었다. 나는 셀카를 찍는척하며 스투키 화분과 함께 얼굴이 반쯤 나온 모습을 카메라에 담았다. 그러고는 의자에 몸을 고정한 채로 촬영한 사진과 영상을 무념하게 내려다보았다. 그때 문득 알게 되는 것이 있었다. 그 존재가 생각보다 가까이에 있다는 사실이었다. 크리스티안을 죽인, 내게 권아진의 손과 경고문을 보낸 누군가가 바로 가까이에 있다고. 지금도 어디에선가 나를 지켜보고 있을 거라고. 나는 고개를 치켜들고 주위를 조심스럽게 살펴보았다. 가까이에서 교류하던 한국인 직원, 가끔 이야기를 주고받던 외국인 직원, 멜라니, 로렌……. 그동안 만났던 사람들을 복기하며 나는 사무실 저편을 건너다보았다. 적어도 그들 중 누군가가 이곳에 들러 화분을 옮겨놓고 갔음을 확신한 순간이었다.

―레아 씨.

굵은 음성이 들려온 쪽을 돌아보았다. 제이크는 내가 출근했다는 게 믿어지지 않는다는 표정을 하고 서 있었다.

―오, 이런. 괜찮은 거예요? 조금 더 안정을 취한 후에 와서 정리하지 그랬어요. 급할 건 없는데.

―괜찮습니다. 이제 정말 괜찮아요.

―정말 괜찮아요?

주위를 두리번거리던 그가 목소리를 낮춰 내게 말했다.

―충격을 받은 직원들이 많아요. 다른 사람들 생각도 해야죠.

나를 향한 은근한 책망이 얹어진 듯한 눈빛이었다.

―그래도 오늘이 회사에 머무르는 마지막 날이니 점심이나 함께하죠.

—아뇨, 다음에 하는 게 좋겠어요. 밀린 업무를 해야 하거든요.

제이크가 두 눈을 깜박거리며 되물었다.

—업무? 뭐가 밀려 있다는 말이죠? 오늘은 퇴사하는 날이잖아요!

어이없다는 눈길로 내려다보는 제이크를 향해 나는 어깨를 으쓱해 보였다.

—죄송해요.

—뭐가요?

—그만두지 않기로 했어요.

제이크가 두 눈썹을 모아 찌푸렸다.

—언제 결정했다는 거예요?

—방금요.

—지금 나랑 장난하자는 거예요?

그가 그렇게 생각해도 상관없었다. 조금 전 마음을 바꾼 건 사실이었으니까. 차가운 제이크의 눈초리에 심장이 두방망이질 쳤다. 이로써 나는 회사의 모든 직원들을 잠재적인 살인자로 여기게 된 셈이었다. 그 얼굴들 중 하나가 바로 크리스티안과 권아진을 죽음으로 몰아간 장본인일 테니까.

회사를 그만둘 결심을 바꾼 건, 책상에서 옮겨진 화분을 보고 나서였다. 그 화분은 누군가가 그토록 손쉽게 내 주위에 접근할 수 있었음에도 나에게 아무런 위해를 가하지 않고 경고에 그친 이유를 생각해 보게끔 했다. 권아진을 살해한 이유는 아무리 생각해도 쉽게 떠올릴 수 없었다. 하지만 한 가지는 분명히 알 수 있을 것 같았다. 살인자가 해를 가하고자 한 건, 내 육체가 아니라 크리스티안에 관한 진실을 반드시 찾겠다는 나의 의지와 정신이었을 거라고. 끝끝내 겁을 집어먹고 도망치는 모습을 보기 위해 나를 농락하고 있는 거라는 생각에 붙들린 후 나는 진절머리를 쳤다. 반쯤 달아난 정신으로 버둥거리며 한국을 떠나는 나의 모습을 살인자가 어디선가 지켜보며 기다리고 있을 것이라 상상하자 온몸이 화르르 타오르는 느낌이었다. 마음 한편에 무모한 오기가 가득 차올랐다. 다만 한 가지 걸리는 게 있다면, 이네스였다. 하지만 죽어도 좋다는 생각을 이어 했다.

'너의 삶은 너 스스로 헤쳐 나가야 해, 이네스. 삶은, 원래 고독한 거야.'

나는 이네스에게 말하듯 중얼거렸다. 이네스에게 물려줄 수 있는 건 그 말밖에는 없었다. 그러자 홀가분한 마음뿐이었고, 살인자의 뜻대로 흘러가게 내버려두지 않겠다는 결심이 섰다.

—계속 회사에 남아 있을 거예요.

질린다는 얼굴로 제이크가 나를 쏘아봤다. 내 생각은 오로지 하나였다. 코앞에서 나를 지켜보고 있을 살인자에게 물러서지 않을 거라는 의지를 어떻게든 내보이겠다는 것. 살인자스스로 제 모습을 드러낼 때까지 절대 멈추지 않으리라 다짐했다.

―지금 뭐 하자는 거예요?

―너무 규율에 얽매이지 않아도 된다고 하셨잖아요.

그가 고개를 갸우뚱했다.

―뭐라고요?

―독자적으로 일을 한다고 생각하면 편할 거라고도 제게 말씀하셨죠. 이제 저는 그렇게 하겠습니다.

나는 그를 향해 고개를 꾸벅 숙이고는 몸을 돌렸다. 긴 한숨 소리가 들리는가 싶더니 뒤이어 등 뒤에 꽂힌 한마디가 나를 바짝 굳게 만들었다.

―이렇게 나오면 나도 더 이상 도움을 줄 수 없다고! 당신 앞으로 조심하는 게 좋을 거야(You should be careful).

분명히 그 한마디였다.

'Be careful.'

피로 쓰여 있던 그 문장.

나는 천천히 의자를 돌려 뒤를 돌아보았다. 몹시 화가 난 사람처럼 성큼성큼 걸어 나가는 그의 뒷모습이 점점이 멀어졌다. 내게 박스와 봉투를 보낸 사람이 바로 제이크일까……

누군가를 향한 그런 구체적인 의심은 처음이었다. 하지만 확신할 수 없었다. 나는 주위를 황급히 돌아보았다. 사무실에 앉아 있는 사람들, 걸어 다니며 대화하는 사람들, 머그잔을 들고 커피를 마시는 사람들까지. 모두가 나를 감시하는 것처럼 느껴졌다.

누구일까. 나를 지켜보고 있다는 사람은 누구일까. 나의 행동이 알 수 없는 누군가에게 읽히고 있다는 게 섬뜩했다. 그동안 내가 만났던 사람들이 머릿속을 빠르게 스쳐 지나갔다. 그들 중 한 명일 수도 있다는 생각과 더불어 전혀 예상할 수 없는 사람일 수도 있다는 추측이 계속해서 교차했다. 나를 지켜보고 있는 이는 크리스티안과 내가 어떤 사이인지까지 알고 있는 것일까. 나는 불안한 시선으로 사무실 곳곳을 관찰했다. 알 수 없는 공포가 혀를 날름거리며 몸 안으로 스며드는 듯했다. 하지만 이내 마음을 다잡았다. 지금 여기서 모든 걸 내려놓고 뒤돌아선다면, 크리스티안의 죽음을 영영 그대로 방치하는 꼴이 된다. 그건 결국 살인자가 만족스러운 웃음을 짓게 만드는 것일 테니까, 그럴 수는 없었다. 크리스티안의 죽음의 실체를 낱낱이 알기 전까지 나는 그 어디로든 물러설 생각이 없었다.

다시 회사에 출근한 지 며칠이 지나 형사 두 사람이 나를 찾아왔다. 나는 이미 그들과 병원에서 마주친 적이 있었다. 그들은 사건과 관련한 여러 가지 이야기들을 듣고 싶어 했지만 당시 탈진과 발열에 시달리던 내게서 당장 들을 수 있는 답은 없었다. 그랬던 그들이 다시 나를 찾아온 것이었다. 짧은 머리에 얼굴이 거무스름한 편인 형사 H는 형사 S보다 상대적으로 젊게 보였다. 형사 S는 다소 왜소했으며 반나마 머리칼이 희끗하게 센 모습이었다. 내게 질문을 던지거나 상황을 설명하는 건 주로 H였고, S는 별다른 말이 없다가 간간이 H의 설명을 보충하듯 말을 덧붙이곤 했다.

그들은 그 자리에서 내게 배달된 신체 부위의 주인이 누구인지 알려주었다. 예상한 대로 권아진이었지만 내가 그 사실을 알고 있었다는 건 그들에게 말하지 않았다. 그녀의 시신은 여러 조각으로 토막 난 채 한 도심지 철거 구역 안 빈 건물에서 동시에 발견되었다고 했다.

조사 과정에서 퀵서비스 배달원은 발송인이나 내용물에 대해 전혀 알지 못했다고 진술했다. 그는 콜센터를 통해서가 아니라 모르는 이로부터 전화를 직접 받았고 한 낙후된 쇼핑몰 지하 층계참에 놓여 있는 물건을 배달해 달라는 요청을 받았다. 배달원은 전화를 걸어온 사람을 삼사십 대 정도의 여성으로 기억했다. 그는 평소에도 고객들의 갖가지 요구에 익숙해 있었으므로 그 정도 요구는 별반 이상하게 생각하지 않았으나, 직접 전화를 걸어온 것이나 사례비로 백여만 원을 웃돈으로 얹어주겠다고 한 점은 의심스러웠다고 고백했다. 혹시 마약류나 보이스피싱으로 뜯어낸 돈을 운반해 달라는 요청인가 싶었다고 한다. 하지만 그는 그 일을 마다할 생각은 하지 않았고 대신 그 이후부터 통화 내용 녹취를 했다. 혹시 무슨 일이 생기기라도 하면 자신이 이 일과는 무관하고 그저 요청대로 물건을 배달했을 뿐이라는 사실을 증거로 삼기 위해서였다고.

S는 내게 통화 끝부분에 녹취된 상대방의 목소리를 들려주었다. 녹취된 여자의 음성은 갈라진 목소리로 웅얼거리듯 말하고 있었다. 지하 2층 층계참 구석에 스티로폼 박스와 대봉투가 놓여 있을 거라 설명하며 박스를 들어내면 그 아래 현금이 든 봉투를 발견할 수 있을 거라는 이야기를.

"그런데 이게 사건 당일 전화를 해서 부탁한 게 아니랍니다."

H가 고개를 비스듬히 기울이며 말했다.

"그렇다면요?"

"이틀 전에 전화해 예약 발송을 부탁한 거랍니다."

"배달원은 아무 의심을 하지 못한 걸까요?"

"이 회사 다른 배달원 중에도 이 번호로 연락을 받은 사람이 여럿 되더라고요. 대부분 거절했지만, 이 사람은 하겠다고 나선 겁니다. 돈이 좀 궁했다네요."

"혹시, 익숙한 목소리는 아닙니까?"

이번에는 S가 물으며 다시 녹음된 목소리를 들려주었다. 약간은 조급해하는 듯한 나직한 목소리. 나는 고개를 저었다. 기억 속에 가까이 있는 음성은 아니었다.

"그렇다면 피해자인 권아진 씨와는 잘 알고 지내는 사이였습니까?"

"……아뇨."

나는 다시 한번 고개를 젓는다.

"잘 알지는 않고 제가 업무상의 이유로 자료를 요청한 적은 있습니다."

"권아진 씨가 생전에 마지막으로 만난 사람이 바로 레아 모로 씨였던데요."

S의 말에 나는 흡, 하고 숨을 삼켰다.

"혹시 그날 두 분이 어떤 얘기를 나누셨는지 여쭤봐도 되겠습니까?"

두 쌍의 눈길이 내게로 한데 모였다. 나도 모르게 질끈 눈을 감았다. 아직도 거무죽죽한 피가 빗금처럼 그어진 비닐봉지 안에서 홀로 선명하고 아름답게 빛나던 그 은반지의 퀼팅 무늬가 선명히 기억난다. 권아진의 손을 떠올릴 때마다 몸서리가 처진다. 박스를 열어 비닐봉지 안의 내용물을 들여다보다 눈가에 얼비친 그 반지를 발견했을 때, 잘린 손의 형체라는 사실을 알았을 때, 그 잔인하고 참혹한 정경 속에서 나는 크리스티안을 떠올렸다. 핏빛으로 환기되는 그의 죽음을.

"그날 권아진 씨는 왜 만나셨죠?"

H의 물음에 나는 다시 눈을 떴다. 덩어리진 피의 잔상이 회의실 카펫 바닥에 여직 묻어 있는 듯하다.

"아진 씨에게 도움을 받은 일이 있었어요. 본인이 정리해 둔 제품과 컨설팅 견적 리스트를 저에게 보내줬거든요. 고맙다는 의미로 제가 밥을 사겠다고 해서 그날 만난 거예요."

"회사 분위기가 그런 걸 장려하는 문화인가요?"

H가 뭔가 의뭉스럽다는 듯 물었다.

"무슨 의미인지……."

"회사 동료끼리 자료를 주고받는 건 꽤 일상적인 일인데 굳이 저녁까지 함께 먹기도 하는지 궁금해져서요."

"……그러면 안 되나요?"

나는 약간 불편한 기색을 띠며 반문했다.

"아…… 아닙니다. 기분 나쁘셨다면 죄송합니다."

H가 면구해하며 한 손으로 얼굴을 쓸어내렸다. 그런 H의 모습을 부념하게 바라보는데 머릿속에서 어떤 생각이 불꽃처럼 튀어 올랐다. 크리스티안을 향해 비밀스럽게 닫힌 문을 어느 한쪽으로는 열어두어야 한다는 생각.

"아진 씨는 저를 보고 전에 재직했던 스위스 국적의 직원이 생각난다고 했어요.”

H와 S의 날카로운 눈빛이 순식간에 내게 닿았다. 권아진에 관한 얘기가 크리스티안에게 닿도록, 그들의 투시경이 내가 아닌 그에게 향할 수 있도록. 그렇게 해서라도 크리스티안의 사인이 재조명될 수 있도록 꺼낸 말이었다.

“그분은 지금 회사에 안 계십니까?”

S가 입을 떼었다.

“회사 사무실에서 투신했다고 들었어요.”

나는 지긋이 속입술을 깨문다. 그들의 얼굴은 동요가 없었지만 눈동자는 분주해지고 있었다.

“그분 성함이.”

“크리스티안⋯⋯.”

그의 이름을 입 밖으로 꺼내려는데 불현듯 가슴속에서 울컥 뭔가가 치밀어 올랐다. 간신히 떨리는 음성을 부여잡고 나는 그의 이름을 뱉어낸다.

“크리스티안 볼란텐이요.”

“혹시 경고문에 적혀 있던 그 사람인가요?”

“맞아요.”

“권아진 씨와 그분은 어떤 사이였습니까?”

“같은 팀 동료였다고 들었어요.”

“그래요⋯⋯. 그 두 분에 관해 혹시 특기할 만한 사항이 있습니까?"

H가 허리를 곧추세우며 물었다.

좋아해요.

권아진의 그 말이 귓속에서 울리는 걸 무시한다.

"별다른 건 없었어요."

"네……. 그럼 레아 씨는 왜 크리스티안 씨에 대해 알려고 했었나요?"

"같은 입양인이었고 공통점이 많아 단순히 궁금했을 뿐이에요."

"크리스티안 씨에 관해서는 저희가 조금 더 알아보겠습니다. 그런데 피해자 권아진 씨의 신체 일부가 무슨 이유로 레아 씨에게 전달된 건지 혹시 짐작이 가는 게 있을까요?

나는 H의 시선을 피하며 고개를 떨궜다.

"그것까지는 모르겠습니다."

"가해자가 의심한 건 아닐까요? 그러니까, 가령 권아진 씨가 중요한 뭔가를 레아 씨에게 말하거나 전달하려고 했다고 말이에요."

나는 고개를 늘다 말고 현기증을 느꼈다.

"죄송한데, 제가 지금 좀 많이 힘드네요. 어지럽고요."

"아, 그러십니까……."

S가 H의 팔을 툭툭 건드리는 게 보였다.

"예. 그럼 마지막으로 한 가지 질문을 좀 드리겠습니다. 피해자의 손가락에 반지가 하나 끼워져 있었거든요. 조사해 보니 피해자가 생전에 교류한 남성이나 연인은 없었던 것으로 나타나서요. 혹시 권아진 씨가 누군가와 교제 중이라는 얘기는 듣지 못했습니까?"

마음이 뭔가에 사납게 뜯기는 기분이었다. 나는 곤혹스러운 감정을 숨기려 숨을 고르고 이마께를 손으로 어루만진다. 나의 감정을, 나의 절망감을 그들이 읽을까 두려워하며.

"그건 모르겠습니다."

"네…… 알겠습니다……."

그러고 나서 형사 H의 말이 이어졌다. 추후 참고인 소환 조사를 받을 수 있고……. 그러다 아무것도 들리지 않고 먹먹한 진공 상태가 되었다. 순간 떠오른 그때의 기억이 나를 움켜쥐고 뒤흔드는 듯하다.

나는 취해 테이블에 엎어져 있던 그녀를 떠올린다. 테이블 위에 길게 뻗은 그녀의 왼팔이 바로 내 앞까지 늘어져 있던 모습을. 그때 나는 그녀의 희디흰 손가락에서 반짝이는 반지를 한동안 내려다보았다. 그녀의 손을 꽤 오랫동안 응시했다. 그때 나의 마음을 서두르게 했던 게 무엇이었는지 잘 모르겠다. 크리스티안에 대해 무엇이든 알아야 한다는 생각이었을까 아니면 그에 대한 의심이었을까. 반지는 그녀의 손가락에서 쉽게 빠졌다. 반지를 들어 안쪽을 들여다보았을 때 소스라치게 놀랐던 나의 감정을 어떻게 표현해야 할지 모르겠다. 반지 안쪽에는 크리스티안의 이니셜이 새겨져 있었다. 나는 내 손가락에 끼워져 있던 결혼반지를 빼서 나란히 옆에 놓았다. 같은 모양의 이니셜이었다. 이어진 추측을 애써 밀어내려던 내 모습이 기억난다. 하지만 이제는 거스를 수 없이 되짚게 된다.

권아진과 크리스티안이 아마도 깊은 사이였을지도 모른다는 사실을.

주사위 던지기

1

일상은 평이하게 흘렀다. 겉보기에는 전과 다름없는 일상이었다. 하지만 회사 내부의 분위기는 불안정했다. 권아진 사건의 수사를 위해 경찰들이 자주 오갔기 때문이었다. 동시에 나를 바라보는 사람들의 눈초리는 언제나 의혹과 질문이 가득 차 보였다. 하지만 나와 일 이외의 주제로 사적인 대화를 하는 사람은 아무도 없었다. 나라는 사람 자체가 그들에게는 설명되지 않는 두려움으로 자리 잡은 것 같았다. 나는 그들에게서 얼마간의 벽을 느꼈는데, 생각해 보면 나는 처음부터 그들 사이에 섞일 수 없는 사람이었을지도 모르겠다.

퇴근 시간이 지나 막 나가려던 참에 휴대폰이 바르르 책상 위에서 떨었다. 들어 액정을 보니 해준이었다. 나는 통화 부스 안으로 들어가 전화를 받았다.

"무슨 일이에요?"

전화를 받자마자 내가 물었다.

"저, 회사 옥상이에요."

"옥상이라고요?"

"네. 퇴근하신 건 아니죠?"

아무 예고 없이 회사를 찾아와서는 어떻게 옥상에 가 있는 건지 알 수 없는 노릇이었다.

"올라갈게요."

나는 자리를 정리하고 옷과 가방을 챙겨 든 다음 16층으로 향했다. 옥상은 16층에서 한 층을 계단으로 오른 곳에 있었다. 옥상 출입구를 열고 들어서자 난간 앞에서 주위를 둘러보고 있는 해준이 보였다.

"어떻게 회사 안으로 들어왔어요?"

나를 알아본 그가 방문증이 든 손을 들어 흔들었다.

"1층 로비에서 사장님 만나러 왔다고 말하고 들어왔죠."

"사장이요?"

"네, 마이클 사장님."

그가 해죽 웃었다. 언제 사장의 이름까지 알아왔을까.

"마이클 사장은 지금 외국에 있는데요."

"그…… 로렌? 그분에게 전화를 연결해 주시더라고요. 영어로 말하길래 저도 차분히 얘기했죠. 마이클 사장님과 법적인 문제를 상담하기 위해서 진작부터 미팅이 잡혀 있었는데, 연락이 안 돼 찾아왔다고요. 꼭 전해주고 가야 할 자료가 있다, 뭐 그런 얘기도 하면서."

"들여보내 주던가요?"

그가 어깨를 으쓱하더니 말했다.

"어렵지 않던데요? 전화를 끊은 후에 경비원이 바로 보안 게이트로 안내해 주더라고요. 11층 비서실로 올라가면 된다고요.

"로렌도 만났고요?"

"그럼요."

그가 고개를 까닥이며 웃었다.

"아주 친절하시던데요."

"무슨 자료를 줬는데요?"

"우리 회사소개서요. 많은 관심 부탁드린다고 했죠."

태연하게 말하는 그를 보며 어이없게도 나는 헛웃음이 났다.

"그런데 이곳에는 갑자기 웬일이에요, 말도 없이."

"남편분이 떨어진 위치를 보고 싶었어요. 사무실에서 보기에는 아무래도 여의치 않으니까 이리로 올라와 봤죠."

해준이 난간 앞으로 한 걸음 다가서더니 몸을 깊게 숙여 아래를 내려다봤다.

"그런데 이상하더라고요."

그의 머리칼이 허공에서 팔락거렸다.

"투신 장소가 이곳이 아니라 집무실이라는 게요."

"그게 무슨 말이죠?"

해준이 건물 아래와 나를 번갈아 바라본 다음 말을 이었다.

"이렇게 버젓이 옥상이 있는데, 왜 굳이 사무실의 비좁은 창문 사이로 몸을 구겨 넣은 채 들어가 저 밑으로 떨어져야 했을까요?"

바람을 이겨내지 못하고 감다시피 한 그의 눈가에 주름 여러 개가 지어졌다. 나는 그의 말을 곱씹으며 난간에 바짝 붙어 섰다.

"뭔가 이렇게 오픈된 장소를 피해야만 하는 이유가 있었던 건 아닐까요."

몸을 돌려 주변을 둘러보던 해준이 손을 뻗어 뭔가를 가리켰다.

"저기."

나는 그가 가리키는 곳을 따라 바라보았다.

"저기도."

옥상 양쪽 끝에 세워진 폴대에 각각 CCTV가 설치되어 있었다.

"만약 남편분이 정말 자살을 시도한 것이라면 말이죠. 다른 곳도 아닌 회사 건물을 택해서 한 것이라면 굳이 그럴만한 이유가 있었겠죠. 회사의 누군가에게 꼭 보이거나 아니면 어떤 메시지를 전달하기 위해서일 수 있고요."

"……다른 누군가에게요?"

"그건 모르는 일입니다만, 그런 경우가 없진 않아요. 자살을 시도하는 이의 심정 이면에는 타인을 향한 분노가 도사린 경우가 있기도 하거든요."

단 한 번이라도 크리스티안이 다른 사람을 비난하거나 날선 욕을 뱉는 걸 본 적이 없었다. 애초에 그가 타인에게 분노하는 마음을 가질 수 있는 사람이었던가.

"그게 아니라면요?"

나는 크리스티안의 그런 면을 순수하게 받아들일 수 있을까. 자신에게 고통을 가하는 세상과 타인에게 분노하지 못해 차라리 자살을 선택했다는 면을.

"반대로 가정하면 되죠. 누군가 그렇게 보이도록 꾸민 것일 수도 있을 테니까요."

난간에서 몸을 떼고 손을 걸친 해준이 이어 말했다.

"만약 그렇다면 누가, 어떤 이유로, 왜 그런 짓을 벌여야만 했을까요? 그런 식으로 접근해야 하지만 지금 알 수 있는 건 아무것도 없네요.”

나는 부지런히 크리스티안의 행적을 쫓고 있었지만, 해준의 말대로 잡히는 건 아무것도 없었다. 나는 그의 죽음에 대해 아무 단서 하나 포착할 수 없는 무기력한 이방인일 뿐이라는 사실을 허공을 바라보며 다시금 깨닫고 있었다. 크리스티안에 관한 모든 게 점점 더 과거가 되고 있다는 것에 조급함을 느낀다. 이렇게 시간이 이끼처럼 과거의 모든 걸 덮어버리면 그 안에 크리스티안의 흔적 따위는 남게 되지 않겠지.

“형사들이 찾아왔었어요.”

나는 그들이 찾아왔었다는 사실을 그에게 털어놓는다. 그는 예상했다는 듯 담담하게 고개를 끄덕였다.

“어떤 걸 묻던가요?”

“권아진 씨와의 관계를요. 그날 만나서 무슨 얘기를 나눴는지도요.”

“크리스티안에 대해서는요?”

나는 고개를 저었다.

“아진 씨가 저를 보고 회사에서 자살로 생을 마감했던 크리스티안이라는 직원을 떠올렸다고만 말했어요.”

“경찰이 권아진 씨에 대해 깊게 파다 보면 크리스티안에게까지 닿을 수도 있겠네요.”

“그래서 말인데요…….”

"이의 신청은 당분간 보류할까요?"

나는 그를 보며 고개를 끄덕였다.

"크리스티안과 부부라는 애기는 아직 꺼내지 않았지만, 곧 애기하게 되겠죠."

"각오가 되어 있어요?"

그의 물음에 나는 천천히 고개를 끄덕였다.

"옥상으로 오기 전에 15-2 집무실을 지나갔는데 정말 창문이 블라인드로 가려져 있더군요."

그러면서 그는 윤소영의 집무실을 지나며 목격한 살풍경에 대해 설명했다. 낯선 사람을 용케도 알아본 듯 놓치지 않고 뒤따라오는 그녀의 눈빛에 그는 선득한 기분을 느꼈다고도 했다.

"마치 그 안을 지키고 있는 사람처럼 거기 앉아 있더라고요."

듣고 보니 그랬다. 한치도 외부의 틈입을 허용하지 않으면서도 낱낱이 안에서 외부를 감시하고 있는 듯한 느낌. 그녀의 눈빛은 뭔가를 응시하기보다 경계하고 있는 듯한 초조하고 날카로운 시선에 가까웠다.

"뭘 그렇게 보세요?"

아래를 여전히 깊게 훑고 있는 그를 향해 내가 물었다.

"남편분이 떨어진 위치요."

나는 그의 시선을 따라 고개를 돌린다. 그가 쳐다보고 있을 만한 위치를 가늠해 보면서.

"만약에 정말로 투신한 거라면…… 이렇게 창밖으로 나와서……."

그가 몸을 비스듬히 기울이며 아래를 바라본다.

"창틀을 붙잡고 있다가…… 아래를 내려다보았겠죠. 그리고 그대로 떨어져 내렸다면…….'

마치 창틀 앞에 선 것처럼 그가 허공에 양손을 허우적거렸다.

"추락 지점이 어디쯤 될지 헤아려 보고 있어요."

그의 모습을 보고 있자니 가슴이 답답해졌다. 죽음과 생의 시간 차가, 건물 옥상까지의 높이만큼이나 막막하고 허무해 보이는 삶의 풍경이 날 괴롭게 만들었다. 갑작스러운 죽음임을 감안하더라도, 크리스티안이 삶을 살아내고자 한 의지를 찾기 어렵다는 사실도 곤혹스러웠다. 그는 그렇게 죽음으로 직진한 것일까, 아무 망설임도 없이. 이제는 크리스티안이 삶을 어떻게 마감한 것인지 나조차도 예단하기가 어려웠다. 저 밑바닥에 차갑게 누워 있었을 그의 몸을 상상한다. 그의 몸 안 뼈들이 으스러지고 마지막 숨 조각마저 희미하게 사라지고 나서 그는 어디로 갔을까. 나에게로 다녀갔을까. 나는 순간순간 차오르는 의문 속에서 삶을 살아내고 있다. 나의 일부를 떼어낸 만큼 나는 앓고 있었다.

"이 사건…… 계속 맡아주실 건가요? 시간이 생각보다 더 오래 걸릴지도 모르는데요.”

나의 말에 해준이 건물 아래 떨어져 있던 시선을 건져 올렸다.

“그거 아세요?”

그러고는 갑작스럽게 묻는 질문.

“맡기 싫은 사건들은 수임료가 제법 두둑한데…… 꼭 이거다 싶은 사건은 돈이 되지 않는 것들이 많더라고요.” 하고 중얼거린 그가 가느스름하게 뜬 눈으로 나를 바라보며 물었다.

“남편분을 잘 아세요?”

마음을 꿰듯 물어오는 질문이었고 대답을 머뭇거리는 사이 그가 말을 이었다.

“세상은 아슬아슬하게 균형을 이루고 있어요. 허위와 진실 사이를 축대가 가로막고 겨우 버티고 있는 거죠. 그 두 개가 같이 공존하는 게 이 세상 같아요. 이 일을 하면서 더 그런 걸 느끼죠. 그래서 가끔 허무해요.”

나는 잠자코 그의 말을 듣고 있다 물었다.

“진실을 믿으세요?”

“그게 중요한가요?”

“……?”

“지난달 살인 혐의를 받고 있는 한 의뢰인이 무죄를 받게 해주는 데 성공했어요. 범죄 사실을 다투고 있는 다른 혐의가 밝혀지면 실형은 피할 수 없을지 모르겠지만 어쨌든 죗값은

낮춰준 거죠."

그는 그러면서 나를 돌아보았다.

"진실이 무엇인지 판단하는 건 제 몫이 아니에요. 저에겐 거짓과 진실처럼 무의미한 말도 없어요. 되도록 그런 것들에 감정을 싣지 않는 편이고요."

"그럼 왜 저를 돕는 건가요?"

그가 시선을 먼 데로 향하곤 답했다.

"지금까지는 거짓을 진실로 만드는 일을 꽤 많이 해온 것 같아요. 어쨌든 재판에서 이기는 게 진실이니까. 하지만 이 일은 굳이 진실이 아니어도 상관없는 일 같았어요. 그냥 처음으로…… 그런 게 있는지 알고 싶어졌어요."

짙은 공허함이 그의 표정에서 쓸쓸히 묻어 나왔다. 해준을 오래 봐온 것은 아니었지만 그가 꽤 심각하게 감정의 기복을 앓는 중이라는 건 알 수 있었다. 그래서인지 자기 안의 모순과 대립을 숨기고 있는 사람처럼 보이기도 했다. 누구도 그 마음을 알아볼 수 없는, 자기만의 교묘한 저울을 마음에 달고 사는 그런 외로운 사람. 반면 언제고 자기가 판단한 추의 균형에 따라 상대방을 내칠 것만 같아 경계하는 마음이 뒤따르기도 했다.

"그러니까 제가 뭔가를 더 애쓴다는 생각은 마세요. 저 자신을 위해 이러는 거니까요."

나는 가만히 그를 바라본다. 머릿속이 복잡해진다. 하지만 나는 이내 결론을 내렸다. 주사위를 던져보기로 한다. 이곳에서 내가 믿을 수 있는 사람이라고는 없었다. 크리스티안이 낯선 이곳에서 그랬던 것처럼 누군가를 믿어보기로 한다. 그렇지 않으면 한 발짝도 나아갈 수 없는 상황이니까. 그 주사위는 나를 구렁텅이로 떨어뜨리게 될까, 아니면 크리스티안의 죽음을 해석할 수 있는 실마리가 될까 자문하면서.

"힘드시죠?"

그에게서 그런 감정적인 말이 뱉어진 적은 없었다. 듬직하지 않고 가벼워 때론 진정성이 의심되었던 그였다.

"그럴수록 크게 숨을 잘 쉬어줘야 해요. 원래 속이 갑갑할 때 숨이 더 안 쉬어지잖아요. 숨이 막혀 나오지 못해서 그래요. 막힌 곳을 뚫고 나가고 싶지만 그럴 수 없다는 절망감이 응축된 게 바로 한숨이에요. 내 안에 벽이 없다고 생각하고 크게 숨을 들이마신 다음 내쉬어 봐요. 그러면 조금 나아질 거예요."

내가 우두커니 서 있기만 하자 해준이 채근한다.

"자, 한번 해보세요. 이렇게."

그가 바람을 가르듯이 양팔을 들어 펼쳤다.

"벽이 사라졌다고 생각한 다음, 숨을 내뱉어 봐요."

나는 어정쩡하게 두 팔을 약간 들어 보이는 정도로 그의 말에 호응했다. 옥상 한편에 서 있는 옥외 간판에는 고급 수입 자동차의 광고가 어둠 속에서 불빛에 빛나고 있었다. 자동차 옆에는 표범 한 마리가 앉아 있었고, 그 옆으로, 'What a run is strong. 달린다는 건 강하다는 거야.'라는 카피 문구가 보였다. 건물 밑 사거리에서는 신호를 따라 차들이 움직이며 불빛을 내뿜었다. 나는 천천히, 그리고 고요히 숨을 골랐다. 이 세상 속에 혼탁해 보이는 건 하나도 없는데, 무언가 혼탁해졌다면 그건 그저 사람과 사람 사이에서 일어나는 일뿐이라는 생각이 들었다. 산다는 건 그런 사람 사이에 가려진 불투명한 막을 헤치며 나아가는 것과 다름없다고.

그때 뒤쪽에서 누군가의 기척이 들려왔다. 뒤를 돌아보자 한국인 남자 직원 두 명이 출입구 쪽 흡연 장소에서 담배를 꺼내 무는 모습이 보였다. 나는 그 두 명의 남자들 중 한 사람을 알아볼 수 있었다. 컨설팅팀 조원식 전무를 만나러 갔을 때 인사를 한 번 나눈 적이 있던 직원이었다. 그는 나를 향해 고개를 까닥였고 나도 고개를 숙여 인사를 건넸는데, 그는 이미 시선을 돌린 뒤였다. 늘 무표정에 가깝던 그가 손에 담배를 쥔 채 상대편 남자를 향해 씩 웃는 모습이 마음에 걸리긴 했지만, 나는 크게 의식하지 않고 몸을 다시 돌렸다.

"회사 직원들인가 봐요."

해준이 그들을 힐끔거리며 말했다.

“여기요.”

나는 그에게 담배 한 개비를 내밀었다. 그러자 그가 난처해하며 말했다.

“끊은 지 오래됐어요.”

“알아요. 피우는 척이라도 해요. 저 사람들이 수상하게 생각하지 않도록. 흡연하러 온 사람들처럼 보이는 게 좋을 것 같아요.”

해준이 담배를 입으로 가져가는 동안 나는 담배를 입술에 문 다음 라이터 부싯돌을 당겨 불을 붙였다. 담배 연기가 도심의 불빛들 위로 몽롱하게 흩어졌다. 내 안에 고여 있던 숨이 어디론가 흩어지는 기분이었다. 이 생애에 머물며 삶을 이어가다 사라지고 마는 모든 존재처럼.

*

이른 저녁에 휴대폰이 울렸다. 마리사의 연락이었다. 주로 메시지를 남기거나 할 뿐 직접 전화를 걸어왔던 적이 많지 않아 나는 적잖이 긴장한 마음으로 통화버튼을 눌렀다.

—이네스가 아파.

전화를 받자마자 마리사가 대뜸 뱉어낸 말이었다. 어둡고 차가운 공간에 있는 것처럼 한기가 느껴지는 음성이었다.

―많이?

―그렇다기보다…….

마리사가 머뭇거리며 어물어물한다.

―엄마를 많이 보고 싶어 해.

가슴 한편이 저릿했다. 때로는 그리움이 통증이 되기도 한다는 사실을 이네스도 알아가고 있는 걸까.

―불안해하고.

마리사의 어조는 건조하고 간소했지만, 나는 그녀가 말하고자 하는 걸 분명히 알아차렸다.

―내가 어떻게 했으면 좋겠어? 이런 상황에서.

불쑥 차갑게 내뱉어지는 말이었다. 혼자 이네스를 온전히 떠맡는다는 게 마리사에게도 쉬운 일은 아니었을 것이다. 하지만 파리로부터 8,976km나 떨어져 있는 서울에서 지금 내가 당장 해줄 수 있는 건 없었다. 그저 저며오는 불안감을 나는 마리사를 통해서라도 해소하고 싶어 하는지 모른다.

―안정될 수 있는 말이라도.

―그거면 될까?

되묻는 말에 마리사는 침묵한다. 나는 그녀의 말을 기다린다.

―우리가 갈까?

하고 물어오는 마리사.

―그곳 생활을 정리하고?

생각지 못한 말이었기에 당황스레 되묻는다.

─아니, 단지 얼마만이라도.

혼란스럽고 산란한 일상 가운데 있는 상황이었다. 나는 선뜻 대답하지 못한다. 무엇보다 이네스에게 한국을 보여준다는 게, 만나고 싶지 않은 사람을 만나게 하는 일처럼 망설여진다.

─생각해 보자.

나는 즉답을 피하고,

─네 일은 어쩌고?

묻는다.

─휴가를 낼 수 있어. 하지만 오래는 갈 수 없고.

─…….

─다시 전화할게. 되도록 그랬으면 해.

그녀답지 않게 완강하다. 전화기 너머에서 침묵을 지키던 그녀가 덧붙인다.

─이네스에게도 그렇게 얘기해 둘게.

그러고는 침묵이었다. 마리사와 나 사이에는 언제나 좁혀지지 않는 거리감이 존재했다. 그러나 그 이상으로 관계가 좁혀지기 힘들다는 걸 서로는 알고 있었다. 그런 채 지내왔고, 크게 변함이 없을 것이다.

마리사가 아빠 품에 안겨 엄마와 함께 처음 집에 들어서던

때를 기억한다. 내리쬐는 빛이 만들어 내던 순백에 가까운 얼굴. 그리고 속싸개에 감싸여 주위를 두리번거리던 그 아이와 처음 눈이 마주쳤을 때 느꼈던 이질적인 감정까지도. 그것이 일종의 시샘이었는지에 대해서는 확신할 수 없다. 나와 같은 색의 피부, 무구한 눈망울, 씨근대는 여린 숨소리, 어느 것에도 오염되지 않아 보였던 순수함 그 자체였던 그 아이에게.

그런 마리사에 비해 내게는 떨쳐내고 싶지만 그럴 수 없었던 기억이 있었다. 내가 스위스로 입양을 온 것은 여섯 살 때였다. 그래서 나에게는 한국과 스위스에서의 기억이 공존한다. 한국에서의 그 짧은 기억은 불행하기만 했다. 친부모의 얼굴은 기억나지 않는다. 가끔 낯모르는 여성들에게 엄마라고 부르라고 강요하던 어떤 남자의—아마도 친아버지였을—목소리와 엄숙한 표정 같은 것이 기억의 가장자리에 딸려 있다. 알지 못하는 얼굴을 가진 한 여자, 아마도 아빠가 엄마라고 부르라고 하던 여자 중의 한 사람에게 거세게 팔을 쥐어잡혀 떠밀리고 내쫓기고, 으레 몸 이곳저곳을 맞을 때마다 흔들리며 요동치던 시야, 인상을 쓴 채 못마땅하게 나를 내려다보는 어른늘의 모습이 강렬하게 남아 있다.

그 나이에도 어떻게든 버티려 했던 것 같다고, 아니 버림받지 않으려 갖은 애를 썼던 것 같다는 생각은 어른이 되어서야 했던 것이었다. 게다가 그런 생각이 이어지다 보면 내가 처음부터 온전할 수 없었다는 자기 학대로 이어졌으므로, 나는 그런 기억을 가능한 외면하는 수밖에 없었다. 종종 내 안에서 차오르는 질문이 있다. 이 세상에 태어난 의미에 대한, 태어난 곳에서 버려진 기억이 어떤 의미가 있을지에 대한 질문이었다.

가끔 꿈에서 어떤 존재들이 나타났다. 친아버지였을지도 모를 어떤 남자의 엄숙한 표정, 그리고 모르는 사람들의 시선이 나를 가리키며 말하곤 했다.

넌 잘못 태어난 거야.

나와 같은 기억이 마리사에게 없다는 건 다행이었는데, 그런 그녀를 보며 나는 가끔 상대적인 결핍을 느끼곤 했다.

—생각해 보자.

내가 지금 마리사에게 해줄 수 있는 말은 그뿐이었다. 이네스와 마리사를 한국에 오게 하는 게 적절한 해결 방법이 될 수 있을지 판단이 바로 서지 않았다.

—그래.

그녀의 목소리에서 실망감이 감돈다. 나의 망설임을 읽은 마리사가 더는 말하지 않고 전화를 끊었다. 어느새 깊어진 밤이었고 커튼 틈 사이로 하얀 달빛이 말갛게 새어들었다. 커튼을 젖혀 거리를 내려다본다. 드문드문 오가는 사람들의 모습을 본다. 일상적으로 한국인들과 함께 생활하며 한국어로 대화하는 게 가끔은 비현실적으로 느껴진다. 그들과의 대화가 어색하지 않다는 게 오히려 이상할 때가 있다. 순간 나는 내 안의 그을음을 감지한다. 아주 오래전 이곳을 떠났지만, 나의 영혼과 마음은 혹시, 그러지 못한 것은 아닐까. 아직도 한국을 이국으로 여기지만 불현듯 내가 이곳에 속해 있다는 생각이 스친다. 나를 버린 국가라는 것과 남편 크리스티안이 태어나고 죽음을 맞이한 곳이라는 변치 않는 사실이 그대로 존재함에도 불구하고. 나는 시시때때로 나의 의식을 침범하는 그 양가적인 생각들 사이에서 남모를 괴로움을 느낀다. 이곳에 머무는 동안 나는 무엇을 얻고 또 알게 될까. 창밖으로 소복이 내리는 눈이 길바닥에 쌓이고 있는 게 보였다. 이곳에서의 나날들이, 크리스티안의 죽음 이후의 시간들이 저 하얀 눈처럼 쌓이고 쌓여가고 있었다.

<u>2</u>

회사를 나온 나는 건물 앞에 정차 중인 택시에 올라탔다. 저녁에 찾아가 만나야 할 사람이 있었다. 크리스티안이 죽기 전 마지막으로 만났던 사람, 정우택. 바로 그가 오늘 내가 꼭 봐야 할 사람이었다. 그를 진작에 만나야 한다고 생각하고 있었지만 이미 회사를 그만둔 사람의 정보를 내가 나서서 알아내

기는 어려웠다. 게다가 권아진 사건 이후 나는 회사 안에서 고립되다시피 한 상태였다. 내게 다가오는 이는 아무도 없었고, 근거리에서도 사람들은 내 눈치를 보며 슬금슬금 피하기 일쑤였다. 사람들은 여전히 권아진의 손이 내게 배달된 것을 께름칙하게 생각하고 있는 듯했다. 때문에 어떤 식으로든 나와 연관되고 싶어 하지 않는 것이었다.

그런 상황 속에서 우연히 정우택의 정보를 얻게 된 건 로렌 덕분이었다. 권아진 씨의 일을 겪으면서 소침해진 나에게 뜻밖에 다가와 준 유일한 사람이었다. 다가와 준 이유를 묻자 그녀는,

—자살 직전의 크리스티안을 보는 것 같았어요.

그렇게 설명했다.

로렌은 다른 사람들처럼 내가 권아진의 일에 얼마나 엮여 있는 것인지, 무슨 일이 벌어진 것인지에 대해서는 크게 신경 쓰지 않는 듯했다. 그녀는 내게 어차피 지나갈 일은 지나가고 말 거라며 너무 위축될 필요가 없다고 잔뜩 걱정스러운 얼굴로 조언했다. 계속 그렇게 있다 보면 크리스티안처럼 죽고 말 거라는 말은 생략한 것처럼.

그러면서 로렌이 내게 권한 것이 사내 동아리였다. 이런 때일수록 사람들 사이에 뒤섞여 들어야 한다면서. 그러다 보면 자연스레 흉터처럼 남은 낙인도 점점 유화되고 사라질 거라

고 얘기했다. 그녀는 내가 호기심을 가질만한 여러 개의 동아리를 추천해 주었는데, 그중에서 무심코 봉사동아리에 관심을 보였을 때 그녀는 샐쭉한 표정으로 입을 쭉 내밀었다.

—여기 말고 다른 동아리가 좋겠어요.

—아, 활동이 거의 없나 보죠?

—아뇨, 그게 아니라….

그녀는 잠시 망설이는 듯하더니 목소리를 낮춰 내게 말했다.

—크리스티안이 이 동아리 소속이었거든요. 동아리 회장이 크리스티안과 같은 구매팀 매니저였던 로이였고요. 크리스티안이 그런 일을 겪은 데다가 로이마저 회사를 그만두었으니 동아리가 잘 돌아갈 리가 없죠.

거기까지 듣고 나는 로이라는 영어 이름이 정우택을 가리키는 것임을 알았다. 그런데 크리스티안이 그 봉사동아리에 속해 있었다는 사실은 처음 듣는 얘기였다.

—그랬군요.

—그런 동아리에 진심으로 들어가고 싶은 건 아니겠죠?

하고 웃던 로렌의 미소를 떠올리며 나는 택시 뒷좌석에 고개를 기댔다. 그러곤 설핏 잠이 들었을까. 나는 휴대폰 진동에 눈을 떴다. 액정을 확인하자 해준의 메시지였다. 보여줄 사진이 있다고 했다.

「어떤 사진 말인가요?」

「블라인드로 가려진 윤소영 이사 집무실 창이요.」

답장을 보내자마자 다시 그의 메시지가 도착했다. 영문을 몰라 나는 되물었다.

「그게 무슨 말인가요?」

「오늘 그 건물 유리창 청소하는 날이었어요. 청소 인부들 못 보셨어요?」

그러고 보니 생각나는 장면이 있었다. 업무를 처리하던 와중에 둔탁한 소리가 들려 돌아봤더니 청소 작업자 두 사람이 로프에 매달려 창문의 오염을 씻어내고 있었다.

「무슨 말씀이세요?」

「지난번에 회사로 찾아갔을 때 관리사무소를 들렀었거든요. 외부 청소업체 영업자인 척하면서 근무하시는 분에게 음료수도 건네드리고 이것저것 물어봤었어요. 건물 청소는 언제 하는지, 어느 업체가 담당하는지 같은 것들을요.」

「답을 해주시던가요?」

「별일 아니라는 듯 순순히 말씀해 주시더라고요.」

　그러고 해준은 사진 한 장을 첨부해 내게 보냈다. 거기에는 눈에 익은 형태의 무언가가 건물 벽면에 묻어 있었다. 윤소영의 집무실 안에 들어갔을 때 창틀 바깥에서 발견했던 그 얼룩이었다. 사진 속 얼룩은 보다 선명하게 클로즈업되어 있었는데 자세히 보니 검붉은 피딱지가 엉긴 것처럼 보였다.

「성분 조사를 의뢰해 봐야 알겠지만 제 눈에도 이게 혈흔처럼 보여요.」

「이제 보니 확실한 것 같네요……. 그런데 이걸 어떻게 찍은 거예요?」

「건물 청소하시는 분께 미리 부탁드렸어요. 사례비를 좀 담아드렸거든요.」

「돈을 말인가요? 얼마나…….」

「큰돈은 아니니 염려하실 필요 없어요.」

그 말과 함께 해준은 사진 여러 장을 차례로 내게 보냈다.

「터닝도어 창문 형식인데 경첩 부분이 파손되어 있어요. 다른 사진을 보면 창문 일부가 심하게 깨진 상태로 균열이 일어나 있어요. 창문 중앙, 모서리 부분도 그렇고요. 지난번에 그 집무실 들어갔을 때 그런 점들은 못 보셨어요?」

나는 창문 사이로 내 눈을 찌르고 들어오던 새하얀 빛을 떠올렸다. 빗금 같은 건, 깨진 균열 같은 건 보이지 않을 정도로 눈부시게 하얗던 그 빛.

「햇빛 때문에 눈이 부셔서 창문을 제대로 살펴보지 못했어요.」

「이건 혹시나 하는 생각에 하는 말인데요.」

「말씀하세요.」

「지금 그 공간을 사용하는 사람이 항상 블라인드로 창을 닫아놓는다고 했잖아요.」

「그랬죠.」

「이런 점 때문이 아닐까요?」

「창문이 파손된 걸 가리려고 말인가요?」

「물론 파손 시점을 단정 지을 수는 없지만요.」

그의 말에 불현듯 의심이 솟아나긴 했지만 원래 심한 균열이 있던 창문일 수도 있었다.

「경찰도 창문을 확인하지 않았을까요?」

「자살 판단을 뒤집을 정도로 유의미하다고 여기지 않은 것 같아요. 당사자의 혈흔으로 볼 수 있는 흔적도 제대로 조사되지 않은 것 같고요.」

불쑥 그에게 묻고 싶은 말이 있었다.

「크리스티안의 사인에 대해서는 생각이 조금 바뀌셨을까요?」

그는 한동안 내게 답장을 보내지 않았다. 내가 필요한 건 누군가의 확신인지도 모르겠다. 나 혼자의 생각으로만 그치지 않을 누군가의 확신.

「아직은 뭐가 진실인지 모르겠어요.」

그는 여전히 신중한 태도였지만 이전보다는 진일보한 답변이었다.

「뭔가 이상하긴 하니까요.」

그나마 그가 덧붙인 그 말이 내게 어떤 희망 혹은 낯선 위안처럼 다가왔다. 모두가 나를 노려보고 있는 듯한 불안과 절망 속에서 나를 건져내는 말이었다.

「지금 정우택 씨 만나러 가는 길이에요. 다녀와서 마저 이야기해요.」
「레아 씨.」

메시지 창을 닫으려는 데 그가 붙들었다.

「혹시 무슨 일 생기면 바로 전화해요.」

순간 울컥한 마음을 참고 나는 '알겠습니다.'라고 썼다가 지운 후 다시 메시지를 보냈다.

「고마워요.」

<u>3</u>

잠시 눈을 감고 있던 나는 택시 기사의 나지막한 욕설을 듣고 눈을 떴다.

"저 자식 저거. 왜 저렇게 바짝 따라붙는 거야."

60대 초중반으로 보이는 택시 기사가 백미러를 보며 중얼거리다가 내 기척을 느끼고는 말했다.

"죄송합니다, 손님. 뒤에 따라오는 차가 신경 쓰이게 하는 바람에……. 어휴, 뭐가 심통이 났나."

그는 핸들을 돌려 옆 차선으로 옮겨 갔다.

"허허, 그래도 바짝 따라붙네. 요즘 이거 미친놈들 많다니까. 급정거라도 하면 어쩌려고 저러는 거야."

택시 기사가 뒤차와 실랑이를 벌이는 동안 나는 다시 눈을
감았다.

—봉사동아리에서는 주로 뭘 하는데요?

내가 거듭 물었을 때 로렌은 오, 이런. 정말 이 동아리에 들
어가고 싶은 모양이네, 하고는 덧붙여 말했다.

—입양기관에 후원도 하고 직접 가서 봉사활동도 했던 걸
로 알고 있어요. 그런데 그것도 흐지부지된 지 꽤 됐을걸요.
크리스티안이 로이를 뛰어넘어 팀장이 된 이후부터 그랬을
거예요, 아마.

로렌도 크리스티안과 정우택의 사이가 소원해진 계기를 잘
알고 있는 모양이었다.

—그나저나 그 두 사람, 참 괜찮고 재미있었는데…….

로렌이 회상하듯 말하며 아쉬워했다.

—나는 그 동아리 사람은 아니었지만, 그 두 사람과 함께 입
양인들 모임에 간 적이 있었어요.

로렌이 나를 빤히 쳐다보며 고개를 갸웃했다.

—이태원이었던가.

"이쯤인 거 같은데 막다른 길이네요. 여기 어디인 거 같아요."

택시 기사가 백미러로 나를 바라보며 말했다. 막다른 골목
이었다. 나 역시 주위를 두리번거리며 내릴 준비를 했다. 그

때 뒤쪽에서 번지듯 비쳐온 헤드라이트 불빛이 택시 기사의 눈을 헤집었다.

"아, 또 저놈이네. 왜 아까부터 계속 바짝 따라붙는 거야, 이거."

그는 도저히 참지 못하겠다는 듯이 차 문을 열고 밖으로 나갔다.

"거, 이봐요!"

택시 기사는 메디테리안 블루 색상의 고급 차량을 향해 성큼성큼 걸어갔다. 나는 뒷좌석 유리창 너머로 상황을 지켜보다 차에서 내렸다. 앱으로 결제가 처리된 걸 확인했으므로 바로 목적지로 찾아갈 작정이었다. 택시에서 내려 행선지를 확인하는데 택시 기사가 상대 차량 운전자에게 격하게 따지고 있는 모습이 보였다. 발길을 바로 떼지 못한 건 그 운전자가 차 문을 열고 나와 모습을 드러냈기 때문이었다. 모자를 깊이 눌러쓰고 얼굴을 마스크로 가린, 택시 기사보다는 비교적 덩치가 있어 보이는 남자였다.

"차 나가게 뒤로 빠지라니까!"

단발의 외침이 허공에 퍼진 순간 택시 기사의 목이 모자를 쓴 남자의 손아귀에 턱, 잡혔다. 남자는 택시 기사의 목을 쥔 채로 벽으로 밀쳤다. 택시 기사는 어떻게든 남자의 손을 떼어내려 했지만, 속절없이 밀려나 벽에 기댄 채 버둥거렸다. 남자가 손을 들었을 때 나는 설마 그게 택시 기사를 때리려는 것이라고는 생각하지 못했다. 정적을 가르듯 남자의 손이 숨을 헐떡이는 택시 기사의 안면을 퍽퍽 내리쳤다. 그와 동시에 다리 힘이 풀린 택시 기사가 벽 아래로 주저앉아 버렸다. 그 모습을 보고 나는 순간적으로 비명을 질렀다. 고개를 돌려 이편을 바라보던 남자가 내 쪽으로 다가오려는 듯 몸을 움직인 찰나였다.

"이봐!"

골목 상가 쪽에서 누군가 외치는 소리가 들렸다. 내 비명 소리를 듣고 달려 나온 사람인 것 같았다. 남자가 그쪽으로 고개를 돌리자 모자 아래로 치켜올려진 굵은 눈썹과 날카로운 눈매가 드러났다. 그런데 다시 남자가 이편으로 고개를 돌려 나를 진득하게 노려보기 시작했다. 그제야 솟구치는 의구심. 저 사람은 나를 미행한 걸까.

"저 새끼 붙잡아!"

또 다른 누군가 크게 외치는 목소리였다. 바닥에 그림자를 길게 늘어뜨리며 여러 명의 남자들이 뛰어나오고 있었다. 나를 쏘아보던 남자가 달려오는 무리를 의식하고는 민첩하게 차 안으로 몸을 구겼다. 사람들이 남자를 제지하기 위해 차량 주위로 달려든 순간이었다. 남자의 차가 거침없이 빠른 속도로 후진과 전진을 반복했다. 남자가 거칠게 차를 몰아대자 사람들은 "어어, 어어!" 탄식을 연발하며 어찌할 바를 모르고 허둥지둥 뒤로 물러났다. 사람들을 위협하며 도로를 휘젓던 남자는 사람들이 물러선 틈을 타 그대로 후진한 뒤 골목 밖에서 차를 돌렸다. 이쪽을 응시하듯 잠시 멈춰 있던 차는 이내 굉음을 내며 앞으로 치고 나갔다. 사람들이 골목 입구까지 쫓아 뛰어갔을 때 남자의 차는 이미 종적을 감춘 듯했다. 누군가 "차 번호, 차 번호!" 하고 외쳤는데 다른 누군가가 "번호판을 가렸어!" 하며 양손으로 X 자를 그려 보이고는 허탈해했다. 남자를 쫓던 사람들이 서로 고함을 주고받는 모습을 보자 나는 얼어붙은 듯 움직일 수 없었다. 처음부터 남자가 차 번호판을 의도적으로 가린 채 나를 쫓아온 것이라는 사실을 그 자리에서 명확히 알아버렸기 때문이었다.

지나가는 자동차의 헤드라이트 불빛이 눈을 찔러 손으로 막아섰다. 일상적인 자극조차 위협으로 느낄 만큼 몸이 떨려왔다. 아무도 믿을 수 없고 내 앞의 어느 것이든 흉기가 되어 나의 몸을 가를 수 있다는 익숙한 공포가 다시 나를 압도했다. 길바닥 전체가 날카로운 버드 스파이크로 뒤덮인 것처럼 걸을 때마다 발 안쪽에 통증이 밀려왔다. 어룽어룽 눈물이 고인 눈에 주위 사람과 사물이 흐릿하게 비쳐 들었다. 진절머리 나는 이곳을 떠나고 싶다는 생각이 불시에 찾아들었다. 죽어도 상관없다는 다짐이 생사 앞에서 얼마나 비루해질 수 있는

지 간파당한 느낌이었다. 결국 다리에 풀린 힘을 어쩌지 못하고 휘청이며 주저앉았다.

"저기요, 괜찮으세요?"

낯선 사람들이 다가와 말을 걸었다. 기다랗고 갸름한 여러 개의 그림자들이 나를 향해 기울어져 있었다. 그 그림자들이 점점 가까이 다가와 내 그림자에 겹쳤을 때, 나도 모르게 얼굴을 감싸며 "아악!" 소리를 지르고 말았다. 하지만 아무 일도 일어나지 않고 그저 내 착각이라는 걸 알아차리고는 흘긋 주위를 돌아보았다. 사람들이 어안이 벙벙한 얼굴로 나를 내려다보고 있었다. 그들은 겁에 질린 나를 침묵과 인내의 시선으로 감싸고 있었다. 나를 도우려 하는 사람들의 선의조차 경계하며 스스로를 더 깊은 고립으로 몰아넣고 있다는 걸, 그 순간 아프게 깨닫고 말았다.

경찰차와 구급차가 도착하자 사람들의 관심이 흩어졌다. 그 틈을 비집고 나는 비척비척 일어나 걷기 시작했다. 뒤쪽에서 "이보세요!" 하며 나를 부르는 이의 목소리를 뒤로한 채, 조금씩 보속을 높이며 눈시울을 훔치고 입술을 짓씹었다. 내팽개쳐지고 갈기갈기 찢긴다고 해도 나아가야 한다고 중얼거렸다. 그러지 않고는 찾을 수 없었던 크리스티안의 흔적이었다. 그의 흔적은 쉽게 찾을 수 없을 만큼 멀리 있었기에, 잘못이 있다면 내가 그 사실을 간과했다는 점뿐이었다. 내가 이렇게라도 연결된 고리를 놓는 순간 그와 나는 영원히 이어지지 못할 것이다. 지금 내가 느끼는 위태로운 감정이야말로 어쩌면 크리스티안에게 한 걸음 더 다가서 있다는 방증일지 모른다. 그 두려움의 크기만큼 내가 크리스티안에게 성큼 다가서 있음을 증명하는 것이라고. 나는 고개를 치켜들고 똑바로 걷기 시작했다. 술에 취해 휘청이며 다가오는 남자를 힘껏 밀쳐내면서 나는 다시 입을 악다물었다. 그곳이 어디든, 크리스티안에게 가 닿아야 한다며 중얼거렸다. 눈을 감지 못한 채 나를 기다리고 있을 그에게, 가야 한다고.

골목의 상가를 훑던 끝에 마침내 지하의 그 공간에 들어섰을 때 나는 그곳의 주인을 쉽게 알아볼 수 있었다. 바 뒤에서 천으로 컵을 닦고 있는 여자였다.

—그 여자는 원래 크리스티안의 친구였어요.

나는 로렌의 말을 떠올렸다.

—뭐랄까, 조금 이지적인 느낌의 사람이었어요. 혼혈에 가까운 외모에 꽤 지적인 사람이었던 걸로 기억해요.

로렌은 그녀에 대해 그렇게 설명했다.

—아마 로이가 그녀의 그런 모습에 반했던 것 같아요.

그 라운지 바를 처음 방문했을 때 로이와 여자는 이미 사귀고 있었던 상태였던 것 같다고 로렌은 말했다. 그 뒤로 두어 번쯤 더 그곳을 방문할 때는 다른 사람과 함께였다고 했다.
동행한 사람이 같은 회사 사람이냐고 묻자 로렌이 당연한 걸
묻느냐는 듯 답했다.

　─맞아요, 케이트. 그들과 같은 팀이었잖아요.

　케이트라는 이름이 누구를 지칭하는지 설명하지 않아도 나
는 알 수 있었다.

　권아진.

　나는 라운지 바 곳곳을 둘러보며 훔쳐보았다. 크리스티안
의 인스타그램 동영상 게시물 속에서 어지러이 돌아가던 미
러볼이 바 중앙의 천장에 매달려 있었다. 어두운 공간을 샅샅
이 훑던 천장의 미러볼과 그 사이로 들려오던 소란스러운 사
람들의 음성들, 그리고 가만히 귀 기울이면 들리던 크리스티
안의 취기 어린 목소리가 공간에 겹쳐 보였다.

　─같은 팀이라서 그들끼리는 회사 밖에서도 잘 어울렸나
봐요?

　떠보듯 로렌에게 물은 말이었다.

　─제가 생각하기에는, 크리스티안과…….

　로렌이 잠시 머무적거리다가 말을 이었다.

　─케이트는 생각보다 더 친밀한 사이 같아 보였어요.

　어떤 점에서 그랬는지 물어보기도 전에 로렌이 서슴없이
다음 말을 내뱉었다.

—두 사람은 항상 가까이 붙어 있었어요. 대화도 잘 통하는 것 같았지만, 서로 의지하고 있는 것 같다고 할까. 다른 사람의 시선을 그다지 의식하지도 않았고, 가끔 보이는 스킨십도 자연스러웠으니까요.

스킨십이라는 말에 가슴 안쪽이 뭔가에 찔린 것처럼 따끔거렸다. 로렌의 말을 다시 떠올리는 것만으로도 나는 온몸의 신경이 곤두서는 기분이었다. 바 뒤의 여자가 내게 가벼운 눈짓으로 인사를 건넸다. 나는 여자와 시선이 마주친 곳의 의자를 당겨 앉았다.

"일행이 있으세요?"

나는 고개를 저은 다음 대답했다.

"아뇨, 혼자예요."

"여긴, 처음인가요?"

그녀가 묻거나 말할 때마다 에메랄드빛의 롱드롭 귀걸이가 흔들렸다.

"어둡티?"

여자가 재차 물었다. 나는 고개를 끄덕인다. 그러자 그녀가 "저도요." 하고 대답했다.

"루시라고 해요."

"전, 레아, 레아 모로."

"멋진 이름이네요."

루시가 이를 드러내며 웃었다. 비교적 어두운 실내에 사람들이 삼삼오오 테이블에 둘러앉아 얘기하고 있는 모습이 시야에 들어왔다. 한 아이돌 그룹의 음악에 맞춰 가볍게 몸을 흔들고 있는 사람들도 있었다.

"다들 다른 국적의 사람들이지만 K팝을 정말 좋아해요. 가끔 여기 찾아오는 사람들을 보면 한국인들보다 더 한국을 좋아하는 것 같다고 느껴질 때가 있다니까요. 레아 씨도 그래요?"

나는 잠시 침묵하다 고개를 저었다.

"전 그다지……. 그런 거에 크게 관심이 없어요."

"그럴 수 있죠."

루시가 내게 맥주병을 내밀었다.

"웰컴 드링크예요."

나는 내 앞에 놓인 맥주병을 들어 마셨다. 타들어 가는 가슴이 확 뚫리는 것만 같았다.

"혹시, 누구 추천으로 오셨어요?"

루시의 물음에 머뭇거리던 나는 잠시 뜸을 들이다 대답했다.

"같은 나라에 입양된 친구한테서요."

"어느 나라로 입양되었는지 물어봐도 되나요?"

"스위스요."

"그래요?"

컵을 닦던 루시가 멈칫한다.

"우리 바에 찾아오는 스위스인은 거의 없거든요."

그러곤 다시 컵을 닦기 시작한다.

"크리스티안이라고 있었는데, 그 친구가 유일했나……."

말을 흐리는가 싶더니 그녀가 느닷없이 고개를 쳐들며 물었다.

"혹시, 크리스티안과 아는 사이는 아니죠?"

그럴 리 없을 거라는 듯이 루시는 익살스럽게 물었다. 크리스티안에 대해 안다고 말하는 건 이제 위험한 일처럼 느껴진다. 하지만 그 위험을 감수하지 않고서는 그에 대해 알 수 있는 것이 없으리라는 것도 안다.

"알아요. 영국에서 같이 대학을 다녔어요."

내가 말을 마치자마자 루시가 바 안쪽 한편에 쳐진 커튼을 걷어내고 그 안의 누군가에게 목청껏 외쳤다.

"로이, 로이!"

"왜!"

남자의 짧은 대답.

"여기로 와봐, 여기로. 크리스티안을 아는 사람이래!"

루시가 해맑은 표정으로 뒤편에 있는 남자를 향해 어서 이리 오라는 손짓을 연신 보낸다. 남자의 대답이 들려온다.

"누군데?"

풍성한 곱슬머리와 까슬한 턱수염을 가진 한 남자가 내가 있는 쪽으로 나온다. 나는 남자의 얼굴을 재빨리 훑는다. 크리스티안의 인스타그램 게시물 속의 어떤 얼굴이 흐릿하게 겹쳐 떠오르는 것 같았다. 정우택이라는 사람.

"어떻게 아는……?"

정우택이 나를 힐끔거리며 루시에게 눈짓을 했다.

"같은 대학을 다녔대."

루시가 대답했다.

"크리스티안이 다녔던 회사에 다녀요…… 지금은요."

내가 끼어들어 말하자 두 사람의 눈길이 한 번에 내게 몰렸다.

"다닌 지 얼마 안 되었어요."

"아…….."

정우택이 고개를 까닥거렸다.

"나도 그 회사 출신이에요."

그는 순순히 자신이 그 회사를 다녔음을 밝혔다.

"권아진 씨가 살해당한 사실, 혹시 알고 계세요?"

순간 그의 얼굴이 어그러지나 싶더니 루시를 향해 불쾌한 표정을 내비쳤다.

"그 얘기를 왜 여기서 꺼내시는 거죠?"

정우택 대신 루시가 나서 날카로운 투로 물었다.

"크리스티안의 죽음과 어떤 연관이 있는지 알아보고 싶어서요."

정우택이 험악한 표정을 지으며 루시를 향해 고개를 저었다.

"여기서 들을 수 있는 얘기는 없어요. 나가주세요."

루시가 손을 번쩍 들어 출입구를 가리켰다.

"크리스티안에 대해 저한테 자세히 얘기해 주실 수 없을까요?"

"나가라니까요!"

루시가 표독하게 소리를 질렀다.

"크리스티안이 죽기 전 마지막으로 만났던 분이시잖아요."

의심인지 반감인지 모를 눈빛으로 나를 짧게 노려본 후 정우택이 몸을 돌렸다.

"정우택 씨."

나는 바 안쪽으로 다시 들어가려는 그의 팔등을 붙잡았다.

"뭐 하시는 거예요, 지금!"

루시가 괴성을 지르며 내 팔을 낚아채려 했지만 나는 그의 팔을 잡은 손을 놓지 않았다. 그러자 그가 사나운 눈길로 나를 쏘아보았다. 하지만 나도 물러서지 않고 그를 빤히 쳐다본다. 나는 이내 작심한 듯 입을 떼었다.

"제가 그 사람 아내예요!"

눈이 휘둥그레진 그가 몸을 움칫하며 뒤로 물러섰다.

<u>4</u>

정우택과 나는 자리를 옮겨 대화를 나누기로 하고 함께 바를 빠져나왔다.

"크리스티안이 결혼했다는 건 알고 있었어요."

계단을 오르며 그가 넌지시 말했다. 내가 크리스티안의 아내라는 얘기를 밝힌 후 그는 한껏 누그러진 상태였다.

"아내 역시 입양인이었다는 사실은 모르셨던 거죠?"

"네, 몰랐어요."

그가 순순히 대답하며 머쓱하게 웃었다. 검은색 아우터를 걸치고 통이 넓은 멜란지 트레이닝팬츠를 입은 그의 모습 어디에서도 이제 회사원의 흔적은 보이지 않았다.

"어디가 좋으세요?"

그가 묻는다.

"근처에 카페가 있긴 한데……."

"술을 마실 수 있는 곳으로 가죠."

"아, 네. 그럼."

알겠다는 듯이 그가 앞장서 나갔다. 나는 그의 등을 바라보며 걸었다. 그의 옆에 크리스티안을 세워보았다. 그보다는 작은 키, 마른 체형을 가진 크리스티안의 뒷모습이 새삼 사무치게 그리웠다. 그와 함께한 사람들은 모두 각자의 삶을 살아가고 있다. 크리스티안의 모습만이 실종되듯 사라져 버렸다. 조금씩 희미해져 가는 크리스티안의 흔적을 오로지 나만이 찾아다니며 사람들로부터 그의 기억을 소환하고 있는 것 같았다. 어쩌면 아무도 꺼내놓는 걸 원치 않는 기억일 수도 있는……. 외로움이 몸을 겹으로 감싼다. 가는 빗줄기가 후드득 떨어지자 정우택이 얼굴을 찡그리며 하늘을 쳐다봤다. 그의 시선 끝에 진회색 비구름들이 간신히 무게를 지탱하며 버티고 있었다. 정우택을 따라 들어선 곳은 어두컴컴한 바였다.

"요즘은 이런 데가 좀 편해요. 서로 얼굴도 못 알아보는 곳 있죠. 원래 그런 성격은 아니었는데, 크리스티안이 그렇게 된 이후로……."

그가 말끝을 흐렸다. 그의 말대로 다른 테이블에 있는 사람들의 얼굴조차 잘 보이지 않는 어둑한 공간이었다. 그는 자리에 앉자마자 술을 주문했고, 위스키와 칵테일이 금세 우리 앞에 놓였다.

"독하지 않은 게 좋으실 거 같아서. 제가 목 좀 축일만한 걸로 주문했어요."

"고마워요."

"회사 그만두고 이 생활 시작한 것도 이제 꽤 되네요. 아까 보셨죠? 루시, 그 친구와 함께 살아요. 사업 파트너이기도 하고요."

"좋은 분 같아요."

"좋죠. 크리스티안도 꽤 좋아했어요. 어떻게 보면 여기를 소개한 크리스티안이 저희를 엮어준 거나 다름없죠."

그는 쑥스러운 웃음을 짓다가 내 기색을 살피고는 웃음을 거둬들였다. 한동안 잔을 만지작거리던 그가 물었다.

"왜 크리스티안의 흔적을 찾아다니시는 거예요?"

"어떤 말도 남기지 않고 자살했다는 사실을 믿지 못해서요. 적어도 크리스티안이 왜 죽음에 이르렀는지는 알고 싶었어요."

그가 위스키 한 모금을 마시고는 쓰다는 듯 인상을 구겼다.

"제가 보기에 크리스티안은 굉장히 세심한 사람이었어요. 레아 씨 말대로 어떤 흔적도 남기지 않고 떠나갈 사람이 아니죠. 실은 저 역시도 크리스티안의 자살이 믿기지 않아요."

"그렇군요."

그가 허공에 있던 시선을 나에게로 옮겼다.

"저라도 한국에 와서 사인을 따져보고 했을 것 같아요. 도무지 납득할 수 없는 그런 일을 겪었다면."

"이해해 줘서 고마워요."

나는 칵테일 잔에 입을 가져갔다. 진에 프루트가 섞인 맛이 느껴졌다. 어쩐지 긴장이 풀어지고 언 마음에 훈기가 도는 것도 같았다. 경계심을 누그러뜨릴 수 없어 잔뜩 굳어 있던 어깨 근육이 느슨해졌다.

"저에게 묻고 싶은 게 있다고 하셨죠."

"네……. 그 일이 벌어지기 전 크리스티안이 마지막으로 뵌 분이잖아요."

허탈한 표정을 짓던 그가 입을 앙다물고 바 진열장을 진득하게 응시했다.

"크리스티안이 왜 그랬는지 모르겠어요. 자기가 다 떠안으려고 그랬는지, 아니면 정말 삶에 대한 의지가 없어서였던 건지…… 잘 모르겠어요. 그런 내색은 안 했으니까……. 조금이라도 그런 느낌이 있었더라면 크리스티안을 그대로 회사로 돌려보내진 않았겠죠."

나는 그의 말속에서 뭔가를 발견하고 캐묻듯 묻는다.

"뭘 다 떠안으려 했다는 건가요?"

"아직 그런 것까지는 모르시는군요."

그가 알 듯 모를 듯한 희미한 웃음을 지었다.

"그 회사도 문제가 많아요. 얼마 다니지 않으셔서 모르시겠지만."

"크리스티안이 어떤 문제와 관련이 있었나요?"

"글쎄요……."

그가 대답을 회피하며 잔 속의 술을 목구멍으로 넘겼다.

"제가 크리스티안이랑 꽤 사이가 좋았다가 나중에는 좀 안 좋아진 때가 있었거든요."

알아요.

나는 속엣말로 중얼거렸다.

"어제는 뒤에서 제가 하는 걸 지켜보고 일을 배우던 사람이 오늘 상사가 되었으니 빡치지 않을 사람이 어디 있겠어요. 그때 제가 느낀 감정은 뭐, 분노나 이런 게 아니었어요. 부끄러움 같은 거였다고 할까요."

"부끄러움이요?"

"차별적인 상황을 묵인하고 있다는 부끄러움이요."

평온을 유지하던 그가 살짝 얼굴을 우그러뜨린 것도 그때였다.

"이방인 같았어요, 늘. 한국에 있는 기업이고 대다수의 직원이 한국인이지만, 어차피 그 회사의 주인은 우리가 아니었으니까요."

조원식이 그와 비슷한 말을 했던 것을 나는 떠올렸다.

"그러니까 경영진에서 다소 합리적으로 보이지 않는 일을 주문하거나 시켜도 대부분 맹목적으로 따르는 게 당연하게 되어 있던 거죠. 한 번쯤 그게 맞나 의문을 제기하거나 의심하는 사람이 없었어요."

"그랬군요."

"그걸 제가 나서서 하기 시작한 거죠."

"어떤……?"

"사람들은 제가 크리스티안에게 밀려 승진하지 못한 것 때문에 그만둔 걸로 알지만, 그건 아니었어요. 물론 해명도 하지 않았지만."

"그럼 다른 이유가 있었나요?"

정우택이 위스키 한 잔을 다시 주문하고는 나를 바라봤다.

"그만둔 게 아니라 잘린 셈이죠. 해고였어요."

그의 눈가 밑에 피곤한 기색이 어렸다. 마치 지금까지 쌓여 온 삶의 피로가 모두 그것으로부터 시작되었다는 듯한 표정이었다.

"무엇 때문에 그렇게 된 거죠?"

그는 다시 위스키가 담긴 술잔을 입에 가져갔다. 그런 다음 그는 약간 취기가 도는 눈빛으로 먼 데를 응시했다.

"암암리에 이뤄지던 관행 같은 게 있었어요. 절차를 제대로 거치지 않거나 확인되지 않는 구매처에서 물품을 수입하는 일들이었죠. 페이퍼 컴퍼니를 통해 허위 구매가 이뤄지는 건 이미 횡횡한 일이었어요. 해외 기업에 회사 제품을 싼 가격으로 수출했다가 다시 비싸게 사들여 오는 경우도 많았고요. 구매 대상 업체를 선정할 때 뒷돈이나 거래가 오간 정황을 여럿 발견한 경우도 있었고요. 말하자면 그런 점들에 대해 제가 목소리를 내기 시작한 거죠."

"어떤 방식으로 말인가요?"

"처음에는 직장인 익명 커뮤니티에 회사의 조직적인 비리를 고발하는 글을 올렸는데, 회사 곳곳의 비위 정황들에 대해서 저에게 메시지를 보내주시는 분들이 속출하더라고요. 개중에는 제가 감당할 수 없는 규모의 건도 있었고요. 이후에 사실로 확인되는 것들을 취합해 권익위원회에 신고하게 되었고요."

"그러고서 해고를 당하게 된 건가요?"

그가 대꾸 없이 고개를 끄덕였다.

"그렇게 된 거죠. 공동체 규율을 어겼다면서요."

"힘든 시기였겠어요."

그는 아무 말도 하지 않은 채 정면을 바라볼 뿐이었다. 한참을 그러고 있던 그가 시선을 내게로 돌리더니 말했다.

"그런데 크리스티안이 의외였어요."

"……왜죠?"

"다른 외국인 임원들과 달리 회사 편에서 침묵을 지키는 게 아니라 오히려 비리를 캐내고 다녔거든요."

그 말을 하며 정우택은 허탈한 웃음을 지었다.

"그것 때문에 제가 회사를 나오기 직전 우리는 화해할 수 있었어요."

나로서는 크리스티안에 대해 새롭게 읽히는 말이었다.

"조금 위험하다 싶을 정도로 크리스티안이 적극적으로 회사의 부정 비리를 파고들기 시작했었거든요.”

“그런 얘기는 크리스티안에서 들은 적이 없어요.”

그렇게 말하자 정우택이 씁쓸한 표정을 지으며 술잔을 입에 가져갔다.

“크리스티안이 왜 그렇게까지 하려 했는지 알고 있나요?”

나는 홧홧해지는 마음을 진정시키려 술을 한 모금 넘긴 후 그에게 물었다.

“글쎄요. 어떤 사명감 같은 것 때문이었는지, 아니면……불의를 못 견디는 성격이어서 그랬는지는 잘 모르겠어요. 하지만 크리스티안을 대단하다고 생각했던 건, 어쨌든 침묵하지 않고 나섰다는 거예요. 회사에서 불합리한 대우를 받을 게 뻔한데도요.”

이후 크리스티안이 수집한 자료는 꽤 방대했다. 크리스티안은 회사 내부에 자료를 공유하고 이슈화할 목적으로 보고서를 작성 중이었다고 했다.

“분명히 회사의 누군가는 자신의 선한 의도를 이해해 줄 거라고 믿었던 것 같아요. 자신의 뜻에 동조해 주는 사람들과 함께 문제들을 바로잡아 가고 싶어 했죠. 하지만…….”

그는 크리스티안이 점점 더 많은 직원들에게서 따돌림을 받기 시작했다고 했다.

“외국인과 한국인 직원 가릴 것 없이 모두에게서요. 아무도 크리스티안이 옳은 일을 한다고 생각하지 않았어요."

그는 술을 한 모금 길게 마신 뒤에 말을 이었다.

"정의감에 심취한 유별난 외국인. 다들 그렇게 생각하는 것 같았어요."

그럼에도 크리스티안은 포기하지 않았다고 했다. 사람들의 냉대가 오히려 그에게 오기로 작동한 것 같다고 정우택은 덧붙여 말했다.

"회사 경영진 중 그 누구도 크리스티안 편이 아니었어요. 오히려 크리스티안을 승진시킨 게 부메랑으로 되돌아왔다며 적잖이 당황하고 전전긍긍하는 분위기였죠."

그러다 결국 크리스티안이 자료를 주고받는 일로 다른 부서의 직원과 마찰을 빚은 적이 있다고 했다.

"그런 일이 있었어요."

정우택의 말은 그렇게 시작됐다.

그의 말에 따르면 그 일은 재무팀 한국인 직원과 크리스티안 사이에서 일어난 일이었다. 그날 크리스티안은 몹시 급하게 외부 미팅을 준비 중이었다. 미팅에 앞서 크리스티안은 재무팀 담당자에게 최근 5년간 거래가 이뤄진 구매 거래처 목록, 물품 대금 지급과 견적 상세에 대한 자료를 요청한 상태였다. 하지만 담당자는 거듭된 요청에도 해당 자료를 크리스티안에게 전달하지 않았다. 하는 수 없이 크리스티안은 차후에라도 자료를 받기 원했지만 무슨 이유에서인지 담당자는 그에 대해서도 명확한 답변을 거부했다. 담당자의 모호한 태도에 크리스티안은 직접 재무팀 사무실로 향했고, 그곳에서 담당자에게 자료 전달이 현재로서는 불가능하다는 답변을 듣게 되었다. 그가 따지자, 담당자는 상당량의 자료를 검토 없이 전달해야 할 필요성에 대해 내부 의문이 있고, 일부 자료에는 타 부서와 공유할 수 없는 대외비도 존재한다면서 완곡히 거부했다.

"잠재해 있던 갈등이 표면으로 떠오른 거죠."

"어떻게요?"

"재무팀 담당자가 크리스티안의 업무적 요구가 강압적이고 폭력적으로 이뤄졌다며 인사위원회에 고발했어요."

나는 두 손으로 입을 가렸다. 인사팀장이 내게 말해준 적 있던 바로 그 사건이었다.

"그런데 그때 재무 총괄을 하는 윤소영 이사가 자기 직원의 업무적 태만을 지적하고 나선 거죠. 크리스티안 앞에서."

불 꺼진 집무실 안쪽에서 나를 날카롭게 바라보던 그녀의 얼굴이 다시 떠올랐다.

인사위원회에 함께 참여한 윤소영이 책망한 사람은 뜻밖에도 자신이 총괄하고 있는 재무팀 담당자였다고 한다. 그리고 누군가에 의해 그 일은 삽시간에 퍼지게 된다.

왜 자료를 빨리빨리 안 주고 그래요!

윤소영은 크리스티안이 들으라는 듯이 담당자를 호되게 질책했다.

……네?

자료를 제때 안 주면 컴플레인을 받잖아요.

신경질적인 투로 윤소영이 일갈했다.

대외비니까 내부적으로 검토를…….

그럼, 그전에 충분히 상대 부서 관계자가 이해할 수 있도록 끝까지 잘 설득하거나 사정을 얘기해 줬어야죠!

납득되지 않은 얼굴로 윤소영을 바라보던 담당자는 그녀의 표정에서 무엇을 읽었는지 체념한 듯 눈을 내리깔았다.

알겠습니다. 다음부터는 그렇게 처리하겠습니다.

그 대답을 듣고 나서야 윤소영은 자리에서 벗어났다. 크리스티안에게는 일절 한마디도 하지 않고 자기 부서 직원에게만 호된 질책을 한 것이었다.

"윤소영이 자기 직원을 희생양 삼아 역설적으로 크리스티안에게 경고한 거죠. 크리스티안이 아무 말도 할 수 없게 만들면서."

그의 얘기를 듣고 맞춰지는 조각 하나가 있었다. 언젠가 그와의 전화 내용이 떠올랐기 때문이었다. 그게 바로 이 일이었다.

생각해 봐. 이게 누구를 향한 말 같아? 다음부터 해달라는 대로 해줘요. 왜 이런…….

크리스티안이 여자 목소리를 내며 했던 말. 그 목소리의 주인공이 윤소영이었구나 싶었다.

꼭 그게 나를 욕하는 거 같았어. 왜 그런 자료를 요청한 거야!

그리고 그는 웃었다.

마음이 좋지 않아.

거봐. 그러니까 왜 한국에 있어. 돌아와.

아직 할 일이 남아 있다는 거 알잖아.

그렇게 마무리된 대화였다. 이제 와서 보면 그건 과거의 일이지만, 그때 크리스티안과 나의 통화는, 현재의 상황을 예측한 것 같은 미래 시제의 대화였다는 생각이 든다. 크리스티안 자신이 있었던 곳에서 미래의 나에게 메시지를 보내는 것 같은.

"해고당한 이후에 회사로부터 고소를 당했어요. 보안 서약을 위반하고 기밀을 노출해 회사의 평판을 하락시켰다는 내용이었어요. 사실 그것 때문에 그날 크리스티안을 찾아간 거예요. 저로서는 힘든 상황이었으니까. 크리스티안이 뭘 당장 어떻게 해줄 수는 없겠지만 힘든 마음이라도 털어놓고 싶어서요. 그런데 그날 크리스티안에게서 꽤 놀라운 얘기를 들었어요."

"놀라운 얘기요?"

나는 그에게 바짝 몸을 기울였다.

"재무팀에서 받지 못했던 자료들을 결국 확보했다는 거예요."

그의 눈빛이 촉촉하게 빛났다. 마치 그동안 감당할 수 없었던 일들을 이제야 토로하는 것처럼 그는 숨을 탁하게 내뱉으며 말했다.

"이건 사실 경찰에게도 말한 적 없어요."

나는 그가 하려는 말에 두려움을 느낀다. 내가 감당할 수 없는 어떤 사실일까 봐. 크리스티안에 대해 나는 얼마나 무지한 걸까.

"비위가 의심되는 사례들을 그 자료 속에서 발견했다고 했어요. 크리스티안은 그렇게 파악한 비위를 검찰에 고발하고 언론에 제보하려 한다고 저에게 말했고요."

그의 눈동자는 이제 허무하게 빛나고 있었다. 그는 방금 비운 잔을 내려놓으며 말했다.

"그런데 그날 밤 크리스티안이 자살했다는 얘기를 들은 거예요. 저와 만났을 때까지만 해도 의욕에 가득 차 있던 크리스티안이 저와 헤어진 지 불과 몇 시간 만에 자신의 집무실에서 떨어져 자살했다고요. 제가…… 그 사실을 믿을 수 있겠어요?"

그의 큰 몸집이 흐느끼듯 한 차례 흔들렸다.

"아마, 크리스티안이 그들에게 두려움을 준 것 같아요."

"그들이라면?"

"회사의 주인들이요."

"주인들……."

나는 고요히 읊조렸다.

"크리스티안의 사인이 자살로 판명이야 됐지만. 미심쩍은 부분이 없지 않죠. 크리스티안은 그들의 압박에 시달린 것일 수도 있어요. 견디다 못해 크리스티안이 스스로 판단을 내린 거라고 해도……."

정우택이 숨을 씨근거렸다.

"그거 완전히 그 새끼들 책임이에요!"

그의 목소리가 컸던 때문인지 어둠 속에 가려진 사람들의 얼굴이 한꺼번에 이쪽을 향했다.

"하지만, 너무 밝히려 들려고는 하지 마세요."

빨갛게 충혈된 눈으로 그가 말했다.

"무슨 뜻인가요?"

나는 차분히 되물었다.

"권아진이 당한 걸 보세요."

그는 읊조리듯 뇌까리고는 나에게 고개를 돌렸다.

"크리스티안도 레아 씨가 다치는 걸 원치 않을 테니까요."

조명 빛에 얼비친 그의 두 눈동자가 흔들리는 것을 나는 가만히 바라본다. 어쩌면 그 죽음이 자신에게도 가까이 다가왔을지도 모른다는 불안과 공포가 서려 있는 것도 같았다.

"전 비겁한 사람이었어요. 뒤로 빠져서 관조하듯 크리스티안이 하는 일을 바라보기만 했으니까요. 제가 지금 이런 사실을 고백하는 건, 크리스티안에게 미안함이 남아 있어서예요."

그 말을 끝으로 그는 고개를 수그리고 말을 멈췄다. 완전한 취기에 몸이 압도당한 것만 같은 모습이었다. 꺼내야 할 말을 모두 꺼내어 놓고 탈진한 사람처럼 그는 한참을 그러고 있었다. 크리스티안의 지인을 여럿 만났지만 그처럼 마음 한구석에 완전히 구멍이 난 것 같은 사람은 처음이었다.

드러나는 것들

1

정우택은 입양기관에서 크리스티안과 함께 봉사하는 동안 촬영했던 동영상 몇 개를 내게 보내주었다. 영상 속 크리스티안의 얼굴은 밝았다. 우리가 같이 시간을 보내왔던 일상 속에서도 그렇게 밝게 웃었던 적이 있었을까 반추하게 될 정도로 생기 가득한 모습이었다. 한국인들 속에 파묻혀 있는 크리스티안에게서는 이질감이 전혀 느껴지지 않았다. 아이들과 그렇게 머물러 있는 것만으로도 그는, 자기 안의 축축하고 어두운 기억을 따뜻한 볕에 보송하게 말리고 있는 사람처럼 보였다. 나조차도 그에게 해줄 수 없는 게 있다는 걸 그 영상을 보

며 나는 알게 됐다. 동영상을 받고 얼마나 지났을까. 정우택
에게서 메시지가 도착했다.

「크리스티안이 친아버지를 만나려고 한 건 알고 있으세요? 혹시
나 해서 여쭤봅니다.」

이제는 크리스티안이 내가 짐작할 수 없을 만큼, 찾을 수도
없을 만큼 혼자서 멀리 가버린 것처럼 느껴진다.

「아뇨. 몰랐어요.」
「그렇군요. 말하기가 어려웠을 거예요. 이해하세요.」
「그것에 대해 알고 있는 게 있으세요?」
「자세히는 모르지만, 크리스티안이 제게 한 가지 이야기를 해준
적이 있어요.」
「어떤 이야기죠?」
「친아버지를 찾아갔지만 만남을 거절당했다고 들었어요.」
「그런가요?」
「네……. 제가 괜한 얘기를 한 건 아닌지 모르겠습니다. 그렇지만
크리스티안의 흔적을 찾고 계신다고 하니 이것도 도움이 될 것 같아
서요. 경솔했다면 죄송합니다.」

마음에 새까맣게 타버린 것 같았다.

「아니에요, 감사해요.」
「크리스티안은 어떻게든 친부모를 찾고 싶어 했어요.」

휴대폰 자판 위에 떠 있는 두 개의 엄지손가락이 가느다랗게 떨렸다.

「그런 크리스티안이 그렇게 혼자 세상을 등졌다는 게 저는 아직 믿기지 않습니다. 큰 도움이 되지 못해 죄송합니다.」

그의 마지막 메시지를 보자 가까스로 유지하고 있던 평정심마저 무너져 내리는 것 같았다. 나는 겨우 손을 움직여 그에게 메시지를 보냈다.

「가능하시다면, 부탁 하나 드려도 될까요?」

*

나는 크리스티안에게 홀로 서울에 있는 게 외롭지 않냐고 전화로 물은 적이 있었다.

아니, 좋아.

이렇게 떨어져 있어도?

그것 빼곤 다 좋아.

하고 능청스럽게 웃던 크리스티안. 그 간단한 대답과 웃음 속에 내가 걱정할 것을 염려하는 마음이 숨겨져 있다는 걸 모르지 않았다. 혹시 전화를 끊고 나면 웃음 같은 건 금세 날아가 버리고 짙은 외로움에 잠겨 침잠하고 있던 건 아니었을까. 나와 이네스를 곁에 두지 못하고 있는 상황을 후회하지는 않았을까.

우리가 그리로 갈까.

마리사가 내게 그랬던 것처럼 나 역시 그에게 운을 띄운 적이 있었다.

어떻게 와, 힘들게. 괜찮아.

그 말을 하던 그의 목소리가 잠겨 있던 게 기억난다. 그때 차라리 그에게 묻지 않고 어떻게든 함께 있어야겠다고 얘기했더라면, 그래서 만약 한국에 갔더라면, 이런 상황까지는 일어나지 않을 수도 있던 걸까. 후회의 감정은 언제나 기억의 저만치에 있었다.

크리스티안.

나는 지금 그에게 묻고 있다.

우리에게 사랑이란 그런 것이었는지. 상대방을 걱정시키지 않기 위해, 상대방의 마음을 상하게 하지 않기 위해 할 말을 가리거나 숨긴 채, 자신이 생각한 방향으로 줄기차게 인생의 배를 저어 가는 걸 사랑이라고 말할 수 있는지.

크리스티안이 친부모를 찾고 싶어 한다는 걸 나 역시 모르는 건 아니었다. 그가 나에게조차 아무 언급 없이 한국계 입양인들의 DNA 정보를 공유하는 커뮤니티에 수시로 드나드는 걸 알고 있었기 때문이었다. 그런 그의 모습은 나에게 상처로 다가왔다. 모른척하던 내가 그곳에서 집으로 보내온 우편을 받고 끝내 울분을 터뜨렸던 게 기억난다.

이유 없이 우리를 이 세계에 던져놓고 버린 사람들을 찾는 게 대체 무슨 의미냐고!

그때도 생각했었다. 너마저 나를 남겨놓고 어디론가 갈 생각이야? 그런 불안 때문이었을까. 마치 학대했던 부모에게 분노하듯 대거리하는 나를 아연한 눈빛으로 바라보던 그가 떠오른다.

아마도 그런 날 걱정했겠지, 크리스티안은.

지금 돌아보니 그 우편이 친아버지에 대한 정보일 수도 있었겠다. 어쩌면 크리스티안은 아주 오래전부터 한국으로 가기 위해 차곡차곡 준비해 왔을지도 모른다.

그렇게 크리스티안을 기억하다 그대로 쓰러져 잠이 든 밤,

어떤 기억이 꿈처럼 나를 찾아왔다. 쳐내려 하지만 그럴수록 내게 생생히 달라붙는 기억이었다. 동화되기를 바랐던 부모의 소망과는 다르게 한국어로 다시 말할 수 있게 된, 다행일지 아닐지 모르는 그 기억.

—아무도 좋아하지 않는 아이예요.

병실 칸막이 커튼 밖에서 들리는 목소리였다. 병실은 조용했고, 그 목소리 말고는 아무 소리도 들리지 않았다. 나는 가만히 천장을 바라보며 목소리의 향방을 쫓았다. 목소리를 최대한 낮춘 채 은밀히 나누는 대화였지만, 적요한 병실에서 귀 기울여 그들의 대화를 알아듣기에는 어려움이 없었다. 대화를 주고받는 두 사람 중 한 사람은 학교에서 아이들의 행동 발달 수업을 맡고 있던 교사였고, 다른 이는 담임 선생님이었다.

—레아가 너무 적극적이라서 친구들이 부담스러워해요.

—예를 들면요?

—다른 친구들이 모여 있는 곳에 무작정 끼어들어 노는 식이에요. 무리 중 한 아이의 양팔을 붙잡고 뛰면서 갑자기 자기의 일상을 얘기한다거나, 다른 놀이를 하러 가자고 잡아끌기도 한대요.

—무리와 같이 뒤섞여 놀지는 못하고요?

—그게…… 아직 어려움이 있어요.

—왜요?

—아직 언어 습득이 완전치 않아서요. 수업 시간에도 벅차
하는 게 보여요. 습관이 남아 있어선지 혼잣말처럼 한국어로
중얼거리기도 하고요. 어떤 아이는 그게 욕하는 것처럼 들린
대요. 레아의 부모님에게 공립 초등학교 대신 한국인 아이들
이 다니는 초등학교를 한번 권해볼까 싶기도 하고요.

—그렇다면 그분들 상심이 클 텐데요.

—어쩔 수 없죠, 뭐.

처음 나는 그들의 대화 속 주인공이 내가 아니기를 바랐다.
하지만 중간중간 들려오는 이름하며, 설명하는 행동들이 정
확하게 나를 가리키고 있다는 사실에 더더욱 숨을 죽였다.

—그런데 레아는 왜 연못에 빠진 건가요?

행동 발달 수업을 진행하는 교사는 할머니에 가까울 정도
로 머리가 하얗게 세었고, 안경을 자주 돋보기안경으로 바꿔
쓰는 사람이었다. 성대 주름이 늘어난 것처럼 떨리는 그녀의
목소리를 나는 기억하고 있었다.

—같은 반 남자아이의 얼굴을 주먹으로 때렸어요.

—남자아이를요?

—네, 죽여버리겠다고 했대요.

담임 선생님이 숨을 고르는 소리가 들렸다. 나는 침을 고요
히 삼키며 그들의 대화를 청취했다. 어떤 대화가 오가는지 토
씨 하나조차 놓치지 않을 생각이었다. 서 있는 자세를 바꾸는

지 구두끼리 또각거리는 소리가 연이어 들려왔다.

　―맞은 남자아이가 레아를 연못가로 밀어버렸다고 해요.

　―혹시 그 친구가 레아에게 먼저 심각한 일을 저질렀었나요?

　담임 선생님은 대답 대신 한숨을 내쉬었다.

　―평소에 자주 레아를 놀렸나 봐요. 혼자서가 아니라 다른 아이들 몇 명도 함께요. 그 애들은 각별하게 주의를 줄 예정이에요. 학교 차원에서도 징계를 고려하고 있고요. 그나저나 레아도 문제예요.

　―왜요?

　―아무하고도 어울릴 수 없는 아이라서요.

　나에게는 소유하고 싶은 이미지가 없었다. 타자를 받아들일 만한 내면도 없었다. 다른 이에 대한 관심이나 감흥이 전혀 없는 아이였다. 내가 타인에게 어떤 사람인지만 중요했던 것 같다. 애정을 보이는 사람만이 나의 친구가 되었다가 그마저도 사라지곤 했었다. 나에게만큼 다른 사람에게도 비슷한 애정을 나눠줄 수 있다는 것을 그때의 나는 인정할 수 없었다. 배타성을 띠지 않는 우정이나 교류는 모두 쓸데없는 일이라 여겨졌었다. 타인과 관계를 맺을 때마다 스스로를 위태위태한 절벽에 세워둔 것만 같았다. 부모로부터 가치 없게 다뤄진 기억과 학대의 그림자가 그 조그만 아이를 억누르고 있었다.

학교를 옮겨야 한다는 사실을 부모님은 실망스럽게 받아들였다. 그렇지만 학교에서 내가 언제나 혼자인 것을 알게 되었으므로 별수가 없었다. 나는 결국 한인 학교로 전학을 갔고, 그곳에서 다시 한국어를 사용하기 시작했다. 주변의 모든 사람들과 다르게 부모님만이 한국어를 할 수 없었다. 시간이 흐를수록 나는 머물고 있는 안쪽에서 바깥으로 나가고 싶었다. 마을을 벗어나 스위스 바깥의 세상으로. 부모의 사랑과 애정을 확인하는 게 언제부터인가 나 자신을 찌르는 통증처럼 느껴졌다. 내 안에 타인과 일정한 거리를 유지하는 기능이 없거나 상실해 버린 탓인지 성인이 되어서도 누군가와 관계를 이어가는 게 쉽지 않았다. 그건 서킷을 도는 트랙 위에서 제대로 중심을 잡지 못하고 좌우로 이리저리 흔들리다가 아무 펜스에 가서 부딪혀 혼자 멈춘 채 허무하게 끝나버리는 자동차 게임을 하는 기분이었다.

나는 크리스티안에게 다시 속삭인다.

그때, 너에게 향했어야 했다고.

새벽빛이 희미하게 새어 들어오는 걸 바라보며 잠에서 깼다. 커튼 틈 사이로 드러나는 회색 하늘이 우울한 낯빛으로 나를 바라보는 것 같다. 나는 왠지 모르게 서글퍼진다. 의지와 상관없이 낯선 곳에 홀로 추락해 있는 것 같다는 상념이

든다. 사실은 나도 누군가 필요로 하고 있다는 걸 인정해야 한다고 생각했다. 언제나 그걸 부정해 왔다. 크리스티안에게 조차도.

나는 시차를 확인하며 마리사에게 전화를 걸었다. 어쩌면 이네스는 잠들었을 시간.

—마리사.

전화가 연결되자마자 나지막이 그녀의 이름을 불렀다.

—말해.

—올 수 있겠어?

휴대폰 너머에서 그녀의 긴장이 느껴진다.

—한국으로.

침을 넘기는 소리가 작게 들려왔다. 시간이 흐르고 조금 상기된 목소리로 마리사가 대답했다.

—이네스를 위해서라면.

나는 아직 판단하지 못한다. 이것이 이네스를, 우리 자신을 위해 옳은 일인지.

—갈게.

하지만 가보기로 한다.

—아니, 우리 각자를 위해.

2

「지금 얘기 좀 할 수 있을까요?」

조원식이 보낸 메시지였다.

「어디신데요?」

「옥상이요.」

「지금 갈게요.」

메시지를 보내놓고 나는 엘리베이터 대신 계단을 걸어 올라갔다.

계단이 좋아.

나에게 전화를 건 크리스티안은 그렇게 말했었다. 좋은 것도 많다며 내가 핀잔을 주기도 했고.

여긴 아무도 없이 혼자 오르고 내려갈 수 있잖아. 텅 빈 느낌이 좋아.

언뜻 공허하게 들리는 말이었지만 크리스티안은 여백을 좋아하는 사람이었으니까 그럴 수 있다고 여겼다.

되게 신기하지 않아?

뭐가?

에코를 넣은 마이크로 말하는 것처럼 그의 말소리와 층계참에 발 딛는 소리가 울렸다.

숨이 없는 존재들은 삶이랄 게 없잖아.

갑자기 그런 생각이 들었어?

이 계단도 그렇잖아. 삶이 없는, 삶과 무관한 이런 공간으로 잠시 피해 있는 것도 좋아.

하릴없는 생각을 해봤다는 듯 '풋' 하고 웃던 크리스티안이었다. 그러고 보니 그때의 대화가 예사롭지 않게 들린다. 삶과 무관한 공간에서 크리스티안이 잠시라도 덜어놓고 싶었던 건 무엇이었을까.

옥상 문을 열자 광고판 밑에서 담배를 입에 물고 있는 조원식이 보였다. 내가 그쪽으로 다가가자 나를 알아본 조원식이 방긋 웃어 보였다. 세차게 부는 바람 때문에 조원식의 이마 모서리 부분의 머리카락이 뒤로 넘어가 큼지막한 빈칸을 만들어 냈다.

"요즘…… 괜찮아요?"

조원식이 걱정스러운 눈초리로 바라보며 물었다.

"……네. 어떻게든 잘해보려 하고 있습니다."

"그래요. 직장생활, 그거…… 버티기야."

"그런데 하실 말씀이라는 게…….."

그가 바람이 성가시다는 듯 얼굴을 찌푸리며 나지막이 말했다.

“윤소영이가 관둔다던데요.”

조원식이 자신의 담배에 불을 붙이며 말했다.

“……네?”

나는 그 말이 믿기지 않아 되물었다. 누구보다 사장을 비롯한 외국인 임원진의 신뢰를 받고 있다던 사람이었다. 직원들이 다 그만둬도 그 사람만큼은 그러지 않을 거라던 로렌의 말을 나는 상기했다.

“제이크하고 사장한테 그렇게 통보했대요.”

조원식은 한 손을 바지 주머니에 집어넣고, 다른 한 손으로는 담배 끝을 하늘로 향한 채 연기를 뱉어냈다. 안경 안쪽으로 스멀스멀 기어들어 간 담배 연기가 느릿하게 빠져나왔다.

“보통 아냐, 사람이.”

“어떤 의미로 그런 말씀을…….”

“승부수를 던진 거라고 봐야죠.”

그가 담배를 쥔 손으로 콧잔등 위의 안경을 치켜올렸다.

“일종의 시위이기도 할 거고.”

그러며 조원식이 나를 흘긋 바라봤다.

“이제 그들한테 윤소영이 필요가 없어진 거겠죠. 권력 바깥으로 내보내려 하니까 윤소영이 그런 식으로 나가는 거 아닐까요? 나름 코너에 몰렸다고 생각하는 거겠지.”

그의 말 뒤끝에 담배 연기가 풀풀거리며 뱉어져 나왔다.

"윤소영 이사 스타일이 막다른 길에 몰려도 도망가지 않고 칼을 빼내는 스타일이거든요. 그렇게 해서 여기까지 왔는데, 그런 사람이 사표를 낸다는 건 단순히 그냥 그만두겠다는 뜻이 아니에요. 해볼 테면 해봐라, 뭐 그런 거죠. 배수의 진을 친 거라고요. 그 정도면 목숨을 거는 거니까, 승부수 아니겠어요?"

조원식이 희미하게 웃었다. 저물고 있는 태양의 주홍빛이 넓고 은은하게 퍼지면서 그의 안경과 머리며 목덜미까지 물들였다.

"그런데 실수를 하나 한 거 같아요, 윤소영이."

마저 태운 담배를 재떨이에 던져놓고 두 손을 바지 주머니에 찔러 넣으면서 그가 말했다.

"무슨 실수를 말인가요?"

"사장에게 말이에요."

"사장님이요?"

"그래요, 마이클 사장. 마이클은 한국 사람 워낙 안 믿거든. 윤소영이 그걸 간과했어요. 윤소영이가 사장한테 그랬다지. 권아진이 실종돼서 죽기 며칠 전에 회사 밖에서 제이크를 만나는 모습을 봤다고 했다나 봐."

그가 푸푸푸푸 웃음이 뒤섞인 연기를 토해냈다.

"제이크를요?"

"아, 사장 협박한 거지 뭐. 너희들이 권아진 죽인 거 아니냐, 이렇게. 지금 계속 그런 얘기가 돌거든. 권아진이 구매팀이었 잖아요. 비위 관련된 걸 덮으려고 연루된 사람들이 뭘 어떻게 한 거 아니냐는 얘기가. 곧 회사에 한번 큰일이 닥칠 거 같아. 경찰들이 회사 오고 가는 것도 심상치 않고……."

혼잣말하듯 중얼거리던 그가 고개를 돌렸다.

"그런데 그게…… 무슨 관련이 있다고 그 끔찍한 걸 레아 씨에게 보냈을까……? 뭐, 권아진하고 좀 친하게 지냈어요? 아니면 뭐 어디서 누구한테 책잡힌 적 있어요?"

의심스러운 눈초리로 힐끔거리며 그가 물었다.

"아뇨. 저도 그 이유를 잘 모르겠다고 조사받을 때 얘기했 어요."

짐짓 모른 척 고개를 젓자, 그가 언제 그랬냐는 듯 쯧 하고 혀를 찼다.

"암튼, 윤소영이도 뭔가 많은 걸 쥐고 있어서 사장도 당장 뭐 방 빼라고 할 것 같진 않고. 어쩌면 윤소영이 원하는 걸 들 어주는 척할지도 몰라요. 하지만 결과적으로는 충성심을 의 심받는 상황을 제공한 거예요, 윤소영이가. 바보같이."

조원식이 콧잔등을 찡그리며 말을 이었다.

"지금까지 그렇게 행동했던 사람들이 다 하나같이 다 회사 를 떠났다니까요. 그걸 알면서도 그 사람이 왜 그런 실수를 했을까, 나에게 한번 상의라도 하지 말이야."

그런 뒤 그가 흐물거리며 웃음을 지었다.

"돌아가는 상황이 얼떨떨하죠?"

나는 말없이 고개만 까딱하고 말았다.

"어떻게 보면 지금이 적기예요."

"적기요?"

"윤소영이 그들에게 배신당하고 '팽'당할 지경에 놓인 바로 지금 순간 말이에요. 반감과 저항심이 가장 가득한 지금이 그 사람에게서 크리스티안에 대한 중요한 정보를 캐낼 수 있는 시기란 말이에요."

크리스티안의 이름이 언급되자 나는 숨을 멈추고 그의 다음 말을 기다렸다.

"아, 크리스티안이 억울하게 죽었다고 생각한다면서? 그래서 그 사인 밝히려고 이곳저곳 알아보러 다니던 거 아니었어요?"

순간 심장이 고동치며 등골이 송연해졌다. 순식간에 어두워진 하늘에서 빗방울이 떨어지기 시작했다.

"그러다 권아진이 잘린 손 받은 거 아닌가?"

하마터면 나는 그 자리에 주저앉을 뻔했다.

"크리스티안과 대체 무슨 사이인 거야?"

그의 농밀하고 소름 끼치는 시선이 내게 꽂혔다. 떨리는 턱을 손등으로 고정하려 애쓰면서 나는 가쁜 숨을 내쉬었다.

"연인이라도 돼?"

그가 다그치듯 거듭 물어왔다. 그와 나 사이에 빗물이 후드득 쏟아져 내리기 시작했다. 눈가에 맺혀 어룽거리는 빗물을 쓸어 헤치면서 그를 바라보았다. 나를 지켜보고 있다던 사람이 다름 아닌 저 사람, 조원식이었던 건가. 그의 모습이 빗물에 번져 흐릿하게 보였다. 그런데 나를 쏘아보던 조원식이 시선을 거두더니 낮은 목소리로 중얼거렸다.

"그 정도 눈치도 없으면 지금껏 이 회사에서 버틸 수도 없었을 거라고. 형사들이 와서 나한테 당신에 대해서 뭘 좀 아는지 묻더군. 난 모른다고 했어. 그러니까 크리스티안에 대해 찾고 싶은 게 있다면 형사들이 막아서기 전에 어서 가서 윤소영을 건드려 봐요. 뭔가를 알고 있을지도 모르니까."

그 말만 던져놓고 그는 먼 곳을 착잡하게 바라보았다. 더는 내게 할 말이 없는 사람처럼 우두커니 서서 돌아보지 않았다.

"왜 저에게 그런 사실을 알려주시는 거죠?"

그는 내 말에는 대답하지 않고 담배 하나를 다시 꺼내 입에 문 채 하늘을 응시할 뿐이었다. 굴곡이 깊게 파인 그의 손마디 주름이 시야에 들어왔다. 엷은 빗줄기를 맞으며 서 있는 그가 오랜 시간을 지나쳐 어딘가로 소멸해 가는 사람처럼 보였다. 동시에 뭔가를 잃어버린 사람처럼 보이기도 했다. 나는 그에게 더 묻지 않고 주춤거리며 출입구로 향했다. 뒤쪽에서

인기척이 느껴져 몇 번이나 돌아봤지만 그는 여전히 그 자리
에 붙박인 듯 서 있었다.

*

　나는 옥상에서 내려와 곧바로 15층으로 향했다. 발치께로
옷에서 흘러내린 빗물이 뚝뚝 떨어졌다. 내가 윤소영의 집무
실 앞에 다다랐을 때 그 안은 여전히 숨이 막힐 듯한 공기로
빽빽이 채워져 있는 것처럼 보였다. 모니터 불빛만이 간신히
빛을 발하는 그 어두운 공간에서 화면에 얼비친 윤소영의 두
눈동자가 이리저리 움직이고 있을 뿐이었다. 문밖에서 노크
를 하고 안으로 들어서자 그녀는 무표정하게 나를 맞았다.
　"웬일이죠?"
　그녀가 고개를 삐뚜름히 하고 물었다.
　"여쭤보고 싶은 얘기가 있어서요."
　"무슨 일 있어요?"
　"아뇨, 그런 건 아니고."
　나는 잠시 뜸을 들이고는 말을 잇는다.
　"그만두시려 한다는 얘기를 들었어요."
　윤소영이 씁쓸한 표정을 지으며 머리를 쓸어 올린 뒤 방사
형으로 아무렇게나 쌓인 서류를 두 손으로 한데 모아 정렬시

컸다.

"벌써 소문이……. 그것 때문에 찾아왔나요? 위로라도 해 주려고?"

"아뇨, 그렇다기보다……."

그녀가 자리에서 일어서 답답하다는 듯 블라인드를 반쯤 걷어냈다. 그사이 소나기가 그쳤는지 노을빛이 힘없이 집무실 안으로 파고들었다.

"그럼, 무슨 문제가 있어서 절 찾아온 거죠?"

"크리스티안에 대해서…… 이야기하고 싶어요."

"크리스티안이라면……."

그의 이름을 중얼거리다 윤소영의 얼굴이 비대칭적으로 우그러졌다.

"제가 아는 크리스티안은 자살할 사람이 아니었거든요."

"지금 무슨 소리를 하는 거예요?"

그녀가 신경질적으로 반응하며 물었다.

"그 친구가 어떤 연유로 죽음에 이르렀는지 혹시 알고 있는 게 있으시다면……."

"이런 말 저에게 하는 거…… 너무 경솔하다고 생각하지 않아요, 레아 씨?"

그녀가 얼굴을 붉히며 내게 따져 물었다.

"죄송합니다……."

나는 어쩌지 못하고 꾸벅 고개를 숙였다.

"문을 좀 닫아요."

들릴 듯 말 듯 읊조린 말이었기에 나는 고개를 들어 그녀의 얼굴을 확인했다. 그녀가 눈짓으로 문을 가리켰다. 나는 일어나 문을 닫은 후 다시 자리로 돌아와 앉았다.

"크리스티안과 어떤 사이예요?"

조원식이 그랬던 것처럼 그녀 또한 내게 의구심이 가득한 표정으로 물었다.

"솔직히 말해봐요."

윤소영이 나를 향해 몸을 수그리며 은밀하게 물어왔다.

"가족? 아니면……."

거듭되는 그녀의 물음에 나는 현기증을 느꼈다.

"어떤 사이길래 자살로 판명된 죽음에 대해 캐고 다니냐는 말이에요. 그것도 당사자가 다녔던 이 회사까지 찾아와서."

그녀가 언성을 높이더니 수그렸던 몸을 펴서 의자 뒤로 기댔다.

"말해봐요. 크리스티안과 어떤 사이였는지."

조금은 누그러진 말투였다.

"그러지 않으면 나 또한 당신을 믿고 얘기를 해줄 수가 없어요."

하지만 나 역시 불안감에 마음을 내려놓을 수 없었다. 그녀와 나 사이에 어떤 팽팽한 끈이 이어진 듯 우리는 서로를 노려봤다. 상황을 되돌리기에는 이미 건널 수 없는 강을 넘어버린 것 같았다. 아직 그녀를 완전히 믿을 수는 없었지만 다른 선택지는 없었다. 돌연 어떤 일이 또 일어날지 모른다는 불안감 이면에, 같은 편을 마련해 두고 싶다는 피로한 생각이 쌍둥이처럼 자라고 있었다. 사실 그것 때문에 윤소영에게 온 것이 아닌가.

"아내예요."

그녀의 눈썹 한쪽이 실룩거렸다.

"크리스티안의 죽음을 믿을 수 없었어요."

"이 회사에 입사한 게 우연이 아니에요?"

나는 마른 입술을 혀로 축인 다음 찬찬히 대답했다.

"네."

"이런……."

그녀가 숨을 고르는 소리가 들렸다.

"그럼, 죽은 권아진 씨와는 어떤 관계죠?"

그녀가 불쑥 권아진에 대해 물었다.

"그저 한 번 만나 밥을 먹은 것밖에는 없어요."

윤소영이 테이블을 손가락으로 까닥거리며 말없이 나를 쳐다보고는 입술을 뗐다.

"크리스티안한테 우리 팀 대외비 자료를 몰래 넘겼던 사람이 바로 권아진 씨예요.”

나는 정우택이 마지막으로 크리스티안을 만나 나눴다던 이야기를 떠올렸다. 크리스티안이 재무팀에서 제출을 거부한 자료들을 확보하고 분석해 비위 사실들을 언론과 검찰에 제보하려고 했다던 말이었다. 그 자료를 크리스티안에게 건넨 사람이…… 권아진이었다고……?

“자료에는 당시에 횡횡하던 구매팀의 비위를 증명할 자료들이 있었어요. 비위 사실이 알려진다면 타격을 입거나 조사를 받게 될 사람을 떠올려 봐요. 누가 있을까요?”

그녀는 나를 멀뚱히 바라보며 대답을 기다렸다.

“어쨌거나 나는 그 두 사람이 회사 자료를 빼돌린 정황을 확인하고 그 부분에 대한 조사를 시작하려던 참이었어요. 하지만 크리스티안이 사망하고 나서 그 일은 흐지부지되었고요. 권아진 씨가 회사에 계속 다닐 수 있던 이유도 그 일이 그렇게 유야무야 넘어갔기 때문이었어요. 하지만 결국은…… 좋지 않은 뒤끝을 남겼죠, 아시다시피.”

그녀의 말을 들으며 나는 차츰 호흡이 가빠졌다.

“그렇다면 크리스티안의 죽음에 영향을 미친 사람이…….”

나를 빤히 쳐다보고 있는 윤소영도 나와 같은 사람을 생각하는 것 같았다.

제이크 브레이저.

"그리고 한 사람 더 있죠. 그 사람이 죽인 사람."

그녀가 확신한다는 듯 강하게 운을 띄우고는 소리 죽여 덧붙였다.

"권아진."

그때였다. 창밖으로 들어오는 은은한 빛을 끊어내듯 뭔가 눈을 스쳐 지나간 것이. 크고 검은 물체가 순식간에 하강하는 찰나의 이미지가 잔상처럼 눈가에 남았다. 나는 가만히 앉은 채로 눈을 끔뻑거렸다. 그건 몸피가 큰 새의 하강도 아니었고, 누군가 물건을 떨어뜨린 것도 아니었다. 분명히 아래쪽을 향해 머리가 거꾸로 선 사람의 모습이었다.

나는 자리에서 일어나 창가로 달려가 미친 듯이 블라인드를 걷어냈다.

"뭐 하는 거야, 지금!"

외치는 목소리에 이어 윤소영이 와락 달려들었다. 거칠게 내 어깨를 휘어잡은 윤소영을 나는 몸으로 밀쳐냈다. 윤소영이 그대로 나가떨어져 바닥으로 나뒹굴었다. 나는 간힘을 쓰며 창문을 밀어낸 끝에 겨우 밖으로 몸을 내밀었다. 그러고는 회사 건물 앞 바닥에 양팔과 다리를 뻗은 채 누운 조원식의 모습을, 그의 머리로부터 반원을 그리며 붉고 묽은 피가 땅을 적시는 모습을, 그 소름 끼치는 정경을, 나는 덩어리진 목울음을 토해내며 바라보았다.

남아 있는 것들

1

　나를 만나고 세상을 떠난 사람이 두 명이었다. 조원식이 옥상에서 떨어져 스스로 생을 마감한 후 경찰의 조사가 추가로 이어지자 회사 내부는 걷잡을 수 없이 어수선해졌다. 나는 참고인 자격으로 세 번의 소환 조사를 받는 과정에서 크리스티안의 아내라는 사실을 순순히 밝혔다. 그의 죽음에 관한 사실을 규명하고자 한국에 찾아왔음을, 그가 다녔던 회사에 입사했음을 시인했다. 남편의 흔적을 찾고자 여러 사람을 만나고 다닌 것도 함께 털어놓았다. 그 진술 자체만으로 내게 범죄 혐의가 적용된 것은 아니었지만, 이제 크리스티안의 진짜 사인을 알아내기 위한 지금까지의 노력이 마침내 한계에 이르렀음을 나는 인정할 수밖에 없었다.

소환 조사에서 나는 크리스티안과 권아진의 죽음에 제이크 블레이저가 강하게 연관되어 있는 것 같다는 진술을 덧붙였다. 그에 대한 밀접한 조사를 요청했지만, H는 즉답하지 않았다. 형사 H는 사실적이고 실증적인 수사가 우선이라며 조사에 적극적으로 협조해 줄 것을 나에게 부탁할 뿐이었다. 나의 심증과 의심되는 정황만으로 제이크와 회사를, 그 뒤편에 있을지도 모를 마이클 사장을 기소하거나 체포할 수는 없었다. 심지어 그들을 강제로 소환해 조사에 임하게 하는 것조차 불가했다.

결국 나는 어떤 선택지 앞에 서게 되었다. 한국에 남아 수사의 진행 상황을 지켜보거나 파리로 돌아가는 일이었다. 하지만 여기서 모든 걸 멈추고 돌아간다면, 다시는 한국을 찾지 못하리라는 예감을 떨쳐낼 수 없었다. 내게 상처로만 남은 장소로 돌아오는 일은, 처음 한국으로 가야겠다는 결심을 한 것보다 더 어려운 일 같았다. 지금 떠난다면 앞으로 언제든 이 시간을 뒤돌아볼 때마다 매 순간 후회의 감정과 맞닥뜨리고 말 것이라는 그런 두려움이 침전물처럼 마음에 내려앉았다. 내가 할 수 있는 일은 이제 아무것도 없었다. 손발이 묶인 듯 고통스러운 날들 속에 마음은 조급했지만 그에 반해 수사는 진

척이 없었다. 기약할 수 없는 날들이 이어지고, 나는 병증을 겪는 이처럼 시름시름 앓으며 시들어 가고 있었다. 몸 안의 모든 수분과 온기를 뺏기고 퍼석퍼석해진 나뭇잎처럼 앙상해지기 전에, 그 어느 것에도 생동하지 못하는 나를 치유하기 위해서라도 파리로 돌아가야 하는 걸까. 마리사와 이네스의 곁으로 가야 할지 깊이 고심하고 있을 무렵, 해준으로부터 연락을 받아 그와 만나기로 했다. 꼭 할 말이 있다고 해서였다.

회사 점심시간을 비워 해준과 만나기로 한 곳은 미술관이었다. 찾아간 미술관 전시실은 넓고 한적했다. 작품 하나에 관심을 빼앗겨 보고 있을 때 옆에 다가온 그를 나는 미처 알아보지 못했다. 그는 파란색 모자를 깊게 눌러쓰고 그 위에 검은 후드를 걸친 채였다. 웃자란 수염이 턱을 감싸고 있어 알아보기가 더 힘들었다. 언뜻 드러난 눈매를 보고야 그인지 겨우 알아본 것이었다.

"여기 작품 괜찮죠?"

"왜 여기서 만나자고 한 거예요?"

내가 대답 대신 되묻자, 그는 전시실 주변을 먼저 훑었다.

"주위가 잘 보여서요."

그의 시선을 쫓아 나도 주위를 두리번거렸다. 직원 외에 중년의 여자 두어 명 정도가 관람을 하고 있었다.

"혹시, 저 만나는 거 누구한테 얘기한 적 있어요?"

그가 그림에 시선을 붙박아 두며 은밀히 물었다.

"아뇨. 왜요?"

"누가 자꾸 따라붙어서 신경이 쓰이더라고요."

"미행을 당하고 있는 거예요?"

"제 차를 쫓아오거나 집 앞에서 대기하는 식이었어요. 역으로 쫓아갔는데 놓친 적도 있고요. 저도 눈여겨보고 있어요. 어떤 놈들인지 좀 알아야겠거든요."

사실 나도 몇 번쯤 미행을 당하고 있다는 생각에 두려웠던 적이 있었다. 같은 사람이 계속 뒤쪽에서 서성거린다거나 두어 사람이 계속 주위를 맴도는 느낌 같은 것이었다. 너무 예민해진 탓인지 주위에 있는 모든 사람들에게 의심을 품고는 하지만. 알 수 없는 이들이 나의 행동을 주시하고 탐색하는 듯한 그 느낌 때문에 나는 더욱 떠나고 싶어 하는 걸지도 모른다.

"한 가지 말할 게 있어요."

"뭔가요?"

해준이 대답 없이 주위를 둘러보고는 전시실 바깥을 가리켰다. 전시관과 전시관 사이 조성된 안뜰이었다. 그곳 벤치에 나란히 앉은 후 해준이 입을 뗐다.

"조원식 전무가 옥상에서 투신할 때 정확히 15-2 사무실 위치에서 떨어져 내린 거 알고 계세요?"

눈앞에 그의 몸뚱이가 거꾸로 떨어져 내리는 장면이 떠올라 나는 잠시 몸을 떨었다.

"그러니까 남편분이 떨어져 내린 위치와 거의 동일하다고 볼 수 있는 거죠."

나는 옆으로 고개를 돌려 그를 바라보았다. 그의 말과 표정에서도 무슨 말을 하려는 건지 감을 잡을 수 없었다.

"그런데 그 두 사람이 추락한 위치가 꽤 차이가 나요. 이건 남편분이 발견된 위치예요."

그가 휴대폰 액정을 내밀더니 내게 사진 한 장을 보여주었다. 추락 지점을 X 자로 표기해 놓은 사진이었다. 그는 다른 각도에서 찍은 사진 몇 장을 연이어 보여주었다. 크리스티안이 떨어진 곳은 회사 건물 1층의 전자 제품 매장 바로 앞이었다.

"그런데, 조원식 전무가 추락한 위치는 달라요. 남편분의 추락 지점이 건물 쪽에 바짝 붙어 있는 데 반해 조원식 전무가 떨어진 곳은 건물과 꽤 거리가 있거든요."

해준이 이번에는 조원식 전무가 추락한 위치를 찍은 사진을 보여주었다.

"혹시 번지점프 해본 적 있으세요?"

그가 사뭇 진지한 눈빛으로 물었다.

"두어 번쯤이요."

"그럼, 그 느낌을 한번 떠올려 보세요. 보통 번지점프를 하는 사람의 운동에너지와 가속도가 맞물려서 포물선을 그리며 하강하게 되잖아요. 그런 이치를 적용해 보면 조원식 전무가 떨어진 위치는 쉽게 납득이 가요. 하지만……."

해준이 휴대폰 속 사진을 다시 크리스티안의 것으로 넘기며 말을 이었다.

"남편분의 위치는 마치 중력이 그대로 빨아들인 것처럼 보여요. 15-2 집무실과 추락 지점이 일직선을 그리고 있어서요. 그 점이 이상하게 느껴져서 아는 법의학자에게 자문을 구했는데 비슷한 소견을 얻었어요. 지금 이 추락 지점은…… 움직임이 없는 물체를 아래로 내던지지 않는 이상 나올 수 없는 위치라고요."

여태까지 해준이 이 사건을 대하는 태도는 중립에 가까운 것이었다. 지금처럼 그가 어느 정도 크리스티안의 타살 가능성을 염두에 두고 말한 적은 없었다.

"크리스티안이 누군가에 의해 사망한 채로 밖으로 내던져졌을 수 있다는 말인가요?"

"수사기관의 조사가 필요한 부분이겠지만, 제 판단에는 남편분이 만약 직접 뛰어내린 거라면…… 추락 위치가 건물이 아닌 도로 쪽에 더 가까워야 했겠죠. 둔위 추락사였음에도 두개골이 함몰된 이유와도 연관이 있어 보이고요. 남편분의 사인에 대한 이의 신청에 있어 중요한 근거로 삼을 수 있을 것 같아요.”

그 앞에서 내색하지 않았지만 속에서 깊은 울음이 차오르고 있었다. 까마득한 어둠 속으로 허무하게 내던져지는 크리스티안의 모습이 상상되었기 때문이었다. 해준 덕분에 크리스티안의 죽음에 대한 진실에는 한 발짝 나아가는 것 같았지만, 그 뒤에 어른거리는 어떤 존재들의 모습이 떠올라 몸서리쳤다.

“제가 상시로 미행을 당한 건 놀랍긴 해요. 레아 씨가 겪었던 것처럼 저를 지켜보는 누군가가 분명히 있었다는 사실이요.”

별생각 없이 건넨 말 같았지만 나는 순간 아연해졌다. 나를 만나고 죽음에 이르렀던 사람들처럼 해준 역시 그렇게 되는 건 아닌지 하는 불안이 갑자기 엄습하는 것이었다.

“해준 씨.”

그가 고개를 꺾어 나를 바라보았다.

“이제, 그만 내려놓으면 어떨까요? 해준 씨도, 저도요.”

“진심이세요?”

해준이 의아해하는 목소리로 물었다.

“이젠 저도 더 이상 나아갈 수가 없어요, 이렇게는……. 해준 씨마저 피해를 입게 할 수도 없고요.”

“마침 그 얘기를 하려던 참이었어요.”

"무슨……."

"이 일 그냥 저한테 계속 맡겨주시면 안 될까요?"

"……네?"

"제가 해결하고 싶어서 그래요. 끝까지 믿고 맡겨주세요."

해준이 담담히 말했다. 신뢰의 문제가 아니었다. 내가 오히려 그를 불운에 빠트리고 있는 게 아닐까 하는 우려 때문에라도 그를 만류하고 싶었다. 하지만 동시에 크리스티안의 추락 지점을 표기한 X 자가 가슴에 낙인처럼 남았다.

그와 헤어지고 나서 굵은 빗줄기가 쏟아지기 시작했다. 우산을 하나 살지 잠시 고민했지만 그러지 않았다. 사람들은 저마다 우산을 쓴 채 걷고 있었다. 도로에 일렬로 늘어선 자동차들 사이에서 간간이 날카로운 경적 소리가 들렸다. 한국에 그리고 사람들 사이에 머물러 있어도 나를 둘러싼 모든 것들이 나와는 상관없게 느껴졌다. 입양아라는 신분이 그저 재외동포 F4 비자를 받는 것 외에는 특별한 자격이나 혜택이 주어지지 않는 일반인에 불과하다는 사실에 크리스티안 역시 실망했을 지도 모른다. 하지만 그는 그런 걸 내게 말해준 적이 없다.

거리의 사람들 속에서 나는 오늘따라 유독 소외감과 외로움을 느낀다. 크리스티안을 아는 사람들이 모두 그를 호의적으로 기억하는 것도 아니었다. 그를 이용하려던 사람도, 끔찍이 미워하며 멀리하려던 이들도 있었다. 더군다나 그는 자신이 어떤 이름을 가졌었는지조차 몰랐다. 나는 그가 살았던 곳에서 이제야 그 사실을 알았다. 적어도 그는 한국에서 상처받았다. 그가 가장 원했던 자신의 고국에서, 해준의 말대로라면, 그는 결국 차가운 시신이 되어 내던져진 것이다. 나는 이제 어떻게 해야 할까. 크리스티안이 누군가에 의해 죽음을 맞이했다는 것을 증명할 수 있는 단서를 하나씩 움켜쥐어 놓고도 나는 이곳을 떠날 가능성에 대해 생각한다. 그렇다면 그를 밀어낸 이들은 내가 떠나는 모습을 지켜볼 것이다. 크리스티안을 죽음으로 향하게 만든 이들은 그 자리에 그대로 존재할 것이다. 크리스티안은 내 옆이 아닌 차가운 공간에서, 영원한 감시와 비밀 속에 묻혀 누워 있게 될 것이다. 하지만 그렇게 하지 않는다면…… 포기하지 않는다면, 크리스티안은 박제되지 않지 않을까. 그런데 그건 내가 멈추지 않는다는 걸 전제해야 하는 거겠지.

2

조원식이 왜 스스로 목숨을 끊었는지는 명확히 알 수 없었다. 회사 사람들은 대체로 그가 한직으로 밀려난 뒤 보인 정서적 불안정과 극도의 스트레스에서 그 원인을 찾는 듯했다.

명문대를 졸업하고 입사한 이후 승진을 거듭하며 회사 경영의 주도권을 갖고 있던 그가 비핵심 부서로의 하향 이동을 수치스러워했다는 이야기도 있었다. 그런데 그런 소문을 눈덩이처럼 굴리는 건 조원식에게 자신의 앞날을 투영하며 불안을 느끼는 한국인 직원들의 내밀한 의식이었다. 어떻게든 주류로 설 수 없을 거라는 비애가 소문 끝에 날카롭게 매달려 있는 것이었다.

조원식이 권아진의 죽음과 관련해 참고인 조사를 받은 직후였고, 회사 옥상에서 몸을 던지기 전 마지막으로 만났던 사람이 나라는 점에서 크리스티안과의 연관성을 의심하지 않을 수 없었지만, 누구도 그런 티를 내지는 않았다. 그의 죽음이 나로 인해 벌어진 일이라는 의심을 사지 않는 것만으로도 다행이었다. 애석한 일이었으나, 나는 그를 향한 사람들의 뒷말과 시선이 드리운 일상의 그림자 속으로 조용히 숨어들었다.

퇴근을 미룬 채 업무 메일을 쓰고 있는데 휴대폰이 울렸다. 형사 H의 메시지였다.

「배달원에게 전화로 예약 발송을 부탁한 사람의 신원이 밝혀졌습니다.」

의자에 기대 있던 나는 소스라치며 등을 떼어냈다. 문자창

에는 H가 메시지를 이어 작성하고 있음을 알리는 말줄임표
가 보였다. 나는 긴장된 마음으로 휴대폰을 들여다보았다.

「권아진.」

손에 힘이 풀려 하마터면 휴대폰을 놓칠뻔했다.

「배달원의 통화 녹취를 듣고 회사 직원들 가운데 권아진의 목소리
라고 지목한 사람들이 몇 명 있었어요. 그 와중에 로렌 씨의 도움이
컸습니다. 회의 시간에 권아진의 목소리를 녹음한 기록을 제공받았
거든요. 로렌 씨가 녹음한 목소리와 통화 녹취 목소리를 감정해 분석
한 결과 권아진의 목소리와 일치하는 것으로 나타났습니다.」

곧이어 H는 전화를 걸어 평소 로렌이 회의에 참여할 때 회
의 내용을 녹음하고 이를 보고서로 정리해 마이클 사장에게
전하는 일이 일상이었다고 말했다. 녹음 기록은 로렌이 자발
적으로 제공한 것이라고도 덧붙였다. 그렇다면 권아진은 며칠
후 자신이 살해당한 후 토막 내어질 신체를 내게 배송되도록
직접 주문했다는 이야기다. 그녀는 누군가 자신을 죽음으로
이르게 할 것을 알면서 그런 일을 행한 것일까, 아니면 그 뒤
의 누군가가 권아진을 조종한 것일까. 그녀는 자신의 죽음을

예견하고는 있었을까……. 팔등에 자잘하게 돋은 소름을 쓸어 내리며 의문에 젖어 있던 그 순간, 문득 로렌이 겹쳐 떠올랐다. 회사에 출근한 첫날 크리스티안에 대해 처음 얘기를 나누고, 정우택에 관한 얘기와 권아진과 크리스티안의 미묘한 관계에 대해 알려준 것도 로렌이었다. 그러고 보면 로렌은 크리스티안뿐만 아니라 그 주변 인물들에 대해서도 누구보다 잘 알고 있는 사람이었다. 어쩌면 그 누구보다도 나의 편에 서줄 수 있는 유일한 사람일지도 몰랐다. 나는 고개를 곧추세워 파티션 너머를 넘겨다보았다. 사무실에는 아무도 남아 있지 않았다. 나는 잠시간의 망설임 끝에 로렌에게 전화를 걸었다.

—로렌?

—레아, 괜찮아요?

그녀는 전화를 받자마자 내 안부를 되물었다.

—괜찮아요. 혹시 로렌, 조금 길게 할 얘기가 있는데 만날 수 있어요?

—어떤…… 얘기죠?

—케이트에 대한.

—그렇군요. 안 그래도 경찰에게 케이트의 목소리를 확인시켜 줬어요. 레아도 그랬나요?

미세하게 경계하던 그녀가 권아진의 얘기를 꺼내자 흥분하며 말했다.

─그리고 한 사람에 관해서 더 이야기하고 싶어요.

─네? 누구에 관해서요?

─크리스티안.

─크리스티안?

─난 크리스티안의 아내예요.

휴대폰 너머에서 숨을 짧게 들이켜는 소리가 들렸다.

─혹시 그렇다면 회사에 들어온 게…….

─맞아요. 크리스티안의 자살을 믿을 수 없었어요. 그래서 크리스티안이 다녔던 회사에 입사한 거예요. 진실을 알아내기 위해서.

나는 최대한 덤덤히 로렌에게 털어놓았다.

─오…… 이런, 레아. 그럼 지금까지 그 모든 게…… 크리스티안에 대해 알아보기 위해서였어요?

마른침을 삼키며 나는 답했다.

맞아요.

─그럼, 케이티가 죽은 것도…… 크리스티안과 관련이 있는 거예요?

─그럴 가능성이 커요. 크리스티안의 일이 다시 느러나는 걸 원치 않는 누군가가 케이티를 살해하고 경고의 메시지로 그녀의 손을 제게 보낸 거라 짐작하고 있어요.

감정이 북받치는지 휴대폰 너머에서 로렌의 흐느낌이 작게 들려왔다. 슬픔에서 비롯된 것인지 두려움 때문인지 모를.

─그랬군요……. 당장 만나요. 내일 퇴근 후에는 어때요?

얼마간 울음이 잠겨 있는 목소리로 로렌이 말했다.

─그럼, 내일 저녁 7시, 회사 건너편 사보르 피노에서 봐요. 혹시, 제게 해줄 수 있는 이야기가 있을까요?

─뭐든, 뭐든 얘기해 줘야죠. 그런데…… 왜 진작 얘기하지 않았어요?

로렌의 물음에 나는 어물거린 끝에 대답했다.

─믿을 사람이 없어서요.

당신조차 완전히 믿을 수 없다는 마음을 숨기면서 나는 대답했다. 한참을 침묵하던 끝에 로렌이 그런 나에게 힘 있게 한마디를 건넸다.

─지금부터는 나를 믿어요.

우리가 만나기로 한 곳은 회사 건너편의 한 스페인 음식점이었다. 조금 늦어질 거라는 로렌을 기다리는 동안 나는 상그리아를 주문해 마시며 긴장감을 다독였다. 얼마 후 도착한 로렌은 평소 활달한 모습 대신 다소 파리한 안색이었다. 그녀는 나의 눈을 뚫어지게 바라보다가 내리깔며 말했다.

─전에 크리스티안에 대해 했던 얘기는 무시해요.

─전 괜찮으니, 마음에 두지 말아요.

나는 그녀가 무안해하지 않게 조심스레 말했다.

―크리스티안이 이상하다고 느꼈던 점이 한 가지 있긴 했어요.

로렌이 먼 곳을 바라며 말했다. 나는 잔 속의 술을 한 모금 넘긴 후 물었다.

―어떤 점이 이상했나요?

―당신과 비슷했어요.

―……네?

―뭔가를 계속 파고든다는 점이.

그녀의 짙은 속눈썹이 가느다랗게 떨렸다.

―뭘 파고들었…….

그때 테이블 위에 놓인 휴대폰이 진동했다. 로렌이 손짓으로 받아보라는 표시를 했다. 전화를 받자 낯선 목소리가 튀어나왔다.

"7935 차주분이시죠? 여기 건물 관리실인데요, 지금 차를 빼주셔야 해요. 오늘 주차타워 하자보수 진행하면서 바닥 도색 공사도 진행할 예정이라서요. 바로 좀 빼주실 수 있을까요?"

회사 주차타워에 주차해 둔 차를 이동시켜 달라는 연락이었다. 나는 로렌의 눈치를 살피며 가만히 답했다.

"지금은 그럴 수 없을 것 같은데요."

"그럼 안 되는데요. 공지 못 들으셨어요? 며칠 전부터 계속 안내해 드렸는데. 안 빼주시면 저희가 정말 곤란하거든요.”

“꼭 지금 빼야 하나요?”

“네, 네. 무조건 빼셔야 해요. 안 그러면 저희가 작업을 진행할 수 없어요.”

관리인이 단호하게 말했다. 나는 회사에 출근하던 첫날 주차 문제로 당황했던 순간을 떠올렸다. 어떤 전조 같았던 그때의 불안한 기운이 스며드는 걸 떨쳐내려 애쓰며 나는 알겠다고 대답했다.

―잠시 회사에 다녀와야 할 것 같아요. 차를 가져와야 하거든요.

―그래요? 그런데 술을 마셨잖아요?

―괜찮아요, 가까운 거리니까…….

―줘요, 자동차 키.

로렌이 내게 팔을 뻗었다.

―음주 운전을 할 수는 없잖아요. 여긴 강남 한복판이라 연말엔 단속이 심하다고요. 이런 상황에 단속에 걸리면 정말 큰일이잖아요. 어서요.

망설이는 나를 로렌이 재촉했다. 나는 하는 수 없이 가방에서 자동차 키를 꺼내며 말했다.

―번거롭게 해서 미안해요. 차는 지하 2층에 있어요.

―미안하긴요. 이쪽 건물에 주차하고, 집으로 갈 때는 대리

를 불러 가면 되잖아요. 아님, 내가 그 역할을 해도 되고.

로렌이 싱긋 웃어 보이며 열쇠를 건네받은 후 자리에서 일어섰다. 나는 창문 너머로 그녀가 회사 건물에 들어서는 것을 내려다보며 잔을 들었다.

얼마의 시간이 지났을까. 건너편에 막 주차장을 빠져나온 듯한 내 차가 보였다. 차도로 진입하려면 회사 건물 옆을 길게 돌아 나가야 하는 구조였다. 퇴근 시간이 지난 무렵이라 그런지 4차선 도로는 한산했다. 나는 고개를 돌려 잔에 손을 댔다. 조금은 취하고도 싶은 마음이 드는 건 로렌이 주는 안정감에서 비롯된 걸까. 잔에서 입을 떼는 순간 어디선가 도로를 긁는 타이어 소리에 이어 금속끼리 거세게 맞부딪치는 소리가 들려왔다. 얼을 빼놓는 굉음에 몸을 움찔한 나는 천천히 창밖으로 고개를 돌렸다. 회사 건물 앞에서 추돌한 채 멈춰 선 두 대의 차량이 한눈에 들어왔다. 한 차량이 주차장 출구를 빠져나오다 속도를 줄이지 않은 대형 SUV에 받혀 처참히 구겨져 있는 모습이었다. 처음에는 어떤 상황인지 인식하지 못한 채 그 모습을 두고 멀뚱히 바라만 보던 나는 눈이 휘둥그레지며 질겁했다.

“로렌!”

로렌의 이름을 부르며 자리를 박차고 일어섰다. 계단을 내려와 건물을 나서자 사람들이 웅성거리며 맞은편을 건너다보고 있었다. 울부짖는 듯한 사이렌 소리가 가까이서 들려왔다. 로렌이 앉은 운전석은 뭉게뭉게 솟아오르는 연기 때문에 제 대로 보이지 않았다. 차들이 느릿하게 서행하는 도로를 나는 정신없이 가로질러 갔다.

"다가가면 안 돼요, 위험해요!"

어떤 남자가 황급히 나를 막아 세웠다.

"아는 사람이 있어요! 이거 놔요!"

남자를 뿌리치며 처참하게 우그러진 차를 향해 달려가려는 찰나였다. 내 차 보닛 아래에서 섬광이 뻗치더니 폭발음과 함께 불길이 치솟았다. 매캐한 열기가 훅, 들이닥치며 파편이 사방으로 튀어 오르는 바람에 나는 얼굴을 감싼 채 바닥에 나뒹굴었다. 그사이 도착한 소방차에서 장비를 갖춘 소방대원들이 뛰어나와 불길을 진압하기 시작했다. 나는 손으로 바닥을 짚은 채 멍하니 눈앞의 광경을 지켜보았다. 내게 처음 다가오던 로렌의 밝은 표정, 회사 곳곳을 안내해 주며 속엣말을 주저하지 않던 그녀의 해맑음, 언뜻언뜻 웃음을 지으며 나를 바라보던 무구한 눈동자와 크리스티안을 안쓰럽게 떠올리던 그녀의 모습이 순간적으로 머릿속에 스쳐 지나갔다. 지금 내 차의 운전석에 내가 아닌 로렌이 있고 그녀는 화염 속에 갇혀 있다. 나는 눈앞에서 일어나는 광경을 보며 괴로워할 수밖에 없었다.

엔진 룸에서 폭발이 일기 직전, 사고를 목격한 일반인에 의해 로렌이 차 밖으로 겨우 빠져나왔다는 것은 나중에야 알았다. 그나마 다행한 일이었지만, 로렌은 의식을 회복하지 못한 채 중환자실에 입원한 상태였다. 내 차를 추돌한 SUV 운전자는 가벼운 상처만을 입고 경찰에 입건되어 조사를 받는 중이라고 했다.

또다시 내가 만난 사람이 해를 입는 일이 벌어졌다. 나를 노리고 일으킨 일이라면, 상대는 내 차가 주차장에서 나올 예정임을 알고 있었을 것이다. 그렇다면 이번에는 내가 크게 다치거나 어쩌면 죽을 수도 있었다. 사고는 결코 우연으로 다가오지 않았다. 그런 의심을 뒷받침할 만한 증거가 존재하지 않음에도 말이다.

며칠 후 나는 결국 거처를 옮겼다. 이 모든 일을 일으킨 이가 나의 행적을 모두 읽고 있다는 두려움이 극에 달해서였다. 한국을 떠나 안전한 곳으로 돌아가야 한다는 내면의 목소리가 그 어느 때보다 나를 휘감았다. 하지만 반대로 그 두려움만큼이나 상처로 덩어리진 분노가 마음속에서 들끓었다. 여기서 멈추면 크리스티안을 향한 등불도 그대로 꺼지고 만다는 사실이 나를 슬프게 했다. 멈춘다는 말을 내뱉을 수 없는 법칙이 존재하는 게임판 위의 말이 된 것만 같았다. 그런 자조 섞인 후회가 연신 찾아들었다. 그러나 그 무엇보다 나를 두렵게 하는 게 있었다. 언젠가 이네스가 내게 묻게 될 말이었다.

'아빠는 한국에서 어떻게 돌아가셨어?'

이네스의 앞에서 그건 알 수 없다고 고개를 젓게 될까. 혹은 크리스티안을 죽음으로 몰아넣은 보이지 않는 존재를 그저 떠올리며 몸서리를 치게 될까. 그 대답에 솔직하게 대답하기 위해서라도, 나는 끝내 남아 있기로 결심했다. 내가 두려워해야 할 것은 어쩌면 지금이 아니라 미래로부터 주어질 질문일지도 모르겠다. 그의 곁으로 가야 한다고 다시금 마음을 고쳐먹는다. 그 다짐을 크리스티안과 권아진 그리고 어쩌면 조원식의 생명까지 앗아간 존재에게 알리고 싶다는 생각을 하자 몸이 부르르 떨렸다. 나는 내 여정의 이정표를 크리스티안에서 크리스티안을 허공 속으로 떠밀어 낸 어둠 속의 존재로 옮겨놓았다. 그 보이지 않는 존재의 손아귀를 잡아 이끌어 결국 모습을 드러내게 하는 것이 곧 나의 길이 될 거라고, 나는 작게나마 속삭였다.

3

형사 H로부터 연락을 받았다. 그는 먼저 로렌이 탄 차를 추돌한 SUV 차량의 운전자에게서 의심스러운 정황이 포착되었다고 알려줬다. 사고가 일어나기 전, SUV 차량이 회사 건물 주위를 상당 시간 맴돌았다는 내용이었다. 운전자는 의도를 부인했지만 추가 조사를 통해 내막을 밝혀볼 계획이라고 H는 말했다. 이어 그는 내게 현재보다 수사가 더 광범위하게 이뤄질 계획이라고 덧붙였다. 크리스티안과 권아진, 조원식의 사건을 개별 사건으로 다룰 수 없는 상황에 이르렀고 이 세 사건이 어떤 연관성이 있는지를 유기적으로 따져가는 게 수사의 초점이 될 거라고 전했다. 더불어, 수사 인력이 보강될 예정이며 크리스티안의 사건을 처음부터 들여다보게 될 거라고 했다. 그러면서 그는 현재 몇 가지의 증거들을 확보하고 있는 중인데, 윤소영 집무실 외벽의 얼룩이 혈흔으로 의심되어 감식에 맡겨졌다는 소식을 함께 전했다. 크리스티안의 죽음과 관련한 나의 주장을 신빙성 없이 받아들이는 듯하던 경찰이 그 흔적을 감식한다는 사실은 희망적인 신호였다. 크리스티안의 사인에 대한 이의 신청이 재판부에 의해 받아들여졌다고 해도 그게 증거로 활용될 수 있을지는 미지수였다. 형사 H는 수사 범위를 넓게 가져가는 와중에 진행된 일이라고 하며 내가 운이 좋은 케이스라고도 이야기했다.

그리고 나는 회사 메신저를 통해 뜻밖의 연락을 받았다. 재무팀의 강연희 과장이었다. 그녀와는 별다른 교류가 없었고 세금 계산서와 관련해 몇 번 통화한 기억밖에 없는 사람이었다. 그녀가 왜 나와 만나기를 원하는지 알 수 없었지만, 그녀는 사람들의 시선이 적은 곳에서 만나기를 원했다. 나는 오후에 회사에서 조금 떨어진 곳에서 그녀와 만나기로 했다.

오전에는 세일즈 회의가 있었기에 나는 회의실로 향했다. 회의실 앞에서 멜라니를 비롯한 몇 명의 외국인 직원들이 나를 보며 수런거리는 모습이 보였다. 멜라니는 내가 건넨 인사를 보고도 외면했고, 주위에 있던 다른 이들도 나를 서름하게 대하기는 마찬가지였다. 마지막으로 나타난 제이크도 내게 눈길 한번 주지 않았다.

회의가 시작되자 제이크는 매출 현황과 시장 트렌드를 주로 살펴보자며 자료가 인쇄된 서류 뭉치를 한 직원에게 건넸다. 직원이 돌아가며 한 명씩 서류를 나눠주고 있을 때, 회의 전에 먼저 확인해야 할 게 있다며 멜라니가 나섰다.

—뭔가요?

제이크가 의아해하며 물었다.

—어제 상공회의소에서 주최한 세미나에 참여했던 이야기를 먼저 드려야 할 것 같아서요.

—중요한 이야기인가요?

제이크가 재차 묻자,

—매우 중요하죠.

멜라니가 비장한 어조로 대답했다.

―그렇다면 얘기해 보세요.

제이크가 턱을 괴며 잠자코 들어보겠다는 시늉을 했다.

―그곳에서 저는 MAJI 그룹의 아시아퍼시픽 총괄 사장인 토비아스 모로 씨를 아주 잘 아시는 분을 만났습니다.

나는 흠칫 놀라 그녀를 돌아보았다. 멜라니의 입에서 아버지의 이름이 튀어나올 줄은 전혀 예상하지 못했다.

―그분은 레아 모로 씨 역시 잘 알고 있더군요. 토비아스 모로 씨의 딸이니까요.

회의실에 모인 사람들의 눈길이 한꺼번에 내게로 향했다.

―토비아스 씨의 딸이 저희 회사에 다닌다는 사실을 제가 자랑스럽게 밝히자, 그분이 소스라치게 놀라더군요.

잠자코 귀 기울이고 있던 제이크가 농담하듯 말을 덧붙였다.

―그 회사에는 절대 들어가면 안 된다는 말이라도 한 건가요?

하지만 아무도 웃지 않았다. 멜라니가 말을 이어갔다.

―저에게 이렇게 말하더군요. 그 회사, 크리스티안이라는 친구가 다녔던 회사 아니었나요?

등허리가 서늘해지더니 땀이 맺히기 시작했다.

―'거기서 죽었잖아요?' 그렇게 얘기했어요, 저에게.

멜라니가 낮고 차분한 음성으로 읊조렸다.

―전 그분의 세심한 기억력에 감탄했답니다. 굳이 좋지 않은 일까지 기억할 필요는 없겠지만 어쨌든 우리 기업을 관심

있게 지켜보고 있다는 느낌을 받았거든요. 그래서 제가 웃으며 '맞아요. 알고 계시는군요?' 하고 대답했죠. 그러자 그분이 이렇게 말씀하셨어요.

멜라니가 나를 향해 고개를 돌렸다.

—크리스티안 그 친구가 아마 토비아스 씨의 사위일 텐데.

멜라니가 재현하듯 말했다. 몇 명의 사람들이 탄성을 내지르는 소리가 들렸다.

—레아 모로 씨!

멜라니가 나를 향해 목청을 높였다.

—레아 씨는 결혼한 상대가 있죠?

나는 대답할 수 없었다.

—남편과 영국에서 함께 대학을 다닌 사실이 있죠?

포식자에 의해 막다른 길에 몰린 먹잇감이 된 기분이었다.

—그리고 바로 그 남편이 이 회사에 다닌 적이 있죠?

나는 의도치 않게 몸이 떨리는 걸 느꼈다. 이 상황에서 어떻게든 벗어나야 한다고 생각했지만 머릿속이 하얘졌다.

—대답해요. 있냐고요!

멜라니가 나를 노려보며 대답을 강요했다.

—멜라니.

그때 제이크가 끼어들었다.

—그렇다 하더라도 공적 자리에서 사적인 사정을 비난하는

건 문제예요. 자제를 부탁해요.

―이건 사적인 게 아니죠. 회사를 속인 거라고요.

―하지만 레아도 회사에 속한 사람이에요. 배척할 사람이 아니라.

―뭐라고요?

멜라니가 눈에 핏발을 세우며 따져 물었다.

―제가 특수부대 장교 출신인 건 알고 있죠? 힘든 훈련을 할 때마다 원칙이 하나 있었는데 바로 뒤처지는 낙오자까지 함께 끌어안고 가는 거예요. 도움이 되지 않는다고 두고 갈 수는 없어요. 레아 씨도 마찬가지라고 생각해요. 서로 비난하지 않고 우리가 어떻게 같이 일해야 할지를 생각해야 하죠. 앞으로 그 일은 언급하지 말아 주세요.

제이크가 멜라니를 향해 단호하게 말했다. 당황한 멜라니의 두 눈이 휘둥그레지며 이맛살이 구겨졌다. 하지만 더는 말을 쏟아내지 않았다. 이어진 회의가 끝나자 사람들이 일어서서 회의실 바깥으로 나가기 시작했다.

―괜찮아요?

제이크가 다가와 물었다. 멜라니는 그와 더 얘기를 나누고 싶은 눈치였지만, 뒤쪽에서 서성이다 결국 돌아섰다. 제이크가 그런 멜라니를 실쭉 흘겼다.

―때로는 회사에서 이런저런 일을 감당해야 하는 일이 생길

수 있어요. 아마 레아 씨도 모르는 건 아닐 거고요. 그렇죠?

뭔가 말하려고 했지만 목소리가 제대로 새어 나오지 않아 나는 목을 가다듬었다.

—레아 모로 씨가 회사에 들어오게 된 건 아버지 때문이 아니잖아요. 그렇죠?

그가 동의를 구하는 듯 물었다.

—맞아요.

나는 짧게 대답했다.

—하지만 멜라니가 제기한 문제에 대해서도 생각해 보지 않을 수는 없어요. 이해하죠?

그의 파란 눈이 나를 정면으로 바라보고 있었다. 그는 웃음을 짓고 있었지만 눈은 아니었다. 사람들 앞에서 멜라니에게 주의를 준 그였지만, 그녀의 말을 담아두고 있는 듯한 얼굴이었다.

—가족 누구에게서도 영향을 받길 원하지 않았어요. 저는 누구의 딸도 아내도 아닌 그저 저 자신이니까요.

나는 일부러 담대한 어조로 말했다. 긴장하고 있는 나 자신을 조금이라도 숨길 수 있도록. 내 얘기를 들은 제이크의 눈썹 한쪽이 산맥 모양으로 융기했다가 제자리로 돌아왔다.

—그래요. 우리도 독립된 존재로서의 레아 씨를 조직의 일원으로 받아들인 거고요. 하지만 짚고 넘어가야 할 건 있어요.

─네, 얘기하세요.

─다른 문제는 다 넘어갈 수 있어요. 아버지가 당신과 소원한 것, 남편이 재직했던 회사에 입사하게 된 것…… 뭐, 그런 것쯤은 상관없어요.

불긋하게 달아오른 얼굴로 그가 어깨를 으쓱거리며 말했다.

─제가 알고 싶은 건…….

그가 입 밖으로 뱉어낸 문장들이 나의 머릿속을 어지럽혔다. 나는 그가 내게 방금 했던 말을 하나씩 다시 떠올려 보았다.

─왜, 크리스티안에 집착하느냐 이겁니다. 왜 계속 크리스티안에 대해서 묻고 다니는지 궁금해요.

나는 그가 뱉은 단어들을 다시 되새김질한다.

I wonder why did you keep asking about Christian.

내게 보내진 서류 봉투 속 종이에 쓰여 있던 경고문과 일치하는 말이었다. *Be Careful*, 하고 내뱉던 그의 말이 다시 떠올랐다.

그 순간 내 눈에 들어온 게 하나 더 있었다. 그가 회의 자료로 나눠준 서류였다. 그가 갈겨쓴 영어가 선명했는데, 그것은 나에게 보내진 경고문 속 필체와 판박이였다. 그 짧은 문장 속에 특이하게 쓰였다 싶은 글자들을 나는 기억하고 있었다. 양쪽 끝에 유난히 굵게 점을 찍듯 했던 'w', 기역 자 꺾쇠처럼 반듯하게 꺾어 내려쓴 'u', 굴리지 않고 경직된 형태로 쓴 'k'

가 그랬다. 갑자기 뒷골이 송연해졌다. 일단 자리를 벗어나야 할 것만 같았다.

─왜 그런 선택을 했는지 궁금했어요. 아마 이해하실 거라 믿습니다만…… 남편이 낯선 타국에서 생을 마감했다는 게 얼마나 큰 충격인지를요.

그를 자극하지 않기 위해 나는 한국을 타국이라고 표현했다. 그러곤 갑자기 밀려오는 물음. 크리스티안에게 한국은, 모국이었을까 타국이었을까.

─그래도 이제 더는 그 일에 관해 묻고 다니지 마세요.

그가 엄숙한 말투로 말했다.

─주의하겠습니다. 저, 말씀이 끝나셨다면 먼저 일어나도 될까요? 저녁 약속이 잡혀 있어서요.

─오, 이런 제가 너무 붙들고 있었군요. 그렇게 하세요.

그가 의자를 짚고 일어서며 물었다.

─어디까지 가시죠?

─학동 사거리 근처예요.

─차 가지고 오셨나요?

─아뇨, 오늘은…….

나는 고개를 저으며 어물거렸다. 로렌이 내 차를 운전하다 사고를 당했다는 사실을 나는 여태껏 밝히지 않은 상태였다.

─그럼 제가 모셔다드리죠.

그때 나는 아차 싶었다. 여지를 주고 만 것이었다.

―괜찮습니다. 정말로요.

―어차피 저도 그곳까지 가야 해요. 마침 괜찮으시다면 더 묻고 싶은 말도 있고요.

결국에는 사양하지 못하고 그와 동행하기로 했다. 그와 주차장에서 보기로 하고 자리로 돌아가는 동안 나를 힐긋힐긋 쳐다보는 직원들의 눈길과 마주쳤다. 그들은 내게 여전히 의혹과 멸시의 눈초리를 보내고 있었다. 회사에서 일어난 불행을 모두 내가 야기하고 있다는 듯이. 그들이 좇고 있을 등 뒤가 서늘했다. 사무실에 들러 외투와 가방을 챙긴 다음 엘리베이터를 타려는 순간 제이크로부터 전화가 걸려 왔다.

―주차장으로 내려왔나요?

―엘리베이터예요. 어디로 가면 되죠?

―지하 2층 계단 출구 쪽에서 보죠.

―네, 거기서 기다리겠습니다.

엘리베이터에서 내려 계단 출구 쪽에서 얼마쯤 기다렸을까. 자동차 배기음이 들리나 싶더니 헤드라이트 불빛이 번쩍였다. 천천히 앞으로 다가오는 차를 보고 한 걸음 내딛다 나도 모르게 뒷걸음질 쳤다. 이태원에서 내가 탄 택시를 뒤따라오던 메디테리안 블루 색상과 동일한 차량이었다. 이것도 우연일까……. 나는 뒷걸음질 치기 시작했다. 어디선가 제이크의 외침이 들려오는 것도 같았지만 못 들은 척 계단을 걸어 오르기 시작했다. 지하 1층을 돌아 지상층 출입구로 빠져나 온 나는 정문이 아닌 건물 뒤편으로 향했다. 차를 타고 주차 장을 나온 제이크가 나를 찾을 수 없게 하기 위해서였다. 골 목으로 이어진 길을 걷다가 인접한 2차선 도로가 보이자 뛰 기 시작했다. 마침 지나가던 택시를 잡아탄 뒤에야 겨우 숨을 골랐다. 그러고는 무의식적으로 옆과 뒤를 둘러봤는데 다행 히 쫓아오는 이가 아무도 없었다.

4

택시를 타고 도착한 곳에 강연희가 먼저 와 있었다. 밤색 니 트 카디건을 입은 그녀는 언뜻 날카로워 보이는 인상이었으 나 "강연희예요." 하고 인사를 건넬 때는 어딘가 나긋나긋하 면서도 사뭇 신중해 보였다.

"레아 모로라고 합니다."

자리에 앉자마자 그녀가 표나지 않게 주위를 흘깃거리고는 작은 목소리로 말을 건넸다.

"크리스티안 볼란텐 씨의 아내분이시라고요."

놀라서 경직된 표정을 숨기지 못한 채 나는 그녀를 쳐다봤다.

"소문이 벌써 다 퍼진 건가요?"

그녀가 고개를 저었다.

"아뇨."

"그럼 어떻게……?"

"윤소영 이사님이 알려줬어요."

고심 끝에 내가 크리스티안의 아내라는 걸 윤소영에게 털어놓았던 순간이 떠올랐다. 절박했던 그때처럼 가슴이 빠르게 두근거렸다.

"아…… 그 얘기는 갑자기 왜 꺼내신 거예요?"

"이사님이 레아 씨를 이용해야 한다고 했기 때문에……."

"그게 무슨 얘기죠?"

강연희가 불그레한 눈으로 나를 응시했다.

"아진이가 죽었을 때도 그랬거든요."

뜻밖의 말에 나는 숨을 죽였다. 그녀는 몸을 미미하게 떨고 있었지만, 어떤 면에서는 결기를 다지려는 것처럼 보였다.

"저와 아진이는 누구보다 친밀했던 관계였어요. 그 일 때문에 멀어지긴 했지만……."

그렇게 시작된 얘기였다. 그녀는 과거 크리스티안과 갈등을 빚은 적이 있음을 내비쳤다. 나는 알고 있었다. 크리스티안이 요구하는 대외비 자료를 넘겨주지 않고 그를 인사위원회에 사내 갑질로 고발했던 그 직원. 강연희는 그 일이 자신의 자의적 판단이 아니라 윤소영의 지시에 의한 것이었음을 고백했다. 그런데 이후 그 자료는 권아진에게 전달되었다고 했다.

"아진이가 너무 간절하게 부탁했었어요. 그 자료를 꼭 봐야 한다고요. 그런데 그게 크리스티안을 위한 행동이었다는 걸 알고 나선 아진이에게 배신감을 느꼈었죠."

"크리스티안을 위해 한 일이었다고요?"

"모르셨어요?"

나는 아득해지는 기분을 느끼며 그녀의 시선을 피했다. 그 일로 권아진은 윤소영에게 엄청난 질책을 받은 후 경위서를 작성했다고 했다. 크리스티안이 진정 원했던 건 무엇이었을까. 만약 그가 자료를 받을 수 없었더라면, 크리스티안은 살 수 있었을까…….

"그렇지만 권아진 씨는 죽었잖아요."

강연희가 풀이 죽은 모습으로 어깨를 움츠렸다. 그러다 그 녀가 갑자기 눈을 매섭게 뜨며 나를 노려봤다.

"이사님은 그 사실을 이용해야 한다고 제게 말했어요. 모두 마이클 사장과 제이크 때문에 일어난 일이라고 하면서요. 이 사님은 제게 경영 부진과 외국인 경영진의 갑질이 야기한 갈 등이 크리스티안의 자살과 권아진의 죽음을 불러왔다는 내용 을 언론사에 제보하라고 지시했어요. 그래서 제보했는데, 경찰이 제보자가 저라는 사실을 알고 있더라고요.”

“경찰 조사를 받았어요?”

“네, 아진이 일로 조사를 받던 과정에서 저에게 왜 그런 제보를 했는지 묻더라고요. 일이 커질까 봐 두려워 그저 그런 생각이 들어서 충동적으로 벌인 일이라고만 했어요. 무서워요, 계속 경찰 조사를 받는 게. 이러다 무슨 일이 날 것만 같다는 생각이 들어요. 제가 모든 걸 다 뒤집어쓸 것만 같고요.”

“괜찮을 거예요. 저도 조사를 받고 있어요. 언젠가는 이런 상황도 지나가고 말겠죠. 조금만 더 참고 견뎌보세요.”

나는 그녀를 애써 다독인다.

“그런데, 이번에도 이사님이 레아 씨가 크리스티안의 아내라는 사실을 이용해야 한다고 한 거예요. 그 사실을 회사 바깥과 언론 곳곳에 알려야 한다면서. 그때 더는 못 하겠다고 생각했어요.”

진절머리가 난다는 듯 강연희가 고개를 저었다. 윤소영을 찾아가 솔직하게 이야기를 하며 믿어보자 했던 나의 생각이 잘못된 것이었음을 깨달았다. 저릿한 후회의 감정에 짓눌려 있는데 강연희가 뜻밖의 얘기를 꺼냈다.

“전 이제 회사에 나가지 않으려고 해요.”

“그만두겠다는 말이에요?”

강연희가 고개를 끄덕이며 말을 이었다.

"그 전에 드릴 게 있어요."

그녀가 가방에서 주섬주섬 뭔가를 꺼내어 테이블 위에 올려놓았다. 담청색의 하드커버 노트였다.

"아진이가 제게 남긴 거예요."

나는 내 앞에 놓인 노트를 물끄러미 바라보았다.

"실은 아진이가 그렇게 되기 전에 한 번 만난 적이 있었거든요. 그날 만난 자리에서 아진이와 전 화해를 하긴 했지만 뭔가 석연치 않은 구석이 많았어요. 뭐랄까, 평소와 다르게 아진이가 굉장히 불안하고 초조해 보였거든요. 그때 아진이가 저에게 부탁을 하나 했었어요."

"무슨…… 부탁이었나요?"

"자기 신변에 혹시 무슨 일이 생기면 이걸…… 레아 씨에게 전해주라고 했어요."

"저에게요?"

"네. 아진이한테 그런 일이 진짜 생길 줄 모르고 받아두긴 했지만, 그 일 이후에도 이걸 레아 씨에게 전해드릴 생각을 하지 못했어요."

"왜요?"

"무서웠으니까요. 게다가 아진이의 잘린 손이 레아 씨에게 배달되었다는 얘기를 듣고는 더……. 그렇다고 경찰에게 이걸 건넬 수도 없어서 그냥 불태워 버릴까도 생각했어요. 그런

데 이사님으로부터 크리스티안 씨의 아내가 레아 씨라는 얘기
를 듣고는 드려야겠다고 다짐했어요. 뭔가 일이 더 커지기 전
에…… 지금이라도 드리는 게 맞는 거 같아요. 받아주세요.”

나는 그녀가 내민 노트를 가만히 내려다보았다. 권아진은
역시 자신의 신변에 위험이 닥칠 것이라는 사실을 예견했던
걸까. 그런데 왜 이 노트를 내게 전하라고 한 걸까. 그녀와 나
는 서로를 깊이 알아볼 수 있는 시간조차 갖지 못했다. 그녀
에게 나라는 존재는 단 한 번 만난 적이 있던 외국인에 불과
했을 텐데.

“이 노트를 먼저 읽어보신 건가요?”

“아뇨. 저한테는 절대 읽지 말라고 부탁했어요. 저는 그 말
을 지켰고요. 믿어주세요.”

불안한 기색의 강연희가 읊조리듯 말했다.

“알겠어요. 제가 노트를 가져가죠.”

내가 고개를 끄덕이자 그녀가 안심하는 표정을 지었다.

“저, 그런데…….”

그녀가 우물쭈물하며 말을 머뭇거렸다. 그렇게 한참 뜸을
들이던 그녀가 조심스레 입을 떼었다.

“저에게 받았다는 건 비밀로 해주시겠어요?”

나는 고개를 까닥 숙이며 그러겠다고 대답했다.

강연희와 헤어지고 난 이후 나는 고민 끝에 회사로 돌아가는 걸 택했다. 윤소영과 제이크를 직접 맞닥뜨려야겠다는 생각에서였다. 무모한 선택일 수도 있지만 지금의 내게는 그게 최선처럼 여겨졌다. 안개처럼 가려진 그들의 모습을 선명히 들추어내지 않고는, 아무것도 알 수 없을 것 같았다. 정면으로 부딪쳐 볼 수밖에는 없다며 나는 스스로에게 의지를 북돋았다. 도움을 구할 생각에 나는 해준에게 전화를 걸었지만 그의 휴대폰은 전원이 꺼져 있는 상태였다. 형사 H를 잠시 떠올려 보았으나 나를 만류할 거라는 생각에 해준에게만 메시지를 남겼다.

회사로 돌아와 사람들이 모두 퇴근할 때까지 나는 권아진의 노트를 쉽게 펼치지 못했다. 그녀가 내게 노트를 남길만한 이유를 곰곰이 되씹어 봤지만 여전히 가늠하기 어려웠다. 어떤 정리되지 않는 생각의 더미를 쌓아가던 끝에 나는 노트의 첫 장을 넘겼다. 그녀의 글씨체는 단아하고 정갈했다. 이 세상에 없는 사람의 글이라고는 믿어지지 않을 정도로 온기가 느껴지는 이유를 나는 알 수 없었다.

노트는 이렇게 시작되고 있었다.

보자마자 예감했죠. 바로 그분이라는 사실을요.

그 사람이 항상 얘기하던 바로 그분이 끝내 명주를

찾아온 것이구나 싶었어요. 명주의 흔적을 찾아왔
다는 걸 직감할 수 있었죠. 내 앞에 나타난 당신을
보며 나는 조금 떨었고요. 그때의 기분을 어떻게 설
명해야 할지 모르겠어요. 그날 저는 알 수 없는 죄
책감 때문에 울었습니다.

목덜미에 소름이 돋았다. 그때 그녀는 나를 알아보았던 걸
까. 나는 손을 뻗어 그녀의 글씨를 손가락으로 더듬었다. 그때
맡았던 내음처럼 거기에서도 그녀의 존재가 느껴지는 듯했다.
낯설면서도 낯익은 이름 하나가 눈에 띄었다. 나는 그 이름을
뚫어지게 바라보았다. 명주. 크리스티안의 한국 이름. 권아진
은 그를 크리스티안이 아닌 명주라고 불렀던 걸까.

명주는 가끔 나한테 당신에 대한 이야기를 해주
었어요.

당신이라는 그 낯선 단어가 나를 지칭하는 것임을 짐작하
며 나는 글을 읽어나갔다.

언제나 단발머리를 고수하고 깊게 쌍꺼풀이 진 눈
과 우뚝한 콧대를 가진, 야무지고 당차다는 말을 듣

는 사람. 맺고 끊는 성향이 강한 당신과 살지 않았다면 자신의 삶은 수많은 망설임으로 이뤄지고 말았을 거라는 농담도 기억하고요. 그런데 그런 말을 듣고 나면 부지불식간에 일어난 질투감에 휩싸이곤 했어요. 그러고 보면 나는 그 사람을 정말 좋아했던 건 아닌지 혼란스럽습니다. 저는 그 사람을 좋아했지만 진정 좋아하지는 않았던 걸까요. 정말 좋아했다면 제가 그 사람을 죽게 내버려두었을까요?

그녀의 문장을 읽으며 혼란스러운 감정을 느끼는 것은 다름 아닌 나였다. 크리스티안에 대한 그녀의 감정 사이에서 나는 망연히 갈피를 잃은 채 흔들렸고, 그의 죽음이 언급된 글에서는 폐가 날카로운 것에 찔린 듯 고통스러웠다.

그러나 나는 그것만은 알아요. 가족이 있었지만 그럼에도 그는 외로운 사람이었다는 걸요. 그건 관계에 의한 것만은 아니었어요. 지금 생각해 보면 태생적이었다는 생각이 듭니다. 저의 존재 역시 명주의 고독한 내면을 채워줄 수는 없었어요. 그건 처음부터 불가능했죠. 명주는 어디에도 속할 수 없는 사람이었습니다.

명주의 친아버지에 대해 알고 있나요? 그가 지금 껏 친아버지인 줄 알고 있던 사람은 그의 생부가 아니라고 했습니다. 유전자 검사에서 DNA 불일치 결과가 나왔지만 명주는 그 사실을 당신에게 알리진 않았다고 하더군요.

명주가 전혀 관련 없는 사람을 친부로 알고 있던 연유는 복잡하고 기묘해요. 그와 같은 날 같은 이름으로 입양된 사람이 여러 명이었는데 그중 한 명과 관계가 뒤엉켜 버린 것입니다. 입양기관에서는 명주의 입양을 처음 받아들였던 복지회가 사라지고 현재의 입양기관에 자료가 이관되면서 기록에 오류가 생긴 것이라고 설명했다고 해요. 어떻게 그런 일이 일어날 수 있죠?

그 사실은 명주를 몹시 힘들게 했어요. 명주는 다시 가족이 있는 파리로 돌아가고 싶어 했죠. 만약 명주가 그때 떠났더라면 어떻게 되었을까요.

명주가 한국을 떠나지 않은 건 다른 가능성 때문이었어요. 같은 날 입양된 기록을 가진 다른 사람의 아버지가 명주의 친아버지일 가능성이 있다는 연락을 받았거든요. 다른 입양인의 친부가 사실은 명주의 아버지일 수 있다니. 그런 일이 일어날 수 있다는 걸 나도 믿지 않았지만 우선 유전자 검사 결과를 기다려 보기로 했어요.

그러다 그 입양인의 아버지와 명주의 DNA가 같다는 통보를 받았어요. 친부의 성은 전. 명주의 이름은 전명주가 되는 것이었습니다. 내가 그의 이름을 온전히 부를 수 있는 첫 사람이어서 기뻤어요. 하지만 명주는 그 사실을 통보받은 날 이 세상을 떠나야 했습니다.

내게 전해지지 않은 진실을 그녀는 알고 있었다는 게, 그리고 그 진실을 그녀에 의해 지금 알게 되었다는 사실이 더욱 나의 가슴을 저리게 했다. 크리스티안은 내게 자신이 친아버지를 찾는 과정을 일절 얘기한 적이 없었다.

나는 종종 그에게 소리를 지르곤 했었다.

너를 버린 나라라고!

내가 한국을 좋아하지 않는다는 걸 그는 알았다. 친부모를 찾을 생각이 없다는 것도. 어쩌면 친부모를 찾는 건 오로지 크리스티안의 일이었을지 모른다는 생각을 하게 된다. 나의 무관심이 그를 외롭게 만들었던 걸까.

세상을 떠난 명주에 대해 설명하는 건 슬픈 일입

니다. 저는 저의 가슴을 찌르는 듯한 통증을 느끼며
이 글을 써가고 있습니다. 제가 명주를 만나게 된
건 실은 자의적인 것은 아니었습니다. 그 사람, 그
사람 때문이었어요.

저는 그 사람을 좋아했어요. 회사에 입사한 지 얼
마 되지도 않아 그 사람과의 관계가 시작되었습니
다. 저는 그 사람과의 미래를 그렸지만 그는 아닌
것 같았어요. 그 사람이 거액의 도박 빚과 사채 때
문에 몹시 힘들어하고 있다는 사실을 안 건, 그를
무척 사랑하고 난 이후였습니다. 그 사람은 어떻게
든 그 굴레를 벗어나려고 노력했죠. 거래 과정에서
리베이트를 받아 챙긴 것도 결국 빚을 갚아나가기
위해서였고요. 그러나 결국 그는 회사로부터 비위
사실에 대한 의심을 받게 되었습니다. 그 과정에서
명주가 승진이 예정되어 있던 그 사람 대신 팀장이
되었던 것이고요. 하지만 명주는 거기서 멈추지 않
았고, 회사 내부에서 일어난 비리를 파고들어 가기
시작했어요.

이 모든 건 자신의 턱끝까지 파고드는 명주를 구
슬릴 수 있는 뭔가가 필요하다고 판단한 그 사람이
제게 필사적으로 간청해 시작한 일이었어요. 믿기

지 않겠지만, 그것은 사실이에요. 그 사람의 부탁으로 저는 명주를 만나기 시작한 겁니다.

네, 맞아요. 그 사람. 명주가 죽기 몇 시간 전 마지막으로 만났던 바로 그 사람.

정우택입니다.

나는 노트에 적힌 이름 석 자를 내려다보며 섬뜩함에 치를 떨었다. 크리스티안이 제이크나 다른 임직원이 아닌 정우택의 비리를 파고들었다는 그녀의 글은 나를 혼란스럽게 했다. 또한 그녀가 크리스티안과 관계를 맺게 된 계기가 정우택의 의도에서 비롯된 것이라는 사실은 나를 기겁하게 만들었다. 그녀가 한때 정우택을 사랑했다는 사실도 큰 충격이었다.

그날 저는 명주와 저녁 늦게 만나기로 약속했어요. 15-2, 그의 집무실에서요. 명주가 재무팀 강연희에게 거절당했던 자료를 거기서 받기로 했기 때문이었어요. 장소를 그곳으로 정한 건 정우택의 요구 때문이었어요. 그의 말대로 그 자료를 미끼로 그 밤, 명주를 회사로 불러낸 거였어요.

강연희는 내가 자료를 명주에게 전달한 것으로 알고 있어요. 하지만 명주는 그날 그 자료를 받지 못하게 됩니다. 그 자료는 정우택이 가져갔어요. 명주가 어떤 자료를 확보하려고 한 것인지 정우택은 알고 싶어 했으니까요. 제가 정우택에 의해 요구받은 사항은 단 하나였어요. 수면제를 음료수에 타서 명주에게 건네어 마시게 하는 일이었지요. 그는 제가 15-2 집무실에 들어가는 모습이 어떻게든 기록에 남으면 안 된다고 했어요. CCTV에 찍히지 않아야 한다고요. 그때 정우택이 했던 말이 기억나요.

"바깥에서 창문을 통해 넣어줄게."

전, 그 말이 정말 농담인 줄 알았어요.

나는 그게 무슨 말인지 곰곰이 생각했다. 창문을 통해 넣어준다는 말은 정말 농담처럼 허공으로 몸을 띄운 후 들여보내 준다는 걸 의미하는 걸까. 나는 찬찬히 그녀의 다음 글을 읽어가기 시작했다.

정우택은 이미 작심한 사람이었어요. 그는 제가 명주를 위해 대외비 자료를 불법으로 빼돌린 사실을 폭로하겠다며 저를 협박하기도 했고요. 야비한 사람이라는 걸 알았지만 그때는 이미 늦은 상태였어요. 하지만 그렇다고 하더라도 정우택을 돕고자

하는 마음이 없었더라면 행동으로 옮길 수는 없었
을 거예요. 전 그때까지도 정우택이 어떤 일을 벌이
려는 건지 정확히 알지 못했어요. 단지 명주가 가진
횡령과 비리와 관련된 자료들을 정우택이 직접 파
기하거나 그를 겁주려 하는 거라고만 생각했어요.
그건 믿어주세요.

기다리던 명주가 집무실 안으로 들어왔을 때, 저는
자료와 함께 음료수를 권했어요. 조금 후 명주가 정
신을 잃었다는 메시지를 정우택에게 보냈고, 그 이후
에 전 집무실에 들어올 때 그랬던 것처럼 로프에 매
달린 정우택에 의해 다시 위로 들어 올려졌어요.

정우택이 제이크와 마찬가지로 특수부대 출신이
었다는 사실을 아시나요? 두 사람은 그 공통점으로
엮여 친분을 과시하며 그 사실을 자랑스레 떠벌리
고 다니기도 했습니다. 군 시절 정우택은 낙하산을
이용한 고공강하에 능했다고 해요. 암벽과 빙벽 등
반에 있어 전문가 수준의 실력을 갖추고 있어서 자
주 제이크와 산에 올랐던 것으로 기억하고요. 로프
를 활용해 가파른 암벽을 단 몇 초 만에 하강하는
걸 즐기는 그에게 건물을 타고 창문을 오고 가는 건
별문제가 안 되는 것 같았어요.

집무실에서 정우택에 의해 끄집어내진 이후 그 이후 그 안에서 정확히 어떤 일이 벌어졌는지에 대해서는 알지 못해요. 정우택이 명주를 창문 밖 건물 아래로 떨어뜨린 것인지, 아니면 그 과정에서 명주가 정우택과의 몸싸움 끝에 창밖으로 떨어진 건지조차도요. 제가 유일하게 목격한 건 건물 아래로 추락한 명주의 모습뿐이었어요. 하지만 그게 끝이 아니었어요. 끝날 수 있는 일도 아니었고요.

그리고 시간이 지나 어느 날, 정우택은 조원식으로부터 회사에 크리스티안의 죽음을 찾는 사람이 나타났다는 얘기를 전해 듣게 되었죠. 정우택은 어떤 일이 있어도 입조심해야 한다며 저를 몰아쳤어요. 저는 그때 이미 심정적으로 그 사람에게 예속되어 있었는지 모르겠습니다.

그런데, 당신을 만난 거예요. 그 자리에서 전 당신이 명주의 아내라는 걸 직감했지요. 바로 저와 똑같이 왼손에 반지를 끼고 있는 당신을 보고서요. 당신을 보고 난 이후, 저는 이 비밀을 영원히 간직할 수 없다는 걸 깨달았어요. 당신은 명주의 또 다른 환영 같았어요. 저의 죄를 밝혀내기 위해 돌아온, 명주 같았다고 할까요. 저는 명주의 일이 묻힐 수 없다는 사실을 이제 알아요.

당신에게 명주에 관한 일을 다 얘기하고 싶지만 그렇지 못할 수도 있을 것 같아요. 그 어느 쪽에 서 있을지 모르겠습니다. 다만 직접 당신에게 얘기를 건넬 수 없는 순간이 올지라도, 당신께 이 말만큼은 꼭 전하고 싶어요.

미안해요.

나는 거기까지 읽고 노트를 덮었다. 감당할 수 없는 감정의 파도가 밀려드는 것 같았다. 크리스티안을 죽음으로 몰아세운 게 다름 아닌 정우택과 권아진이었다는 진실을 알게 된 나는 몸서리를 쳤다. 권아진이 노트에 적은 크리스티안의 죽음이 정말 사실일지 나는 믿을 수조차 없었다. 그런 일이 가능한지에 대해서도 확신할 수 없었고.

정우택이 로프를 매고 15층 집무실을 어떻게 오갔는지 권아진의 글만으로는 확인할 길이 없었다. 떨리는 마음으로 그것에 대해 한동안 골몰하며 나는 내 앞의 화분을 지그시 내려다보았다. 그때 내게 퍼뜩 떠오르는 장면 하나가 있었다. 옥상에서 해준이 CCTV를 가리키던 모습이었다. 노출된 오픈 장소를 피해야만 하는 이유가 있을 거라던 그의 말.

"16층."

나는 작게 소리 내어 말했다. 창고로 쓰이던 16층에는 CCTV가 없었다. 그리고 16층에는…… 창고 대신 조원식이 이끄는 컨설팅팀 사무실이 조악하게 마련되어 있었다. 나는 머릿속으로 도면을 그려보았다. 그러다 노트에 적어놓은 권아진의 글을 다시 한번 내려다보았다. 정우택이 조원식으로부터 나에 대한 얘기를 들었다는 내용을. 둘 사이에 모종의 협력 관계가 있었다면…… 설명이 되는 구조였다. 조원식의 집무실 위치는, 바로 15-2 집무실 바로 한 층, 그 한 층 위 자리였으니까. 조원식의 협조를 받아 CCTV가 없는 그의 집무실에 로프를 고정하고 한 층 아래의 15-2 집무실로 이동하는 게 권아진의 설명대로라면 가능한 일일 수도 있을 것 같았다.

"16층에서 15층으로, 조원식의 집무실을 통해 내려가 의식 없는 크리스티안을 창밖으로 내던진 거야."

나는 넋이 나간 사람처럼 중얼거렸다. 목소리가 가느다랗게 떨렸다.

"가서 증거가 될만한 것들을 찾아봐야겠어."

니는 해준에게 다시 메시지를 남겼다. 그러고 한참을 그렇게 앉아 있었다. 한 시간여가 지났지만 여전히 해준에게는 연락이 없었다. 나는 천천히 자리에서 몸을 일으켰다. 갑자기 커다란 공포가 엄습해 왔지만 나는 주먹을 지그시 말아 쥐었다.

사무실 복도를 지나 엘리베이터로 향하면서도 나는 시종

주위를 두리번거렸다. 불안하고 초조한 마음이 그림자처럼 내게 달라붙어 있었다. 엘리베이터를 타고 올라가 16층에서 내렸다. 불이 꺼진 사무실은 어둑하고 적막했다. 문득 크리스티안도 어쩌지 못한 진실의 더미가 성큼 내 앞으로 다가와 있는 느낌이었다. 크리스티안도 내가 여기까지 오기를 죽어서도 바라고 있었을 것이라 생각하니 울컥 목울음이 치밀어 올랐다. 조명 스위치 버튼을 눌러보았지만 소용없었다. 강제소등 된 상태였다. 나는 하는 수 없이 휴대폰 플래시를 켜 들고 성큼성큼 걸어 나갔다. 정리되지 않은 물품들이 어지러이 놓여 있는 공간을 지나 나는 조원식의 집무실 앞으로 다가갔다.

문을 열자 건물 바깥에서 새어 나오는 불빛이 그나마 집무실 내부를 어슴푸레하게 비추고 있었다. 집무실 안쪽을 향해 발걸음을 내디뎠을 때였다. 느닷없이 문 뒤에서 검은 옷의 한 남자가 튀어나왔다. 그는 실핏줄이 터질 듯 붉게 팽창한 흰자위를 드러내며 기함을 지르며 내게 달려들었다. 남자의 손에 목덜미를 붙잡힌 나는 속절없이 버둥거리면서도 그의 얼굴에서 눈을 떼지 않았다. 모자를 쓰고 입가에 마스크를 둘렀어도 나는 그가 누구인지 한눈에 알아볼 수 있을 것 같았다. 이태원에서 나를 쫓아왔던 그 남자와 똑 닮은 눈매. 그런 눈매를 가진 한 사람을 안다.

정우택.

그는 나를 미행했던 날, 택시 기사에게 그랬던 것처럼 나를 벽으로 몰아세우고는 양손으로 내 목을 우그려잡았다. 목덜미가 으스러질 듯 통증이 밀려오며 숨이 가빠졌다.

"이 개같은 년! 진작 손을 봐줬어야 했는데."

그가 괴성을 지르며 분을 참을 수 없다는 듯 몸을 부르르 떨었다. 그의 손아귀에 꼼짝없이 붙잡힌 채로 나는 온몸을 뒤치고 버둥거렸다. 이렇게 죽을 수도 있겠다는 생각과 함께 아련하게 떠오르는 크리스티안의 기억. 그가 한국으로 떠나기 전 내게 했던 말이 있었다.

내가 너의 곁에 없을 때 말이야. 혹시라도 위험한 상황에 닥치게 되면 꼭 신을 찾아.

나는 괜한 소리를 한다는 듯 빈정거렸다.

네가 없는 빈자리에 신이 무슨 할 일이 없어서 와주겠어.

아니야. 신을 찾으면 돼. 외쳐서 찾지 않으면 신은 알아보지 못해. 다가오지도 못하지. 자신을 구하기 위해서라도 신을 찾아야 해.

그런 말을 하고 내 곁을 떠나가겠다는 말이지.

나는 이어 그에게 마음이 풀어지지 않는다는 듯 내쏘았다.

무책임해.

그는 웃었다. 내가 무슨 말을 해도 방어할 기색이 없이 허름하고 넉넉하게. 언제고 내가 편안히 안길 수 있을 것 같은 웃음이었다.

'도와주세요.'

나는 그 말을 되뇌었다. 희박해진 호흡 때문에 정신이 몽롱해졌다. 나는 다리를 뒤쪽으로 굽혀 올리며 손을 뻗어보려 안간힘을 썼다. 하지만 역부족이었다.

"도와⋯⋯."

온몸을 쥐어짜 입 밖으로 소리를 내 모으던 그때, 손가락 끝에 구두가 닿았다. 정우택이 내 얼굴 가까이에서 뭐라 지껄이는 사이 나는 손을 더 뻗어 가까스로 구두를 움켜쥐었다. 내 목을 잡은 그의 뜨거운 손아귀가 몸에 남은 숨을 남김없이 소멸시키려 하자 정신이 아찔해졌다. 그가 오른손을 허공에 띄운 후 주먹을 쥐었다. 그러고는 알아들을 수 없는 말을 중얼거렸다. 이내 그가 주먹을 활시위처럼 당기자 왼쪽 손아귀의 압박이 느슨해지며 숨이 트였다. 나는 발끝으로 서서 몸을 곧추세운 다음 양손으로 그의 손을 붙들고 몸을 뒤틀며 저항했다. 내 몸과 정우택 사이에 틈이 생겼다는 순간 나는 다리를 들어 그의 사타구니 부근을 걷어찼다. 그가 새된 비명을 지르며 허리를 굽혔다. 나는 헐거워진 그의 손을 떨쳐낸 다음 가늘고 긴 힐이 위로 오도록 바로 잡았다. 한 번도 그런 걸로 누군가를 때릴 수도, 그럴 기회가 있을 거라는 생각조차 해본 적이 없었다. 내 키만큼 졸아들어 굽어진 그의 머리를 나는 구두 굽으로 있는 힘껏 내리쳤다. 그러자 그가 무시무시한 비명을 질러대며 가슴팍 옷깃을 잡아당겼다. 나는 다리로 정우택을 밀어내며 그의 관자놀이 부근을 몇 차례나 후려쳤다. 그의 몸이 비스듬히 기울어졌지만 내 옷깃을 움켜쥔 손만큼은 그대로였다. 그의 팔을 뗄쳐내려 아무리 발버둥을 쳐도 소용없자 나는 그의 손을 덥석 깨물어 버렸다. 그가 기함을 지르며 그대로 나를 벽으로 내던졌다. 벽에 부딪힌 머리가 짓이겨지는 통증을 느끼며 나는 주저앉고 말았다. 정우택이 관자놀이와 턱을 타고 흐르는 피를 손으로 닦아내며 나를 노려봤다. 눈가에 핏물이 괸 듯 붉게 충혈된 그의 눈과 마주치자 나는 없는 정신에도 질겁을 하고 집무실 밖으로 뛰쳐나갔다.

하지만 곧 그의 굵은 손에 발목이 잡혀 바닥에 엎어지고 말았다. 그가 내 발목을 잡고 순식간에 나를 끌어당겼다. 바닥에 밀착한 채로 몸을 돌려 발길질을 해봐도 소용없었다. 어느 틈엔가 날아온 커다란 손바닥이 얼굴을 철썩 내리쳤다. 까무러질 듯 온몸이 축 늘어진 나는 어떻게든 정신을 차리려고 했다. 이네스의 부드러운 뺨의 감촉이 떠올랐다. 그가 옷 앞섶을 사정없이 잡아끌어 올리자 내 고개가 젖혀졌다. 나는 재킷 안쪽에 손을 갖다 대고 더듬거렸다. 힘없이 늘어져 있던 몸이 일으켜졌을 때 나는 눈을 떴다. 드디어 그 존재와 마주한 순간이었다. 크리스티안과 권아진을 죽음으로 몰아낸, 어둠 속에 가려져 있던 바로 그 존재. 한시도 빼놓지 않고 나를 감시했을 그 집요한 눈의 소유자가 바로 앞에서 나를 노려보고 있었다. 그가 허리춤에서 꺼내다가 바닥으로 떨어뜨린 물건이 날카롭게 번뜩였다. 나는 그가 식칼을 주우려 몸을 굽히는 틈을 놓치지 않고 재킷 안주머니에서 호신용 전기 충격기를 꺼내 그의 가슴팍에 바싹 들이대었다. 그가 몸을 비틀며 자지러지다가 순식간에 바닥에 고꾸라졌다. 나는 정신을 잃은 그의 몸을 넘어 집무실 밖으로 빠져나가 엘리베이터로 향했다. 다급히 휴대폰을 꺼내 들자 화면에 해준의 메시지가 찍혀 있었다.

「곧 주차장에 도착해요. 조금만 기다려 주세요.」

나는 지하 1층 버튼을 누르고 서둘러 엘리베이터 문을 닫았다. 엘리베이터가 층층이 내려가는 시간이 몹시도 길게 느껴졌다. 마침내 지하 1층에 내려 주차장 입구로 향하자 차 한 대가 커브를 도는 모습이 보였다. 해준의 차였다. 나는 다짜고짜 그의 차로 달려가 막아섰다. 그가 차창을 내려 내 모습을 확인하려 했지만 나는 금세 반대편으로 가 문을 열었다.
"경찰서로 가요!"
나는 조수석에 앉자마자 해준에게 소리치고는 차 문을 닫았다. 비로소 몰려든 안도감에 나는 깊게 숨을 내뱉었다. 하지만 그것도 잠시, 괴성이 들리나 싶더니 주차장 입구에서 몸을 드러낸 정우택이 소화기를 들고 달려와 조수석 창문을 내리쳤다. 움푹 큰 구멍 자국이 생긴 중앙을 기점으로 그물 무늬처럼 조각조각 잔금이 갈라졌다. 정우택이 한 차례 더 소화기로 내려치자 창문은 그대로 힘없이 무너지듯 깨져버렸다. 그가 내게 손을 뻗으려는 순간 해준이 액셀을 밟아 차가 튕기듯 앞으로 솟구쳐 나갔다. 뒤를 돌아보니 정우택이 소화기를 버려둔 채 자신의 차에 오르는 모습이 보였다. 이태원에서 나를 쫓아오던 바로 그 자동차였다. 건물 주차장을 무사히 빠져나가기가 무섭게 해준의 차 뒤편에서 섬광처럼 날카로운 헤드라이트 불빛을 내쏘는 차가 빠르게 따라붙는 게 보였다.

"어쩌죠, 계속 따라와요!"

나는 목청껏 외치며 형사 H에게 전화를 걸었다. 하지만 연결이 되지 않았다. 백미러로 드문드문 뒤를 확인하던 해준은 교치로에서 속도를 줄이지 않고 빨간색 신호등을 그대로 지나쳤다. 그러자 정우택도 차를 멈추지 않고 그대로 따라붙었다. 두 번째 교차로에서도 마찬가지였다. 해준이 연달아 신호를 무시하며 빠른 속력으로 질주했음에도, 정우택은 감속하지 않고 바짝 뒤쫓아 왔다. 해준의 귀밑머리를 적시며 진득한 땀이 흐르고 있었다. 나는 조수석 손잡이를 두 손으로 꽉 붙든 채 조여오는 공포를 추스르려 애썼다. 허벅지 위에 올려둔 휴대폰이 진동했다. 형사 H였다.

"무슨 일 있으세……."

"쫓기고 있어요!"

나는 H의 말허리를 잘라내며 다급히 외쳤다.

"뭐가, 어떻게 된 거예요? 무슨 상황인 거예요?"

"정우택이에요, 정우택이 살인범이에요. 지금 쫓기고 있어요!"

"위치추적 하면서 상황 주시할 테니 끊지 말고 기다려요!"

H와 통화하는 사이 차 뒤쪽에서 좌우로 움직이며 기회를 엿보던 정우택이 찰나에 속력을 높여 옆으로 바짝 치고 들어왔다. 차창을 내린 채 이편을 바라보는 정우택의 눈두덩이가 이마에서 흘러내린 피로 붉게 물들어 있었다. 그는 적의에 가득한 눈빛으로 나와 해준을 쏘아보았다.

두 차량 중 어느 쪽도 우위를 잡지 못한 채 수평으로 나란히 질주하는 상황이 계속되었다. 간간이 정우택이 핸들을 돌려 해준의 차 옆부분을 들이받으며 위협했다. 우리로서는 중앙선 바깥으로 밀려나 마주 오는 차량과 맞부딪히는 것을 염려해야 하는 상황이었다. 만에 하나 정우택에 의해 차가 가로막혀 멈추면 무슨 일이 벌어질지 몰랐다. 미리 흉기를 준비해두었던 그였고, 나뿐만 아니라 해준에게 어떤 해를 입힐지 알 수 없는 일이었다. 사고가 우려되면서도 속도를 줄이지 않는 해준을 만류할 수 없는 이유가 거기 있었다. 지금으로서는 해준을 믿는 수밖에 없었다.

한참 대로변을 따라 질주하던 정우택이 해준을 조금씩 앞지르기 시작했다. 추월을 시도하는 정우택에 맞서 해준은 차선을 지키며 치열하게 따라붙었다. 하지만 해준의 차는 역부족인지 조금씩 뒤처지기 시작했다. 정우택이 탄 차의 앞머리가 우리의 차를 서서히 밀어내기 시작했다. 차가 비틀리며 중앙선을 위태롭게 오갔다. 반대편 차선에서도 차들이 일정한 간격을 유지하며 달리고 있었다. 여기서 완전히 밀려난다면 다른 차와 충돌할 수밖에 없는 상황이었다. 그렇다고 오른편으로 빠져나가는 것도 쉽지 않아 보였다. 정우택은 해준이 속도를 올리고 내리는 순간순간을 예리하게 감지하며 조금의 틈도 내주지 않은 채 붙어 달리고 있었기 때문이었다. 그 여파로 차체가 내내 불안정하게 흔들렸다. 해준의 차는 이내 정우택에게 속수무책으로 밀리며 사선으로 비껴지고 있었다. 그렇게 중앙선을 탈선하나 싶었고, 나는 눈을 질끈 감아버렸다. 일순 차가 급정거를 하며 멈춰 서나 싶더니 차가 중력을 잃고 360도로 도는 느낌이 들었다. 격한 쇳소리와 타이어 마찰음이 뒤섞인 채, 차가 어딘가 부딪히며 금속성 물체가 서로 부딪치고 찢기는 듯한 날카로운 소리가 들려왔다. 그렇게 여러 번의 충돌이 이어진 끝에야 어찔한 흔들림이 멎었다.

두 팔로 머리를 감싸고 오그린 몸을 펴며 나는 눈을 떴다.

살아 있다는 감각에 나는 안도했다. 옆을 돌아보자 핸들 위에 머리를 기댄 채 해준이 숨을 가쁘게 몰아쉬고 있었다. 그의 입가에 피가 고여 있었다.

"해준 씨!"

외마디를 다급히 내지르자 해준이 눈을 떴다. 손등으로 입가의 피를 닦아낸 뒤 고개를 까닥이며 괜찮다는 표시를 했다. 다행히 입 안쪽 외에는 눈에 띄는 큰 상처가 없는 것 같았다. 나는 차창 너머를 바라봤다. 우리 차는 거꾸로 방향을 튼 채 반대편 차선에 놓여 있었다. 주위를 살펴보자 몇 대의 차량과 추돌해 서로 닿아 있는 상태기도 했다. 해준이 정우택과 나란히 달리다 느닷없이 급브레이크를 밟고 차의 방향을 반대로 튼 것 같았다. 중앙선을 넘어 반시계 방향으로 원을 그리며 미끄러져 나가다 다른 차들과 연달아 충돌한 뒤에야 멈춰 선 것으로 보였다. 나는 숨을 크게 들이켠 다음 길게 내뱉었다. 천운이 따랐다고밖에 설명할 수 없는 상황이었다. 몸을 움직이자 허리께에 저릿한 통증이 느껴졌다.

"레아 씨, 레아 씨! 대답 좀 해보세요."

발치에 떨어져 있는 휴대폰 속에서 H의 음성이 들려왔다. 나는 대답 없이 그대로 좌석에 머리를 기댄 채 가눌 수 없는 몸과 마음을 추슬렀다. 해준이 차창을 내리자 소란스러운 바깥의 풍경과 소음이 고스란히 전해졌다. 어느새 도착한 경찰

차와 레커차, 앰뷸런스가 쉴 새 없이 사이렌을 울려대는 중이었다. 도로 중간에 얼기설기 얽혀 멈춰 서 있는 차량들 사이로 알루미늄 포일처럼 납작하게 구겨진 파란색 차량이 보였다. 나는 좌석에 기대어 있던 몸을 일으켜 차 문을 열고 밖으로 나갔다. 우리를 추격하던 정우택의 차가 카고 트럭 하단부에 말려 들어가 있었다. 맞붙어 있던 해준이 급브레이크로 차를 세우고 역방향으로 틀자 중심을 잃은 그의 차가 중앙선을 넘어 마주 오던 트럭과 정면으로 맞부딪힌 것처럼 보였다. 구조대원들이 사건을 수습하는 모습을 나는 씁쓸하게 바라보았다. 경찰 한 명이 이쪽을 향해 다가왔다.

"저 파란색 차 운전자는 어떻게 되었나요?"

나는 다가온 경찰에게 물었다.

"의식이 없어서 병원으로 이송 중입니다."

경찰이 사고 현장을 향해 쓱 돌아보고는 간결히 답했다. 경찰은 사고 현장 수습과 함께 조사가 이뤄질 예정이며 나와 해준이 경찰서로 동행해야 한다는 말을 남기고 돌아섰다.

"괜찮으세요?"

차에서 뒤따라 내린 해준이 나를 향해 물었다.

"해준 씨는요?"

"전, 괜찮아요. 레아 씨가 걱정이죠."

"아니에요. 해준 씨 덕분에 위험한 상황을 벗어났어요. 와

줘서 고마워요."

해준이 수척한 기색의 얼굴을 마른세수로 씻어내며 물었다.

"정우택이 16층으로 올 거라는 건 어떻게 알았어요?"

나는 잠시 숙연히 서 있다 대답했다.

"그 사람이 나를 계속 지켜보고 있다는 걸 이용했어요."

"지켜보고 있었다고요?"

"멜라니라는 직원한테 선물을 하나 받은 적이 있거든요. 불멸이라는 꽃말을 가진 스투키 화분을요."

나는 권아진 사건 이후 회사로 돌아왔을 때 유일하게 옮겨져 있던 화분을 떠올렸다. 그때 화분 스탠드 밑에서 반짝이는 뭔가를 스치듯 보았던 순간에 대해 해준에게 설명했다. 화분을 등진 채 찍은 셀카에서 화분 밑에 숨겨진 작고 검은 물체가 초소형 카메라임을 확인했던 것까지.

"휴대폰으로 보낸 권아진의 노트 내용은 보셨어요?"

"모두 확인했어요."

해준이 고개를 끄덕이며 말했다.

"거기에 권아진이 멜라니에게 스투키 화분을 제게 전달해 달라고 했다는 메모가 있었잖아요. 아마 정우택이 시킨 일이었겠죠."

나는 마른 입술을 혀로 살짝 축였다.

"정우택의 눈이 화분 아래 숨겨져 있다는 걸 알게 되었어요. 그래서 그 화분을 바라보며 16층으로 가겠다고 소리 내어 중얼거린 거예요. 정우택이 정말 찾아올 거라는 건 확신하지 못한 채로요. 해준 씨에게 메시지를 보낸 뒤에는 전기 충격기를 품에 숨기고 16층으로 향했고요.”

“무모하다고 생각하지 않았어요?”

그랬죠, 속으로 답하곤 고개는 저어 보였다.

“그렇게라도 하지 않았더라면 정우택을 마주칠 수 있는 기회가 없었을 거예요.”

“후련해요?”

나는 해준을 돌아보았다.

“글쎄요.”

내가 느끼고 있는 건 후련하다기보다 안도에 가까운 감정이었다. 이네스를 볼 수 있다는, 뒤늦은 안도. 한때 그것마저도 포기하려 했었으니까.

수머니에 양손을 집어넣은 채 먼 곳을 바라보던 해준이 입을 떼었다.

“저, 로펌에서 해고됐어요.”

“알아요.”

“알고…… 있었어요?”

“네. 미술관에서 만났을 때 어쩐 일로 수염이 덥수룩한가 했거든요. 징크스잖아요, 사건을 맡으면 수염을 미는 거. 그게 없어서 눈치챘죠.”

“레아 씨가 제 유일한 클라이언트예요.”

“그런가요.”

“그러니 최선을 다할 수밖에요.”

나는 미미하게 웃음을 지었다. 해준이 내게서 시선을 거두고 사고가 수습되는 현장을 물끄러미 바라보았다. 해준은 나를 만나게 된 것을 후회하고 있을까. 갑자기 차오른 물음이었지만, 그런 부질없는 가정에 크리스티안과 나의 운명을 수없이 재단해 왔다는 걸 깨달았다. 어떤 가정 속에 운명을 내맡기지 않고, 그저 현실을 나아가는 것 외에는 내가 할 수 있는 게 아무것도 없다는 사실도.

에 필 로 그

경찰은 수사를 통해 크리스티안이 사망하기 바로 전, 15-2 집무실에 누군가 있었던 사실을 파악했다.

기존 조사에서는 크리스티안이 정우택을 만나고 회사 집무실로 돌아온 시각에 사무실에 남아 있던 사람은 아무도 없었던 것으로 기록되어 있었다. 사무실 내 CCTV가 그 사실을 명징하게 보여주었다. 크리스티안이 사건 당일 저녁, 정우택과 헤어진 후 회사로 향해 자신의 집무실 안으로 들어가는 모습이 CCTV에 그대로 담겨 있었다. 집무실 안에서 문을 닫아 잠근 뒤 얼마 지나지 않아 건물 아래로 추락사한 정황이 그의 죽음을 자살로 판명하는 데 있어 결정적 요인으로 작용한 것이었다.

하지만 당시 CCTV를 정밀하게 분석한 결과, 경찰은 크리스티안이 집무실에 들어가기 전 이미 그 안에 누군가 있었음을 밝혀냈다. 집무실 문은 줄무늬 시트지로 가려져 있었는데, 줄 사이의 투명한 공간 안쪽으로 내부가 어렴풋이 비쳤다. 바로 그 좁은 틈을 통해 아른거리는 움직임을 포착하고 바닥에 비친 희미한 그림자를 통해 그 안에 다른 사람이 숨어 있었다는 사실을 밝혀냈다. 경찰은 그 흔적들을 통해 크리스티안의 죽음을 공모한 피의자들의 행적이 분명히 있었음을 입증했다. 경찰이 수집, 분석한 증거와 권아진의 노트를 근거로 삼아 추궁하자 진술을 거부하던 정우택은 결국 크리스티안을 살해한 사실을 포함해 범행 일체를 자백했다.

경찰의 조사에 따르면 크리스티안이 사망한 당일 정우택과 권아진은 각각 계단을 통해 16층으로 이동한 것으로 밝혀졌다. 이날 정우택은 자신의 알리바이를 마련하기 위해 제3자의 트럭을 타고 회사 건물 주차장으로 향했는데, 경찰은 이를 용인하고 협조했던 경비원 A 씨를 즉각 체포했다. 경비원 A 씨는 정우택의 절친한 지인으로 그의 범행을 방조했을 뿐 아니라, 로렌의 교통사고가 발생한 당일, 내 차량의 정보와 출차 사실을 정우택에게 알린 사람이었다. 내 차가 출차하기를 기다리며 건물을 수차례 돈 뒤, 고의로 속도를 높여 들이받은 SUV 차량 운전자 역시 정우택에 의해 고용된 사람이었다.

경비원과 운전자 모두 정우택에게 거액의 돈과 코인을 빌린 후 제때 갚지 못해 시달리고 있었는데, 빚을 탕감해 주는 조건으로 사건에 가담한 것으로 드러났다.

윤소영의 집무실 외벽에 묻어 있던 혈흔은 극미량인 데다 유전자 추출과 분석이 어려워 결과 도출에는 실패했다. 하지만 경찰은 그 혈흔이 정우택의 혈액일 가능성이 있다고 판단했다. 벽에 묻은 혈흔 자국이 창문 기준 상단에 위치해 있어, 일정 높이에서 떨어진 모양으로 추정되었다. 누워 있는 자세로 던져진 크리스티안이 몸을 세운 상태에서 핏물을 떨어뜨린 것으로 보기 어려웠기 때문이었다. 이와 같은 추정은 그 과정에서 크리스티안과 정우택 간 몸싸움이 벌어졌을 거라는 사실을 뒷받침했다. 해준이 주장한 대로 하반신에 비해 상반신에서 유독 골절이 두드러진 이유와도 서로 맞닿아 있는 사실이었다. 정우택은 크리스티안과 물리적 충돌이 있었다는 사실만큼은 부인하고 있었지만, 여러 정황상 정우택에 의해 크리스티안의 머리에 일차적이고 치명적인 가해가 있었음을 의심케 하는 대목이었다. 그렇다면 수면제를 먹고도 의식을 회복한 크리스티안과 정우택 사이에 몸싸움이 벌어졌다는 추측이 가능했다. 경찰의 수사를 지켜봐야 하는 상황이었지만, 나에게는 의심스러운 점이 하나 있었다. 권아진은 크리스티안에게 건넸다던 음료수에 정말 수면제를 탔을까. 노트 어디에도 그녀가 음료수에 수면제를 탔다는 내용은 없었다. 크리스티안이 정신을 잃었다는 메시지를 정우택에게 보낸 것은 사실이었지만, 그가 정신을 잃었다는 걸 확인했다는 내용 또한 쓰여 있진 않았다. 혹시, 권아진은 크리스티안에게 수면제를 건네지 않은 채 정우택에 대한 모종의 반격을 계획했던 것은 아니었을까. 나는 영원히 대답되어지지 않을 질문을 가슴에 품을 수밖에 없었다.

조원식, 윤소영 등의 한국인 임원진이 그동안 정우택과 비리를 모의한 정황도 드러났다. 그들은 제이크를 비롯한 외국인 직원들의 과도한 압박과 비위 등으로 크리스티안이 죽음에 이르렀다며 마이클 사장을 비롯한 회사 경영진을 협박해 온 것으로 나타났다. 크리스티안의 죽음이 불러올 부정적인 기업 인식 리스크를 오히려 증폭시키겠다며 회사 경영진과 대치하기도 했다. 자살로 판명된 크리스티안의 사인을 밝히고 현장 보존을 하겠다며 윤소영이 15-2 집무실로 옮긴 것도 그래서였다. 역설적으로 윤소영에 의해 크리스티안의 사망 당일 정우택이 남긴 흔적을 보존할 수 있었다. 어쩌면 윤소영이 절대로 창문을 보이지 않게 하고 블라인드로 내려두고 있던 것도, 크리스티안이 어떻게 죽음에 이르렀는지 그녀 자신이 너무나 잘 알고 있었기 때문이 아닌가 하는 생각이 뒤늦게 들었다. 윤소영은 강연희가 대외비 자료를 권아진에게 넘긴 이유로 작성한 경위서조차 경영진을 협박하는 데 사용했다. 강연희가 아니었더라면, 나 역시 그녀의 방패막이로 이용되었을지 모를 일이었다.

정우택의 자택과 영업장에서는 옥상을 타고 내려갈 때 사용한 것으로 보이는 로프와 등반 장비들, 크리스티안의 몸속에서 검출된 성분과 동일한 성분이 담긴 다수의 약 봉투와 복구가 불가능할 정도로 파손된 크리스티안의 휴대폰이 발견되었다. 그의 자동차 안에서는 권아진의 목을 졸라 살해할 때 사용했던 끈을 찾았다. 정우택은 조원식을 통해 내가 크리스티안의 흔적을 찾고 있음을 알게 되었고, 비밀스레 나를 만났던 권아진에 대한 의심을 거두지 못해 그녀를 살해했다고 자백했다. 그는 추적을 피하기 위해 사전에 그녀로 하여금 퀵서비스 배달원에게 예약 발송을 주문한 것으로 드러났다.

정우택이 권아진의 손과 함께 내게 보낸 경고문은 제이크의 필체를 모방해 쓴 것이었다. 한때 같은 팀 소속으로 가깝게 지낸 유일한 외국인이 제이크였으므로 그의 필체를 흉내 내는 건 어렵지 않은 일이었다고 정우택은 진술했다. 경찰은 추가 조사를 통해 크리스티안의 사인을 자살이 아닌 고의적 외력에 의한 타살로 결론지었다. 정우택은 살해 및 손괴 혐의로 구속되어 재판에 넘겨졌다.

권아진의 노트를 보고 난 후 회사 건물 16층으로 찾아갔던 그 밤을 간혹 떠올린다. 무모했지만, 조원식의 집무실에서 정우택을 만나게 한 건, 어쩌면 이 세상에 없는 크리스티안이었을 수 있다는 생각이 든다. 누군가 세상에 존재하던 무엇인가를 지우거나 없애버려도 사실 그것들은 사라지지 않은 채 어딘가 머물러 우리를 지켜보고, 또 지켜주기도 하는 게 아닐까.

*

일곱, 혹은 여덟 살 무렵이었을까. 사진 속의 나는 웃고 있다. 왜 그렇게 천진난만하게 웃고 있었는지 나는 정확히 기억하지 못한다. 언젠가 엄마에게 같은 사진을 보며 왜 그렇게 웃고 있는 건지 물은 적이 있었던 것 같다. 넌 원래 그런 아이였다는 대답. 어둡게만 기억되던 그 시절과 달리 사진 속의 나는 항상 웃고 있었다.

스위스로 입양이 된 이후에도 나는 행복하지 않았다. 매일같이 낯선 낮과 밤이었고, 잠을 이루려고 할 때마다 못생기고 못된 괴물이 떠오르는 것 같아 눈을 감을 수 없었다. 그 시절의 감각을 기억하고 있는 내게 웃는 사진은 낯설다. 그건 천진난만해서가 아니라 살아남으려고 지었던 웃음이 아니었을까. 또 한 번, 버림받지 않기 위해서.

그때의 나는, 쌍둥이 형제보다도 씩씩하게 걷고, 망설이는 법이 없고, 원하는 것을 당당하게 요구하는 편이었다. 쌍둥이나 마리사에게는 있지만 내게 없는 게 있다면, 나는 집요할 정도로 시위해 그것을 얻어내곤 했다. 왜 그렇게 행동해야 했을까, 그때를 생각하면 왠지 의문이 들기도 한다. 게다가 그렇게까지 요구해서 받아 들었다고 해도 막상 손도 대지 않는 것들이 많았다.

거울을 볼 때마다, 주위의 광경을 눈에 담을 때마다 어색해지곤 했다. 가족들이 완전히 타인처럼 느껴지곤 했던 때가 있었다. 나는 일찍이 나의 상황을 인지한 채 입양되었다. 모두가 내게 아직 어리다고 말했을 때 이미 모든 것을 알고 있었다. 그 공백이 내면의 깊은 어둠을 만들어 냈다. 뭔가를 극복한다는 것도 대상이 있어야 가능한 것이었다. 어둠은 태생의 조건처럼 마음 안쪽에 머물러 있었다. 낳아준 부모로부터 버림받은 이유에 대해 사유할 때마다 마음속의 어둠은 광활한 대지처럼 멀리 뻗어나갔다. 마음 안에 항상 머물러 있으면서도, 언제나 외면하고 싶은 사실들의 충돌로 나는 몹시 힘든 시기를 보내야 했다.

이네스에게만큼은 나처럼 분리된 내면을 갖게 하고 싶지 않았다. 나도 모르게 내 안의 어두운 면을 그 아이에게 열어 보이게 되지는 않을까 싶어 걱정이 되곤 했다.

―엄마, 할아버지 언제 와?

이네스가 불어로 묻는다. 이네스는 아직 한국어가 익숙하지 않다. 그녀에게 한국어를 더 열심히 가르쳐야겠다고 생각한다. 가끔 그 아이의 아빠와 꿈속에서 만나 한국어로 대화해야 할 수도 있으니까.

만나기로 한 시간이 한참이나 지났으므로 나는 초조해진다.

—그분, 오시지 않을 것 같은데.

마리사가 자신의 품에 얼굴을 장난스레 파묻은 이네스를 내려다보며 말했다.

나는 망설임 끝에 휴대폰에 저장된 연락처를 찾아내 통화 버튼을 눌렀다. 나는 정우택을 만난 이후 한 가지 부탁을 했었다. 크리스티안의 친아버지와 만날 수 있게 해달라는 부탁. 정우택이 수소문 끝에 알아낸 크리스티안의 친부 연락처를 메시지로 보내주었던 순간을 떠올리면 기분이 이상해진다. 어떤 마음에서 정우택이 나의 부탁을 들어줬는지 나는 알지 못한다. 아마 영원히 알 수 없을지도 모르겠다.

곧바로 휴대폰 전원이 꺼져 있다는 안내음이 흘러나왔다. 나는 망연한 표정으로 이네스를 쳐다보았고, 마리사는 곧 상황을 눈치챘는지 다가와 나의 등을 쓰다듬었다.

—오늘은 할아버지가 못 오시는 모양이야.

이네스가 내 얼굴을 한참 들여다보더니 중얼거렸다.

—그래? 할아버지 보고 싶은데.

한 차례 실망한 표정을 짓던 이네스는,

―다음에는 꼭 보자고 해.

비교적 의젓하게 말한 후 마리사에게 기댔다.

―그럼, 우리끼리 식사하러 가.

마리사의 말에 나는 고개를 끄덕였다. 이윽고 발을 옮기다 말고 나는 잠깐 멈춰 섰다. 무심코 돌아본 호텔 입구 쪽에 서 있는 한 노쇠한 남자를 보고 나서였다. 하얗게 센 머리를 한 노년의 남자는 점퍼를 입은 채 어딘가 불안해 보이는 눈짓으로 이편을 힐긋힐긋 바라보고 있었다. 얼마간 거리가 있음에도 알아볼 수 있는 둥그런 콧날, 얼굴에 비해 불거진 광대뼈가 어딘가 모르게 크리스티안을 닮은 얼굴이었다. 나는 직감적으로 거기 서 있는 남자가 크리스티안의 친아버지라는 것을 알 수 있었다.

나는 시선을 떼지 못하고 그대로 발이 묶인 채 그를 바라보았다. 고개를 외로 틀었다가 바로 하기를 반복하던 그가, 어느새 나의 시선에 조응하듯 눈을 마주쳐 왔다. 마치 건널 수 없는 강을 마주하고 선 것처럼 그가 멀게 느껴졌다. 하지만 알 수 있었다. 그가 이곳까지 오는 동안 얼마나 많은 겹겹의 벽을 통과해 왔는지. 자신을 가로막은 후회와 연민과 그리움과 기억과 죄책감을 가로질러 왔는지, 알 것 같았다. 여기 오기까지 얼마나 많은 용기가 필요했는지도. 아마 그가 같이 식사하기로 한 호텔 입구까지라도 찾아온 것이, 크리스티안의 또 다른 흔적이라 말할 수 있는 나와 손녀 이네스를 확인하기 위한 것만은 아닐 것이라는 생각이 들었다. 어쩌면 자신의 아들이 크리스티안이라는 사실을, 전명주라는 사실을 내게 알려주러 나온 것은 아니었을까. 크리스티안이 지금껏 자신의 뿌리를 찾아 헤맨 것이 헛되지 않았음을 보여주기 위해서였으리라. 이 모든 게 무의미한 일이 아님을 알고 있다는 눈빛으로 그는 나를 바라보았다. 그의 눈을 응시하며 나는, 그에게 더 많은 시간과 용기가 필요하다는 사실을 깨달았다. 그가 꼭 감아쥔 그 작은 손에서 타는 망설임과 더불어 상반된 의지를 동시에 느낀다. 나는 그를 바라보며 천천히 고개를 끄덕인다. 알겠다는, 이해한다는 마음을 시선에 흘려 전하면서.

그러자 놀랍게도 우두커니 서 있던 그가 나를 따라 하듯 고개를 까닥인다.

알겠다고, 고맙다고.

그의 시선이 음성이 되어 나의 마음에 내려앉는다.

—거기서 뭐 해?

앞쪽에서 마리사의 목소리가 들려왔다. 한참을 앞서가던 마리사와 이네스가 손을 마주 잡은 채 나를 향해 돌아서 있었다.

—곧 갈게. 먼저 가고 있어.

그들을 향해 허공에 손을 휘저으며 외친 다음, 나는 다시 남자를 향해 고개를 돌렸다.

그가 방금 있던 그 자리에는 아무것도 남아 있지 않았다.

*

한국을 떠나기 전 해준과 마지막으로 만나기로 한 날이었다. 그는 한결 편안한 얼굴이 되어 카페에 나타났다.

"혹시 이런 얘기 여쭤봐도 될지 모르겠어요."

"뭔가요? 괜찮아요. 이제 곧 떠나는 마당에 뭐든요."

"남편분에게 권아진 씨는 어떤 존재였을까 하는 점이요."

그의 질문에 나는 아찔해졌다. 카페의 모든 사물이 아득하게 흔들리는 것처럼 보였다. 나는 답할 수 없었다. 해준의 질문에 대한 답이 아니었다. 크리스티안에 관해서, 내가 그에 대해 알고 있는 것이 얼마나 될까 하는 자문에서였다.

나는 아무것도 알 수 없었다.

내가 알고 있는 그의 생애 전부를 낱낱이 톺아본다고 해도 그에 대해 내가 안다고 말할 자신이 없었다. 결국 한 사람의 전부가 아닌 단면만 알 수 있는 게 아닐까. 그래서 누군가를 안다는 것도 사실은 진실이 아니지 않을까. 나는 그렇게 생각했다. 사람은 누군가를 이해하며 받아들이지만, 이해한다는 것도 애초에 불가능한 일인지 몰랐다.

나는 크리스티안이 가고자 했던 인생의 방향을 생각해 봤다. 그 방향이 설사 나와 이네스와 무관할지라도 그를 이해할 수 있을까. 크리스티안에게 다른 삶의 지향이 있을 수 있다고 생각하지 못했던 것처럼, 그 역시 나를 이해할 수 없었던 건 아닐까. 우리가 손을 맞잡은 건 그런 불완전함 때문이 아니었을까. 아무것도 알 수 없는 불확실한 어둠이 태초의 인간을 길러냈고, 그런 공간으로 우리가 던져진 것이기 때문에.

해준과 함께 카페 문을 열고 나오자마자 눈부신 햇빛이 얼굴로 왈칵 쏟아져 내렸다. 나는 손으로 빛을 가려내며 인사를 건네는 해준을 바라보았다.

"다시 한국에 오시면 뵈어요."

그가 손을 내밀었다.

"연락할게요. 고마웠어요."

짧은 인사말을 뒤로하고 우리는 그 자리에서 헤어졌다.

한때 나는 한국인들을 보며 나만이 정상의 궤도에서 이탈한 것처럼 여겨지곤 했다. 하지만 지금은 아니었다. 어떤 것도 완벽한 것은 없었다. 자연스러움도 부자연스러운 것들 속에서 배어 나오는 일부에 불과했다. 세상과 사람에 대해 완전히 알아갈 수 없듯이, 나 역시도 그렇게 존재하면 그만이었다. 있는 그대로의 모습으로.

길을 걷다 들려오는 크리스티안의 음성에 나는 귀를 기울였다.

좋은 게 하나 더 있어.

뭔데? 말해봐.

내가 묻자, 그가 대답한다.

네가 한국어를 해서 좋아.

그에게, 누구와도 어울릴 수 없었던 상처 때문에 한국어를 계속 사용해 갈 수밖에 없었다는 말은 하지 않았었다. 내게 한국어는 상처를 내포한 존재였다. 하지만 그로 인해 상처 또한 아물어질 수 있었다.

그의 흔적을 따라 찾아온 한국이었지만, 언제나 이방인처럼 존재했던 나였지만 이제 나는 편안함을 느낀다. 현재의 나는 크리스티안을 완전히 안다고 말할 수는 없지만, 전과 다르게 조금씩 그를 받아들이고 있었다. 비록 그가 앞으로 세상에 존재하지 않더라도. 그런 시간을 통과하며 나의 어두운 내면의 길도 소금씩 밝혀갈 수 있다면, 나는 그것으로 족하다. 이제야 그의 진짜 이름을 속삭이듯 허공에 불러본다.

명주, 전명주.

처음에는 '우리'라는 울타리 바깥에 선 사람들에 관한 이야기를 써야겠다고 생각했다. 하지만 경계가 그어진 순간 태동하는 배타적이고 폭력적인 에너지에 주목하게 되면서 그 생각은 달라졌다. 바깥과 안 어디에도 속할 수 없는 경계에 선 사람들에 대한 이야기를 쓰자고 결심한 뒤 첫 문장을 써 내려갔다.

초고를 쓴 뒤에도 이 소설은 자꾸만 나를 뒤돌아보게 했다. 고된 순례길을 걷다 낙오된 동행자에게 손을 뻗는 심정으로 고쳐쓰기를 여러 번 반복했다. 이 소설에는 초고에 등장했던 인물들이 거의 나오지 않는다. 기존 원고의 내용과 형식을 몇 차례 무너뜨린 뒤에야 어지러이 널린 파편 속에서 새로운 이야기를 끄집어낼 수 있었다. 오랜 여정을 지나 이제야 고개를 앞으로 돌릴 수 있게 되었음에 작은 안도를 느낀다.

　소설을 써가며 느끼게 되는 것이 있다. 소설은 허구의 이야기지만 진실을 말하는 하나의 방식으로 존재한다는 사실을 말이다. 완벽한 허구를 통해 진실을 환기하는 방식으로 존재하는 것이 소설 같다고 되뇌곤 한다. 아무런 문제가 없어 보이는 지극히 평범한 형태 너머의 것들을 집요하게 응시하며, 스스로 알고 있다고 생각하는 것조차 진실이 아닐 수 있음을 의심하고 회의하며 살아가는 존재가 소설가가 아닐까 생각한다. 소설을 쓰는 일이 때로는 겁이 나지만, 그럼에도 두려움 없이 써나가고 싶다.

　함께 원고를 읽어나가며 마음을 깊이 기울여 준 임현정 편집자님께 감사드린다. 나의 이야기가 향하는 곳으로 기꺼이 시선을 던져주는 유진 씨에게 각별한 고마움을 전하고 싶다. 『크리스티안 볼란텐』의 이야기는 여기서 끝나지만, 언젠가 기회가 된다면 해준의 두 번째 클라이언트에 대해 쓰겠다는 마음을 다짐처럼 남기고 싶다.

크리스티안 블란텐

초판 1쇄 발행 2026년 4월 1일

지은이 채기성
펴낸이 김병호
펴낸곳 (주)슬로우리드

편집 임현정
디자인 김민지
마케팅 송송이 박수진 박하연

발행처 주식회사 슬로우리드
등록 2025년 8월 4일 제2025-000065호
주소 서울특별시 성동구 아차산로7길 21 4층 195호 (성수동2가)
대표전화 070-7780-7760
이메일 storycart@naver.com
인스타그램 instagram.com/slowread_publishing/
블로그 blog.naver.com/slow_read